小学館文庫

コールドウォー

DASPA 吉良大介

榎本憲男

小学館

目次

1 グリーンライト……11
2 中止！ 中止！ 中止！……32
3 ゆるいロックダウン……41
4 巡査長……112
5 北の国へ……220
6 愚か者の集い……326
7 経済を回せ！……396
8 バランスの行方 あるいは青い衝動……445
あとがき……473

登場人物

名前　所属・階級など　（元の所属）

DASPA
（国家防衛安全保障会議）

吉良大介　インテリジェンス班 サブチェアマン 警視正　（警察庁　警備局国際テロリズム対策課）
三波　インテリジェンス班 チェアマン　（内閣情報調査室　情報補佐官）
平沢　インテリジェンス班　（外務省　国際情報統括官組織）
都築瑠璃　科学兵器開発班　（厚生労働省　医系技官）
高梨　公衆衛生防衛班　（経済産業省）
長谷川一臣　公衆衛生防衛班 チェアマン　（厚生労働省）
矢作　インテリジェンス班　（外務省　国際情報統括官組織）
秋山　インテリジェンス班　（警視庁　公安部公安総務課）
孫崎　インテリジェンス班　（外務省　国際情報統括官組織）
平岩　金融防衛班　（金融庁）
涼森　サイバーテロ対策班 サブチェアマン　（防衛省・自衛隊 サイバー防衛隊）
蒼井　サイバーテロ対策班 チェアマン　（防衛省・自衛隊 指揮通信システム隊司令）
妹尾良平　サイバーテロ対策班　（防衛省・自衛隊 サイバー防衛隊）

＊

北島　内閣情報調査室情報官

警視庁

水野玲子　警視庁 刑事部捜査第一課 課長 警視
真行寺弘道　警視庁 刑事部捜査第一課 巡査長

*

浅倉マリ　コロナ禍で引退コンサートを企画したベテランシンガー
白石サラン（白沙蘭）　音楽制作事務所「ワルキューレ」代表
鳥海慎治　中華料理店「香味亭」店主
朴泰明　大手通信会社ソフト・キングダム 社長
エッティラージ　在日インド人 ブルーロータス運輸研究所 所長
ボビー（黒木）　ハッカー

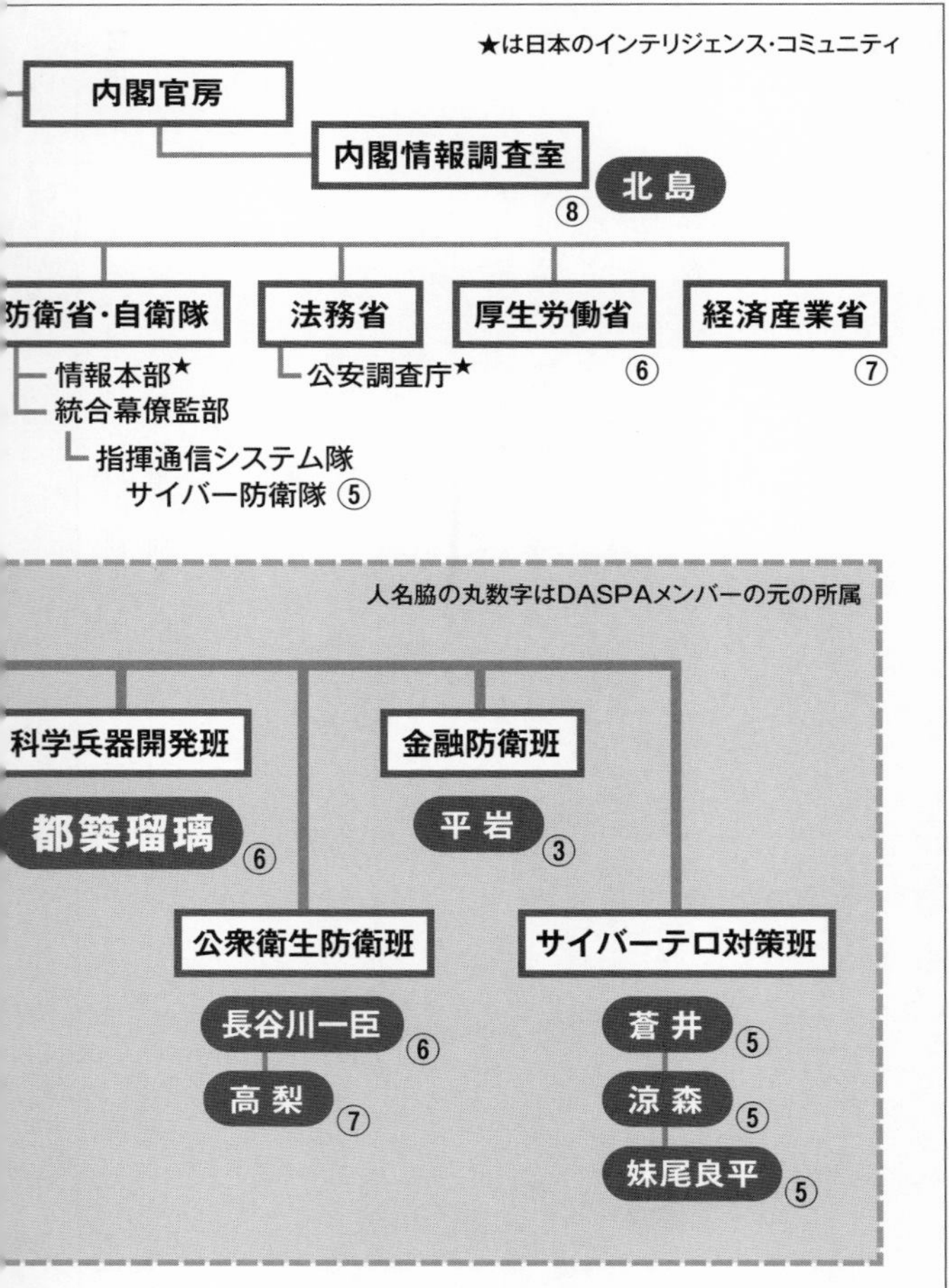
★は日本のインテリジェンス・コミュニティ
内閣官房
内閣情報調査室
北島 ⑧
防衛省・自衛隊
情報本部★
統合幕僚監部
指揮通信システム隊
サイバー防衛隊 ⑤
法務省
公安調査庁★
厚生労働省 ⑥
経済産業省 ⑦
人名脇の丸数字はDASPAメンバーの元の所属
科学兵器開発班
都築瑠璃 ⑥
金融防衛班
平岩 ③
公衆衛生防衛班
長谷川一臣 ⑥
高梨 ⑦
サイバーテロ対策班
蒼井 ⑤
涼森 ⑤
妹尾良平 ⑤

DASPA組織概念図

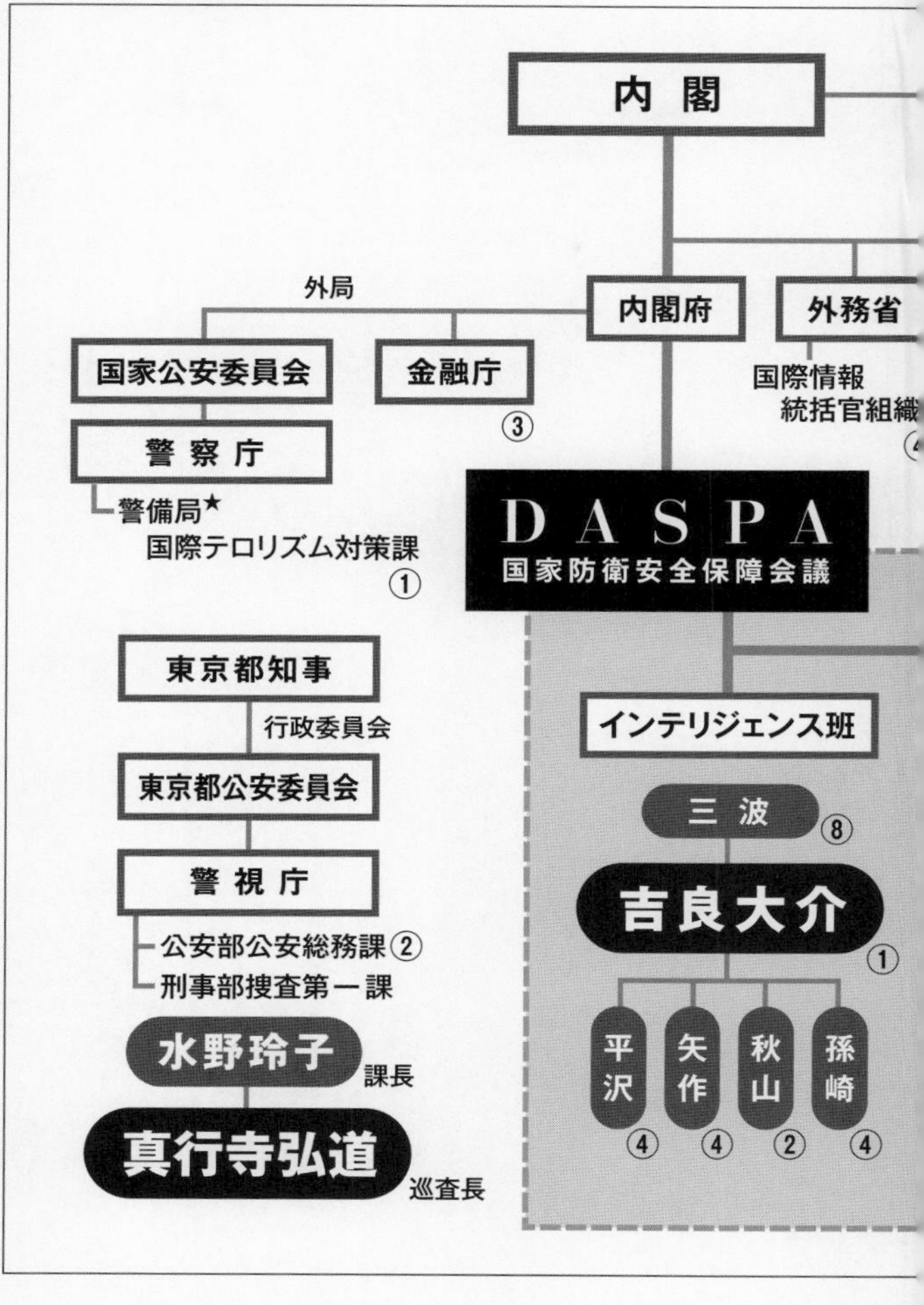
内 閣
外局
内閣府
外務省
国際情報
統括官組織
国家公安委員会
金融庁
③
警 察 庁
警備局★
国際テロリズム対策課
①
DASPA
国家防衛安全保障会議
東京都知事
行政委員会
東京都公安委員会
警 視 庁
公安部公安総務課 ②
刑事部捜査第一課
水野玲子
課長
真行寺弘道
巡査長
インテリジェンス班
三 波
⑧
吉良大介
①
平沢
④
矢作
④
秋山
②
孫崎
④

コールドウォー

DASPA　吉良大介

1　グリーンライト

秋も深まり、そろそろクリスマス商戦の準備が始まろうとしている頃だった。親族の一員と呼んでもいい、幼いころは同じ屋敷で起居《ききょ》していた親しい知人とひさしぶりに会った時、相手は妙な名前を使っていた。

こいつがめったなことでは本名を名乗らないことは、吉良大介《きらだいすけ》も承知していた。吉良のために一肌脱いで、それがきっかけで警察に追われる身となったからだ。そのとき使っていた偽名は黒木《くろき》だった。この名だと少なくとも日本人だとわかる。

「そのボビーってのはどこから来てるんだ」半ば《なか》呆《あき》れ顔で吉良は訊《き》いた。

「歌だよ。『ミー・アンド・ボビー・マギー』ってのから取ったんだ。カントリーだか、フォークだか、それともロックだったかな、まあそんなところだ」

「お前は聴かないだろ、そういうのは」

吉良もそうだが、この男が聴くのはもっぱらクラシックである。

「成り行きだ。そういうこともある。すべてが計算通りになると、それはそれで味気ないものさ」

ボビーは妙なことを口走り、そうだなと吉良も調子を合わせた。そして、「ボビーねえ」とつぶやいて、目の前の知人と西洋人の名を馴染《なじ》ませようとした。

「まあ、そのほうが向こうで仕事するときは便利かもしれないな」

もっぱら海外で仕事をしているこのコンピュータ技術者は、とりわけアメリカに呼ばれることが多いようだ。今日もおそらく、ワシントン・ダレス国際空港あたりから、この札幌《さっぽろ》の新千歳空港《しんちとせくうこう》に降り立ったのだろうと思っていた。ところが、男はあっさり否定した。

「中国だよ、今回はな」

弛《ゆる》んでいた吉良の心がたちまち張りつめた。

「中国がお前を呼んだのか」

「そうだ。ただし、俺が営業をかけて使ってもらったわけじゃないぞ」

これは吉良に向けての釈明だろう。こいつの技術は、国家の安全保障に関わりかねない過激なものだから、日本と緊張関係にある国とは仕事をするな、と言い聞かせてある。もっとも、こんな意見に強制力などない。そんな時《とき》こいつはにたりと笑って、「あくまでも要請だよな、そいつは」などと冷やかすように言う。

「命令はできないだろう」と吉良が問い質《ただ》すと、首を振って、

「いやできるさ。それなりの金を用意してくれればな。独占契約に応じる用意がないわけじゃないぞ」などと憎たらしい文句を口にするのが常であった。

こいつが取る金は、警察や自衛隊が専門分野の技術者枠で雇用しているスタッフの報酬とは桁《けた》がちがう。雇えっこないと吉良は言わざるを得なかった。そういうむなしい会話を交わしていたのももうかなり前のことになる。こいつは世界中のあちこちから呼ばれて、自分の技術を売りつけてたいそうな金をふんだくっているようだ。売国奴《ばいこくど》と呼んでさしつかえない輩《やから》だが、この男に救われた事実は消せない。

「北海道はもう初雪が降ったんだな」

大型旅客機が吸い込まれていく薄曇りの空を、窓越しに眺めながらボビーが言った。もっとも、雇われた先が中国というのはやはり気になる。すこし話があるとメールを寄こして、東京から北海道に呼び寄せたのも謎《なぞ》だ。普通なら断るところだが、こいつが言うならしかたがないと、朝一番の羽田《はねだ》発で飛んできた。ところが、到着ゲートを出ても、当人の姿がない。ショートメールを確認すると、空港内のカフェに入れと指示があり、そこで一時間以上も待たされるはめになった。

「で、話ってなんだ」

相手の前にコーヒーが運ばれてきた時、改まって吉良はそう訊いた。

「お前、腹は減ってないか」白い陶器の縁《ふち》に口をつけながらやつは言った。

「減ってるさ、朝飯も食わずに来たからな」

「だったら、ちょっと早いけど、昼飯《ひる》にしよう。せっかく北海道に来たんだから蟹《かに》でも食いに行こうぜ」


空港から一時間ほどかけてすすきのまでタクシーを飛ばし、割烹店《かっぽうてん》の個室に座った。とにかく蟹だけをじゃんじゃん持ってきてくださいとボビーが言って、ふたりでしゃにむに食べて、ビールと日本酒を飲んだ。

「どうだ、オリンピックのテロ対策は」と蟹の足から身をこそげ取りながらボビーが言った。

どうしてそんなことを訊くのかなと思いつつ、

「順調だ」と吉良は答えた。

そうか、とうなずいたあとでボビーは、

「ちょっとおかしなものを見つけたからさ」

「おかしなもの?」

俄然《がぜん》、吉良の興味は掻《か》き立てられた。ボビーはすまし顔でむしり取った足に、ハサミで縦に切れ目を入れている。吉良は、これでもかというほど贅沢《ぜいたく》に蟹の身を口の中に放り込んで、続きを待った。

ひとまずハサミを置いたボビーは、スマホをテーブルの上に載せ、それを吉良に突き出した。英文字がびっしり並んでいる。それぞれのセンテンスの末尾にはすべて〝?〟マークがある。最上段を読むと、「現職大統領は来年再選されるか?」と書かれていた。

「なんなんだ、これは」と吉良は訊いた。

「鈍《にぶ》いな。The POOL.com だよ」

ああ。合点がいって声が漏れた。これは国際的な闇賭博《やみとばく》サイトだ。闇《ダークウエブ》サイトで運営されていて、通常の検索では引っかからないようになっている。そのくらいのことは職業柄、吉良も知っていた。

「The POOL.com がどうかしたのか」

「見てみろ。一番下のほうだ。お前は気にするんじゃないかと思ってさ」

吉良はスマホを手に取り、スクロールした。

――二〇二一年内に北朝鮮の金正恩《キムジョンウン》の政権交代はあるか?

――二〇二〇年、米韓軍事演習《べいかんぐんじえんしゅう》は行われるか?

――二〇二〇年五月、WHOは台湾のオブザーバーでの加盟を承認するか?

――二〇二〇年ISU世界フィギュアスケート選手権大会男子シングルの優勝者は誰か?

――完全自動運転を一番早く承認する国はどこか？

などと続く中、ずいぶん下のほうに目を疑うようなものがあった。

――二〇二〇年、東京オリンピックは開催されるか？

吉良はこの一行《いちぎょう》をじっと見つめた後、スマホをボビーに返して、

「だけど、まだグリーンライトはついてないじゃないか」

The POOL.com は賭博サイトである。賭けは〝開催される〟と〝開催されない〟に賭ける者がそれぞれ一定以上いなくては成立しない。スレッドが立っているけれど、成立していることを示す緑のマークがついていないのは、〝開催されない〟に賭ける者がまだいないのか、それともいたとしても少なすぎるからである。

それにしても、誰がこんなスレッドを立てたのだろう。たしかに気味が悪い。東京オリンピックが開催されない可能性がなにかしらあると見ているのだろうか。そう思っていると、

「まあ馬鹿にできないからな、こういうのも」と蟹を頬張《ほおば》りながらボビーが言った。

吉良はうなずいた。このサイトに昔、〝イラクに大量破壊兵器は存在するか〟という

スレッドが立った。そのとき大半が、〝存在しない〟に張った。鵜《う》の目鷹《たか》の目で世界を見つめているギャンブラーたちの予測は、政局に遠慮したり、立場をわきまえて意見を控えるようなことがないぶん、ホワイトハウスの専門家たちより、鋭いことがある。

うまいな、やっぱり上海蟹《シャンハイがに》なんかより北海道のたらばだな。ボビーは舌鼓《したつづみ》を打っているが、こちらは急に意識が舌に集まらなくなり、蟹の味は遠のいた。東京オリンピックが開催されないことがあるとしたら、それはテロにほかならない。

実際、一九七二年に開催されたミュンヘンオリンピックでは、パレスチナ武装組織《ぶそうそしき》「黒い九月《くろくがつ》」がイスラエルのアスリート十一名を殺害する惨劇《さんげき》が起きた。大会は三十四時間の中断後になんとか再開されたものの、もしこれが開催前にもうすこし大きな規模で起こっていたなら、中止を余儀なくされただろう。

テロが起こる予兆があるのなら、北海道でのんびり蟹なんか食っている場合ではない。テロの予兆を感じ取り、テロを封じ込むべく先に動くこと、それこそがDASPAインテリジェンス班のサブリーダー吉良大介の使命だからだ。

吉良は、DASPA所属の警察官僚である。DASPA《ダスパ》は、正式名称を国家防衛安全保障会議（Defense And Security Projects Agency）といい、安全保障は単に軍事力によって成し遂げられるものではないという発想から、多角的にこれを司《つかさど》るため、各省庁から精鋭を集めてあらたに組成された、内閣府直轄の組織である。

今日《こんにち》の安全保障の領域は、エネルギー、金融、食料、そしてサイバー空間と多岐《たき》にわたる。なので、縦割りを廃し、各省庁を横断した取り組みがこれからは必要となってくる。このような構想をぶち上げたのは、吉良の元上司の三波《みなみ》だった。吉良もこのアイディアに共鳴し、三波は、自らインテリジェンス班のチェアマンに収まると同時に、警察庁の国際テロリズム対策課から吉良を呼び寄せ、サブチェアマンに据えた。

インテリジェンスとは諜報《ちょうほう》活動だ。情報《データ》を収集して精査し、玉石混淆《ぎょくせきこんこう》のおびただしい情報の中から価値ある情報を精製して政権担当者に与え、正しい決断を促《うなが》す活動がインテリジェンスである。

諜報活動にかかわる組織を総じてインテリジェンス・コミュニティと呼ぶのだが、日本ではこれらがバラバラであることが問題となっていた。警察庁の警備局、防衛省の情報本部、外務省の国際情報統括官組織、法務省の公安調査庁が勢力を競い、足並みが揃《そろ》わない。これこそが日本のインテリジェンスの弱体化を招いている、と考えた吉良は、インテリジェンス班のサブチェアマンの座につくと、各省庁から人員を募集し、インテリジェンス・コミュニティの統合を目論《もくろ》んだ。

ともあれ、The POOL.com の件は初耳である。これをボビーに教えてもらったのは、ありがたい反面、インテリジェンスに携わる人間としては屈辱的でもあった。どうして班員の誰も伝えてきていないんだ、なにをやってるんだまったく、と吉良は悔しがった。

「この The POOL.com をウォッチしたい」

ボビーは、毛蟹《けがに》の甲羅に日本酒を垂らしながら、そうだなとうなずいた。

「このサイトには注意を払っておいたほうがいいぞ。ただ、ここを覗《のぞ》くには専用のアプリがいる。インターネットに強い人間に訊けばわかると思うから入れてもらえ」

どうだろうか。吉良は箸《はし》の先についたカニ味噌《みそ》を舐《な》めながら考え、

「力を貸せよ」とボビーに援助を求めた。

じゃあそうするか、と甲羅の盃《さかずき》に口をつけて、ボビーは請けあった。

「あとでアップしておくからそいつをインストールしろ」

「わかった。例の場所だな」

「ああ、面倒だけどそうしてくれ」とボビーは言った。

この男との連絡方法は、ふたりだけが知っている Gmail のアカウントを使っておこなっている。相手と連絡を取りたいときに、そのアカウントにログインする。そこに、タイトルと本文を書いて下書きを残す。互いに定期的にここを覗いて下書きがないかどうかをチェックする。相手の下書きがあればそれを読み、読んだらすぐに削除する。このような面倒を引き受けなければならない理由は、インターネットのデータ通信がバケツリレーだからだ。送信とほぼ同時に相手が受信しているデータは、実はさまざまな手から手に受け渡しされ、紆余《うよ》曲折を経て届いているのである。その途中で中身を見られ

ないとも限らない。だから、不便でもこのやり方で連絡を取るのがよい、とボビーが提案したからである。

「ただし、インストールするアプリは、俺がプログラムしたものだから、業務で使っているPCには入れるなよ」

わかったと吉良は言った。

「とにかく、The POOL.com はちょくちょくチェックしておくといい」

最後にもういちどボビーは言った。


雑炊《ぞうすい》のあとデザートを食って、吉良はすぐに東京に戻るべく空港へ向かうことにした。てっきりボビーも一緒に飛ぶのかと思ったが、空港には行くけれどそこでまた人と会って、そのあと移動するのだと言う。おそらく海外だろうと思ったが、どこに行くのかは訊いても教えてくれないだろうから、干渉しないでおいた。

ふたりは、ふたたびタクシーで新千歳空港まで戻ると、吉良はボビーに見送られ、夕方の便で東京に戻った。

新宿《しんじゅく》のアパートに帰ると、すぐに件《くだん》の Gmail アカウントにログインし、下書きフォルダを見た。一通入っている。添付されていたファイルを落とし、指示に従ってまずはノートPCにインストールした。さらに、自分のスマホにも同様の処置を施《ほどこ》した。

それからまた、The POOL.com を覗いた。問題のスレッドにべつだん変化はない。つまり、賭けはまだ成立していない。東京オリンピックが中止になるなどと考えている人間はいない、もしくはいないに等しいということだ。

ひとまず安堵《あんど》して、国際政治関連の海外サイトの記事を片っ端から読んでいった。どこかにテロの兆《きざ》しが潜んでいるなら、逃さず嗅《か》ぎつけてやる、そう思って……。

英語とフランス語で読んだ限り、気になる因子《いんし》は見当たらなかった。たしかに世界のあちこちで、紛争の火種はある。内戦があり、テロまがいの事件もあちこちで起こっている。しかし、それが海を渡って日本に飛び火し、オリンピックを中止させるまでに発展しそうなものは、見当たらなかった。

十二月になった。

吉良は毎日暇《ひま》を見つけては The POOL.com を覗いた。そして、〝二〇二〇年、東京オリンピックは開催されるか〟のスレッドに、賭けが成立していることを示す緑のマークがないのを確認する度に、ひそかに胸をなで下ろした。

なにごともなく、令和元年は暮れようとしていた。

しかし、大晦日《おおみそか》に衝撃的な一報が日本を駆け巡った。

東京地検特捜部《ちけんとくそうぶ》に金融商品取引法《きんゆうしょうひんとりひきほう》違反の容疑で逮捕され、その後、保釈された日産自動車元社長のカルロス・ゴーンが海外に逃亡していたことが判明したのである。

裁判所から指定された東京の住居にいるはずのゴーンは突如として「私はいまレバノンにいる」という声明を動画にて発表した。ゴーンは、アメリカの民間警備会社の手を借りて、大阪まで新幹線で移動し、関西国際空港からプライベートジェット機で日本を飛び立つと、トルコ経由でレバノンへ到達したらしい。レバノンと日本は犯罪人引き渡し条約を締結していない。つまり、ゴーンを日本の裁判にかけることはもうこれでできなくなった。まんまとしてやられたというわけだ。

吉良は大いに腹を立てた。そして、検察の間抜けぶりに憤《いきどお》った。ゴーンが自宅を出て大阪までの移動を許したことが、まず信じられない大チョンボである。調べてみると、ゴーンの自宅の出入口は監視カメラで見張っていたものの、それはインターネットにつながっておらず、カメラ本体に装塡《そうてん》されたＳＤカードを、係員が定期的に回収しに行っていたと知った。

なんたる間抜け！　特設の監視カメラを数台つないで、オンラインで監視できるようにしておけ、馬鹿野郎！　吉良は切歯扼腕《せっしやくわん》した。と同時に、こんな頓馬《とんま》はさすがにないだろうと油断してもいたから、そのアナクロな実態に衝撃を受けた。技術大国のつもりが、実は先頭集団からかなり後ろを走っていたと知らされ、激しい屈辱と怒りを味わった。

しかし、このショックの大きさからか、彼はある国際機関のページの記事を読み飛ばしてしまった。中国の湖北省東部《こほくしょうとうぶ》で「原因不明の肺炎」が複数発生している。そのように中国は世界保健機構（WHO《ダブリューエイチオー》）に報告し、同機関もこれを発表していたのである。

年が改まった。元旦は本郷《ほんごう》の実家に顔を出し、母親と嫂《あによめ》が作ったおせちをご馳走《ちそう》になった。曽祖父《そうそふ》の代から続く会社の役員をしている兄と、応接間のソファーに身を沈め、高いブランデーをご馳走になりながら、毒にも薬にもならない世間話を続けた。樽《たる》の香りが果実の甘みと混じり合った琥珀《こはく》色の酒を舐めていると、吉良の座っている位置から、庭の片隅に建っている朽ちかけた小屋が見えた。

そこでやつは寝起きしていた。自分が勉強部屋として使っていた六畳間の窓から、真向かいにあの小屋をよく見たものだ。夜遅くまで机に向かい、ふと手を休めて顔を上げると、向こうの小屋にも必ず明かりが灯《とも》っていて、窓にはやはり机に向かうやつの影が浮かんでいた。恐ろしいほどの記憶力と、数字を扱うずば抜けた才能。同じ学校に通っている間、吉良はずっと二位に甘んじなければならなかった。

「あそこはいまどうなっているのかな」と吉良は訊いた。

「物置だ。お前のものもすこしあるだろうから、欲しいのがあるなら持っていけ」と兄は言った。

小さな足音がして、姪《めい》が顔を出し、ピアノを弾くから聴きなさいと言うので、聴かせてもらいましょうと応じた。では弾きまーす、と宣言して、姪は鍵盤の上で指を躍らせはじめた。拙《つたな》い「トルコ行進曲」で応接間は満たされた。

弾き終わると、姪はふうとため息をついて、「まちがえたのわかった?」と訊いてきた。これではミスタッチを自己申告しているようなものである。指がもつれたのはもちろん聴き逃さなかったが、「あれ、ぜんぜんわからなかったぞ」と言ってやると、姪は「やったー」と喜んだ。

日が暮れるすこし前に、暇《いとま》を告げた。玄関先で母親と嫂が見送った。靴を履いていると急に母から、

「あら、お爺《じい》さんのあれ、あなたに渡したかしら」と訊かれた。

なんのことかわからずに首をかしげていると、母はいったん引っ込んで紙の小箱と紙袋を提《さ》げて戻ってきた。入れちがいに、じゃあ私もと今度は嫂が奥に消えた。戻ってくるまで間《ま》ができたので、渡された紙箱の蓋《ふた》を取った。中にはスイス製の腕時計とドイツ製の万年筆が入っていた。

「僕がもらっていいの? 兄貴には?」

「洋介《ようすけ》は腐るほど持ってるわよ。それにあなた、時計くらいしないとみっともないでしょ。万年筆は大介が持ってくれたほうがお父さんも喜ぶから」

そう言われたので、置いていくわけにはいかなくなった。

嫂が戻ってきて、「おあまりでごめんなさい」と言って提げていた紙袋を差し出した。中には、高価な缶詰だのボンレスハムだのお歳暮でもらったと思《おぼ》しきものがたくさん詰め込まれていた。おあまりだろうがなんだろうがありがたい。礼を述べていると、玄関の物音に気がついた姪がやって来て、「また来てねー」と叫ぶように言われた。そうして、三人に見送られて外に出た。

本郷三丁目《ほんごうさんちょうめ》から大江戸《おおえど》線に乗り、都庁前《とちょうまえ》で地上に出たあとは、静かな正月の夜空の下を中央公園を抜けて帰った。南の空にオリオン座が見えたので得《とく》した気分だった。アパートに戻ると、コーヒーを淹《い》れて、文机の上に置かれた小さなスピーカーからモーツァルトのピアノソナタを、こんどは内田光子《うちだみつこ》の演奏で聴いた。

こうして、令和二年の元旦は平和に過ぎていった。

だからこの日、中国湖北省東部の海鮮卸売市場《かいせんおろしうりしじょう》が、新型ウイルスの発生源と認定され、封鎖されたことを、吉良は知らないでいた。

正月三日、吉良が実家からもらった缶詰の飛騨牛《ひだぎゅう》ビーフカレーを食べていると、イラン革命防衛隊の司令官が殺害されたというニュースが飛び込んできて、あわててネットラジオのボリュームを上げた。殺したのはアメリカだった。ドローンで爆殺したらしい。

番組の中で、電話で取材に応じた中東政治の専門家は、殺されたソレイマニ司令官は「国民の英雄的存在」であり「次期大統領の噂《うわさ》もあった」と解説した。

迷った末に、吉良はスマホを摑《つか》んだ。

「お休みのところ、というか正月早々申しわけない」と吉良は言った。

——イラン革命防衛隊の件ですね。

平沢《ひらさわ》の口調はいつも通りぶっきらぼうだった。

——私のほうからサブチェアマンに連絡しようと思っていたところでした。

外務省の国際情報統括官組織出身の平沢については、可愛げがないという評判が立っているが、吉良は中東情勢について的確な情報をくれる彼女を重宝《ちょうほう》していた。

「まず、今回アメリカが動いた動機は?」

——ホルムズ海峡の報復でしょうね。

「去年六月のタンカー攻撃の?」

——だと思います。

二〇一九年六月、現地時間早朝に中東のホルムズ海峡付近で日本とノルウェーのタンカー二隻が何者かの襲撃を受けた。使われた主な武器は、リムペットマインと呼ばれる、船体に貼り付けて爆発させる吸着型の水雷《すいらい》だった。

おりしも、この事件が起こった日、アメリカとイランの仲裁役を買って出た愛甲《あこう》首相はイランの最高指導者と会談する予定だった。日本のタンカーがホルムズ海峡で攻撃を受けた直後に対談に臨んだ首相は、なんの成果も上げられなかった。宗教家であるイランの最高指導者の、説教を垂れるような尊大な態度に手こずり、アメリカ大統領から預かっていたメッセージも受け取り拒否の憂き目《うめ》に遭《あ》って、手ぶらの帰国となった。

その後、このタンカー爆破事件は革命防衛隊によって引き起こされたことがほぼ判明した。

「しかし、この殺害があの爆破事件と関係があるなんてことはラジオの解説者の誰も言ってなかったぞ」

――この時点では公的メディアでそこまで言うのは危険でしょうね。これはあくまで、私の読みです。さらにアメリカは、司令官がここ最近接触している人物から鑑定して、イラン革命防衛隊がより過激なテロを起こす可能性があると判断したのだと思います。

「その判断についての平沢さんの評価は？」

――どう言ったらいいんでしょうか。アメリカがそのように判断するに足る状況ではあったとは思います。

「これにイランが報復する可能性は？」

――あるでしょう、なんらかの形では。やらないと国民に示しがつきませんからね。ただ、本音ではやりたくないはずです。そしてその本音はアメリカもわかっている。

「やりたくはないけれど、やらざるを得ないだろうということをアメリカは知っているって意味ですか」

――ええ、そういうことです。また、アメリカが知っていることをイランも知っているでしょう。


五日後の一月八日、平沢の予見通りになった。イランは、イラクの駐留米軍基地に、弾道ミサイル十数発を撃ち込んだ。ただし、この攻撃は、あるルートによって、あらかじめアメリカに伝わっていたらしく、アメリカ兵に死者は出なかった。ただ、これで収まりがつけばよかったのだが、同日、アメリカ軍の戦闘機と誤認した革命防衛隊は、イランの空港を飛びたったウクライナ航空機を撃墜してしまった。死亡が確認された乗客一七六人のほとんどがイラン人、もしくはイラン系カナダ人だった。

吉良は、これに対するイラン政府の対応、さらにそれにアメリカがどう反応するかに気を取られていた。そして、時々 The POOL.com のサイトを覗いては、件のスレッドに緑色のマークがついていないことを確認し、安堵のため息をついていた。

一月十日、国土交通省は、昨年日本を訪れた外国人の数が前年より2・2%増加したと発表した。その内訳で最も多くを占めるのが中国大陸からの来訪者だった。

翌日、中国湖北省武漢《ぶかん》で新型ウィルス感染による最初の死者が出た、と報道がなされた。

二日後の十三日、タイでも感染者が確認された。つまり、このウイルスは国境を越え、その感染は中国の外へと拡大したのだった。

さらに三日後の十六日、日本で初めての感染者が出た。その後は、韓国、台湾、マカオ、ネパール、マレーシアと、国境などお構いなしに、新型ウイルスはアジアのいたるところを感染させていった。

このウイルスが人から人への感染で広まることが広東省《カントン》で確認され、習近平《しゅうきんぺい》が「断固として蔓延《まんえん》を封じ込めよ」と指示した一月二十日、大型クルーズ船ダイヤモンド・プリンセス号が横浜港を出港した。五日後、鹿児島をへて香港《ほんこん》に向かう途中、ひとりの乗客が咳《せき》などの症状を訴え、香港で下船した。

二十三日、中国は、この新型ウイルスが感染爆発した最初の都市、山東省《さんとう》の武漢を封鎖した。一千万人の市民は政府の監視下に置かれ、家にいることを命じられて、街に出ると警察によってすぐに追い返された。

一方、症状を自覚した人々が次々と病院に押しよせ、そこでまた新たな集団感染が発生した。それでも、治療を求めて病院に押し寄せる人の波は絶えず、その波の大きさとスピードは施設のキャパシティを完全に超え、院内には怒号が飛び交った。医者は悲鳴を上げ、看護師は泣き出し、また感染する医療従事者が続出した。

春節を祝うはずの一月二十五日、武漢では医療システムが瓦解《がかい》しようとしていた。医療崩壊。あまり馴染みのなかったこの言葉を、日本人は嫌でも覚えることになった。

中国国営テレビは、北京《ペキン》市政府が市境《しきょう》を越えるすべてのバスの運行を二十六日から停止すると報じ、広東省は、公共の場でのマスク着用を義務づけ、指導を妨害するものには罰則を与えると公表した。

月が替わって二月最初の日、香港で下船したダイヤモンド・プリンセス号の乗客が新型ウィルスに感染していることが判明した。この事実を厚生労働省が国際保健規則（IHR）からの通報で把握した時、この大型クルーズ船はベトナム、台湾に立ち寄った後、沖縄を経由してすでに横浜港に向かっていた。ところが、この船が三日に帰港しても、日本政府は乗客と乗組員の計約三七〇〇人に下船の許可を出さなかった。

内閣府の食堂で昼飯を摂《と》った後、このニュースをスマホで確認し、ついでにThe POOL.comを覗いた吉良は慄然《りつぜん》とした。

――二〇二〇年　東京オリンピックは開催されるか？

スレッドを見つめる吉良の瞳は不吉な緑の光を宿していた。グリーンライトが灯り、賭けが成立していた。東京オリンピックは開催されない、そう信じて金を張る人間が一定数現れたのである。

2　中止！ 中止！ 中止！

「中国人の入国を止めろだって⁉」

三波は持ち上げたカップを口の手前で止め、呆れた顔でそう言った後、首を振った。

「いくらなんでもそれは無理だろう」

昼飯の後、ＤＡＳＰＡの小さな会議室で、吉良と向かい合っていたときだった。

「お金持ちの中国人にはもっともっと日本に来てじゃんじゃん金を使ってもらいたいってのが政府の方針だし、日本全体の総意だと言ってもいい。去年は前の年よりも２％ほど来訪者が増えたんだが、これでも政府が掲げた目標数値を下回っているんだ。そんなときに、来るなと言うなど問題外だ。日本の観光地はいまどこもかしこも中国人で食ってるんだぞ、いや、デパートだってそうだ」

たしかにごもっともな意見ではある。しかし、同時に日本の零落《れいらく》が身にしみるようで情けなかった。吉良は、観光で食うなんて落ちぶれた証拠だ、などと思うような男である。しかし、そうだとはさすがに言えない。言ったところで、「馬鹿、そんなことよそで話すんじゃないぞ」と釘《くぎ》を刺されるのがオチだ。

「もし中国人観光客がウイルスを持って来てるのなら、中国人が大好きな北海道は感染の震央《しんおう》になってるはずだぞ」

「まあそうですが、ただこれからそうなるかもしれませんよ」

「馬鹿、なるかもしれません程度で来るななんて言えるか」

「もちろんそうですが、そのような可能性も検討すべきではって話です」

「つまり、中国人を入れると感染はいよいよ広まる。そうなると、オリンピックの開催も危《あや》うくなる。だから入れるなと言いたいんだな」

「そういう見立てをしていることは確かです。そのためにDASPA内で公衆衛生防衛班と検討して、もし妥当ならば、上にあげたほうがいいんじゃないですか」

「ようや。よしんばそういう不都合な結論が出たとしてだ、誰があげるんだ。俺は嫌だね、そういう嫌われ役は」

勘弁してくれ、と吉良はげんなりした。

「いいか、経済は停滞するわ、人口はどんどん減るわで日本は大変なんだ。そんな中でGDP世界第二位の国からお金持ちがやってきてじゃんじゃん金を落としていってくれる。ありがたい話じゃないか。それにな、こないだ勉強会で聞いたんだが、観光産業っていうのはGDPで見ると世界的にもいまや約一割を占めて、三番目の基幹産業になってるんだそうだ。北海道なんか典型例だ。そして、国際観光市場で後《おく》れをとっていた日本はいま猛追《もうつい》しつつある、そういうことでいいじゃないか」

「没落したアテネがそうだったんですよ」と吉良は口を尖《とが》らせた。

「ああん、ギリシャがどうしたって」

「人口が減って国力が落ちた後は、裕福な外国人の観光と喜捨《きしゃ》によって食ってたんです」

「それを嘆《なげ》きたければ嘆いてろ。ただ、人口は増えないぞ。だいたいお前だっていまだに独身じゃないか。それにここだけの話、どこの官庁だって、優秀な女ほど独《ひと》り身《み》だ。そんなこと言うんだったら、早いところあの科学兵器開発班の姫君と結婚して、三人くらいこしらえてみろ」

吉良はため息をついた。そんな状況を望んでいないわけではないが、都築瑠璃《つづきるり》との関係はそのはるか手前でグズグズしている。

「話を戻そう。お前が中国人の入国を禁止したほうがいいと提言するのは、例のウイルスの件があるからだよな」

「そうです」

「だとしたらなおさら、外交上、デリケートな問題もからんでくるから俺も提案しにくい。だからボツだ」

「実は、心配している原因は、ほかにもあるんです」

そう言って吉良は、The POOL.com の件を話した。すると三波は、なるほど、そいつは気味が悪いな、と渋い顔で腕組みした。

「だけど、オリンピックが中止になるなんてのは、そんなにあることじゃないぞ」

「いや、過去にはありましたよ」

「原因はみな戦争だろう」

「戦争なんですよ、これは」そんな言葉が吉良の口からついて出た。

「馬鹿言うな。どことどこの戦争なんだ」

吉良は黙った。思わず口走ったものの、それが意味するところは自分でも把握できていなかった。

「まさか、人類とウイルスの戦争だなんて言わないでくれよ。そういう洒落《しゃれ》たことは評論家に言わしときゃいいんだからな」

ええ、と吉良はうなずいた。そんなつもりで言ったわけではなかった。

「オッズはどうなっている、その賭けの」

吉良はその数字を伝えた。

「なんだ、〝開催される〟に賭けるほうが安全だと思ってる人間のほうが断然多いじゃないか」

「いまのところは」

三波は吉良をちらりと見た。そして、

「もう少し様子を見よう」と言った。

この時の吉良には、上司がとりあえず出した方針を押し曲げてまで、自分の直感を押し通すだけの自信はなかった。

というのも、この二月に入ってすぐの時点では、国際社会全体としては、この新型ウイルスに慌《あわ》てふためいているようには見えなかったからだ。

アジアで妙な疫病《えきびょう》が流行《はや》っているな、と遠目に眺《なが》めている、これが世界の中心たるヨーロッパとアメリカが示した態度であった。今回のウイルスも、SARS《サーズ》がアジアで発生した二〇〇二年と同じく、中国が情報公開しなかったことによって近隣諸国の対応に遅れが出るとしても、またアフリカでエボラ出血熱が流行した一九七六年と二〇一四年のように、WHOの初動が遅きに失しても、アジアやアフリカには大きな被害が出るだろうが、感染の波はヨーロッパや北米までは押し寄せて来やしないだろう、と静観していた。

しかし、まずイタリアの感染者数が右肩上がりに上昇し始めると、その数は急ピッチで跳《は》ね上《あ》がり、三月には新型ウイルスの台風の眼はアジアからヨーロッパに移ったかのような様相を呈《てい》しはじめた。

ヨーロッパはひとつ。同じ通貨を持ち、自由に行き来しながら、自由な経済活動を推《お》し進め、自由を尊重してともに発展する、そう宣言していたにもかかわらず、大陸のあちこちで次から次へと国境が閉じられ、都市封鎖《ロックダウン》が開始された。

メキシコとの国境に壁を作ると宣言したアメリカ大統領を痛烈に批判し、ヨーロッパ共同体から離脱するイギリスを、目いっぱいの皮肉で送り出したヨーロッパの各国で、入国が制限され、人々の移動の自由も抑制されて、公園などで集まろうものなら、すぐに警官が近づき、集会の自由など糞食《くそく》らえとばかり帰宅を促《うなが》すという光景があちこちで目撃されるようになった。

二月中旬、新型ウイルスによる初めての死者が日本で出た翌日の十四日、政府は専門家会議を設置した。

下旬に入ると、北海道で感染者が増加し始めた。初旬に、中国からの入国を制限しましょうと進言した吉良は、経済的な打撃を考慮するとそんなことはできない、中国の観光客がウイルスを持ち込むのなら、中国人が好む観光地である北海道で感染が拡大していなければおかしい、という反論を食らった。しかし、二十日を境に北海道における感染者数は急激に伸びた。まるで初旬にすでにある程度広がっていた感染が、潜伏期を経て下旬に露《あら》わになったかのようだった。

このような中、The POOL.com におけるオッズの天秤《てんびん》は、二月の頭から、徐々に〝開催されない〟のほうへ傾いていった。そして、WHOが新型コロナウイルスによる肺炎の世界全体の危険性評価を「高い」から「非常に高い」に引き上げた二月末日、このスレッドは締め切られた。

三月に入ると、アメリカのニューヨークで急速に感染が拡大しはじめた。金融資本主義のメッカであるウォール街を抱えるこの都市が襲われたことは、約二十年前の9・11を思い起こさせた。欧米の中心地がついにやられた。そんな印象を人々に植え付け、日本でも、「もうオリンピックは無理なのでは」の声がすこしずつ大きくなっていった。

三月五日、ついに、政府は中国及び韓国からの入国者に対する検疫《けんえき》を強化し、指定された場所で二週間待機させる方針を打ち出した。七日には、アメリカのニューヨーク州が非常事態宣言を出し、明くる日には、イタリアが北部全域で都市封鎖を断行した。

十一日、WHOは「パンデミックに相当する」と宣言。この頃までには、日本全国どこのスーパーやドラッグストアでもマスクや消毒液の欠品が相次ぎ、ネットオークションでは篦棒《べらぼう》な値《ね》がつくようになっていた。

三月十九日、アメリカは全国民に海外渡航中止を勧告した。

同じ日、イタリアの死亡者数がついに中国を上回った。

その翌日の二十日、ニューヨークが都市封鎖を開始すると発表した。日本は春分の日にあたり、花見シーズンの三連休の初日だった。東京では感染者数がここでぐっと増えた。

その連休が明けた二十四日、首相はついに苦渋の決断をし、オリンピックの年内中止を発表した。

当然、マスコミはヒステリックにこのニュースを報じた。そしてその時、インターネットの深い海の底で密《ひそ》かに開かれていた賭場《とば》では、ひとつの賭けが大波乱の幕切れを迎えていた。二〇二〇年の日本の不幸に賭けた賭博師たちが大金をせしめたのである。

そしてこの月の終わり、国民的な人気コメディアン志村けんが新型コロナウイルスに感染して死亡した。

3　ゆるいロックダウン

春だというのに、世界は活動を停止し、冬眠中の熊のように寒さに耐えて丸くなっていた。ウイルスが蔓延《まんえん》しようが、外に出て働かざるを得ない者たちはやはり感染した。彼らは、エッセンシャル・ワーカーと呼ばれ、総じて収入が低かった。アメリカでは黒人の死亡者の数は白人の2・4倍に上《のぼ》るという数字が発表された。

ニューヨークのダウ平均株価は下がり続け、原油価格は値崩れし、国際石油市場は混乱を極めた。

同じころ、「感染の震央《しんおう》」となったヨーロッパでは、封鎖される国境は増加の一途をたどった。ポーランド、デンマーク、チェコ、ドイツ、フランス、スイス。そして、北米のカナダまでも……。

こんどは、まるで報復措置のように、感染を克服した中国が、外国人の入国制限を開始した。

そんな中、感染の増加などどこ吹く風、感染者が増えれば増えるほど免疫《めんえき》を獲得《かくとく》した個人が増え、そのぶん国全体ではウイルスから守られるという「集団免疫路線」を打ち出していたイギリスは、首相が感染したことを自《みずか》ら発表した。まるでコントのような事態である。もっとも、集中治療室に運ばれるような重篤《じゅうとく》な状態だと聞いて、吉良は笑うに笑えなかった。

四月八日、愛甲《あこう》政権は緊急事態宣言を発令した。皮肉なことに、急激に上昇していた日ごとの感染者数を示すカーヴはすでに頂点に達し、折《おり》しも下方に転じたときであった。ともあれ、武漢が解除した都市封鎖とまるでバトンタッチするように出されたこの緊急事態宣言は、武漢がおこなったような命令でなく、あくまでも要請という体裁《ていさい》を取った。つまり、形の上では国民への政府からの〝お願い〟にとどまっていた。このユルさに呆《あき》れた欧米は、そんなことで人々の行動を抑制《よくせい》できるわけがない、と痛烈に批判した。

しかし、海外の予見とは裏腹に、東京の通勤電車は急に空席が目立つようになった。さらに、桜の樹の下から酔っ払いの姿が消え、スーパーやドラッグストアの棚からはマスクや消毒液だけでなく、殺菌性《さっきんせい》のある手洗い石鹸《せっけん》、インスタントラーメン、スパゲッティまでもが消えた。映画館、食堂、レストラン、居酒屋、バー、ライブハウス、アスレチックジム、公衆浴場、雀荘《ジャンそう》、カラオケ店、アミューズメントパーク、大規模イベント施設が次々とクローズし、公園にも立ち入り禁止のテープが張られ、人々はマスクをしてうつむき加減に歩き、仕事場からまっすぐに帰宅した。その一方で、動画配信サービスの会員数は飛躍的に伸《の》びた。

人々はひたすら家に引きこもり、出前を取り寄せて食事をした。日用品の買い出しさえなるたけ控《ひか》える人が急増し、Ａｍａｚｏｎや楽天の配達員は、昼飯を食べる暇《ひま》もないほど、忙しく件数をこなさなければならなくなった。

他方、飛行機は運休し、新幹線は減便し、タクシー運転手は暇を持て余し、解雇され職にあぶれた人間はＵｂｅｒ　Ｅａｔｓのリュックを背負って、自転車を漕《こ》いでランチを届けて回った。

四月十四日、国際通貨基金（ＩＭＦ）が世界経済の見通しを大幅に下方修正した。新型ウィルスによって停滞を余儀なくされた世界経済の成長率はマイナス３％にまで落ち込み、一九三〇年代の大恐慌以来で最悪の景気後退になるという見通しを発表した。

四月二十日、コロナ禍《か》で下がり続けていた原油の先物価格がついにマイナスの値《ね》をつけた。これは、売主が金を払って原油を引き取ってもらうことにほかならない。

「どうして減産しなかったんだろう。そうすりゃここまでひどい事態は回避できたんじゃないのか」

ＤＡＳＰＡの公衆衛生防衛班に経産省から最近配属になったばかりの高梨《たかなし》は言った。

「あえてやらなかったんですよね」と吉良が言った。

「あえてってなんだ。それに産油国のどこが仕掛けてるんだ」

「主犯はサウジアラビアでしょう」

「で、どうしてそんな無謀なことをする」

「アメリカに揺さぶりをかけたいからですよ」

「アメリカのどこを揺さぶっているんだ」

「もちろんエネルギーです」

「てことはシェールガスか」

「ええ、アメリカのシェールオイルの価格が高騰してるんですよ。実際、今月の初めにホワイティング・ペトロリアムって大手が潰《つぶ》れました」と吉良が言った。「確かにアメリカは大国ですが、シェールオイルカンパニーは民間企業です。一方でサウジアラビアの石油会社は国有企業ですから」

「ん？　もうちょっと詳しく説明してくれないか」

「シェールオイルってもともと割高なんですよ。採算ラインは1バレルが大体50ドル前後だといわれています。ところが原油先物価格は、三月九日で1バレル30ドルを割っちゃってました」

「じゃあ、ここまで価格が下がると、アメリカだって掘れば掘るほど赤字が膨らむってわけか」

「そうなんです。シェールオイルの採掘は大掛かりな設備投資が必要ですからね、掘り当てたあと赤字にしかならないなんてことになると、かなりきつい」

「資金調達はどうやってたんだ」

「主に社債ですね。しかも高リスク高利回りで信用度の低いやつ」

「だと、買うやつはいなくなるよな、このご時世では」

「そうです。資金調達ができなくなると、つまり金が回らなくなると、経営破綻《はたん》する企業が続出します。似てますよね」

「リーマン・ショックと?」

「そうです、まさしくアメリカはサウジに仕掛けられているんです。仕掛けかたが非常に荒っぽいのは、新しくエネルギー相に就任した王子様がやけのやんぱちでやっているからかもしれません」

　昨年、サウジアラビア国王はエネルギー相を解任し、後任に息子《むすこ》のアブドルアジズ王子を任命した。これは、気に入らないことばかり書くジャーナリストをトルコの大使館に呼び出してボディーガードに殺害させたという噂の(吉良が棲息《せいそく》しているインテリジエンス・コミュニティではもはや噂ではないが)ムハンマド皇太子の異母兄弟である。しかし、石油相には王族をつけない慣例があったから、これは異例の人事と言えよう。しかし、そもそも国名のサウジアラビアは〝サウド家のアラビア〟を意味するのだから、こんなものは国ではない、国もどきだと吉良は思っている。

「ただ、いまはアメリカのことを心配してやる余裕はありません。――我が国の話をしましょう」と吉良は言った。「デフレをなんとか克服しようともがいているときに、このウイルスに襲われたのは弱り目に祟《たた》り目ですね。景気はさらに低迷しそうですか？」

「そりゃそうだろ。国民を家の中に閉じ込めてるんだから、デフレに拍車がかかるのはしょうがない。言ってみりゃあ、景気低迷政策を取ってるんだ。悪くならないほうがおかしいぜ」

「だとしたら、公衆衛生防衛班はもっと経済の重要性を強調したほうがいいんじゃないですかね」と吉良は言った。

防疫《ぼうえき》、つまり感染症の国内への侵入や、実験室や病院内からウイルスなどが外部へ漏《ろう》出《しゅつ》することによってひき起こされるバイオハザードと呼ばれる災害から国家を守る目的で結成されたこの班は、DASPA内において、新型ウイルス対策のイニシアティブを握っている。高梨が黙っているので、吉良はさらに追い討ちをかけた。

「公衆衛生防衛班のレポートは読みましたが、あれじゃ専門家委員会の報告をなぞっているだけじゃないですか」

それでも高梨は苦笑するだけだ。

「もうちょっと頑張って本来の機能を果たすべきですよ」

　本来の機能ってのは？　高梨はようやく口をきいた。

「公衆衛生防衛班と命名されているように、班の眼目《がんもく》は防衛にあるはずです。ならば、社会の機能をどのように保全すればいいかについてもっと策を練り、積極的に提言しなきゃですよ。完全に専門家委員会のほうに引きずられてるじゃないですか」

「だって、うちの長谷川《はせがわ》さんは厚労省の出だぜ」高梨は不服そうに口を尖らせた。

　新型ウイルスの対策で政策提言をしているのは厚労省である。ＤＡＳＰＡの公衆衛生防衛班のチェアマンの長谷川は厚労省出身だ。長谷川だけじゃない、この班の多くが厚労省出身者で固められている。省とＤＡＳＰＡのコミュニケーションは円滑かもしれないが、どうしても出身母体の勢力圏に入ってしまう。そのように吉良の目には映《うつ》る。それに、今回の件で多くの臨時予算が厚労省に流れ、この省はがぜん存在感を増し、これを梃子《てこ》に、ＤＡＳＰＡにおける公衆衛生防衛班も潤《うるお》っている。これではまるで焼け太りじゃないか。

「それにしても、いまのは暴言だぞ。聞かなかったことにしてやるから、よそでは言うなよ」目を細めて高梨が言った。

　わかりました、と吉良は承知した。心中で例外をひとりこしらえ「あいつには言うけど」と思いつつではあったが……。

「俺は俺でウイルスの脅威ってのがどの程度なのかってのはよくわからないんだ」と高梨は嘆《なげ》くように続けた。「お前はバランスを取れって言うけれど、ウイルスの正体がわからずにどうやってバランス取ればいいんだ。取ったつもりが大惨事ってことになったらどうするんだよ」

「それはわかりますが、それにしてもという感は禁じ得ませんね」

「だけど、もはやあの専門家グループは純粋に専門家としての意見を言ってるわけじゃなくて、政治的な判断も忖度《そんたく》しつつ、専門家としてどこまで言えるかってことをさぐりながらやってくれてるからさ」

「政治家が頭使わないようにしてくれているんですよ。ついでに先輩の仕事も減らしてくれてありがたいってわけですか」

「おい、嫌みが過ぎるぞ。だいたい、この状況で俺になにをやらせたいんだお前は」

「専門家の意見を汲《く》み取りつつ、例えば交通機関をどのように機能させるか、ゴミの収集に従事する人間の安全をどう確保するのか、保健所の機能をどのように維持するのかって方策をもっと出すべきじゃないですか」

「それはやってるつもりだよ」

「じゃあ、どうしてマスクが買えないような事態が続いてるんですか、これは公衆衛生防衛班の責任ですよ」

厳しいなあお前は、と高梨は苦い顔をした。

「正直言うと、DASPAにやってきてすぐこういう事態になるとは思ってもみなかったんで、俺自身が面食らっているところがあるのは認めるよ。ただ、サボっているつもりはまったくないんだ」

そうかもしれない、と吉良はひそかに同情した。

「俺も経産省からDASPAに行ってくれと言われ、しかも公衆衛生防衛班だって聞いて驚いてさ」

「そもそもなんで高梨先輩は経産省から公衆衛生防衛班に来ることになったんですか」

「医療機器について調べたりしてたからな。これから医療が重要な産業になることは目に見えているのに、世界の医療機器市場における日本のシェアはすごく小さい。これを指摘したレポートを書いたら、思わぬ辞令をくらっちゃったんだよ」

そういえば、医療現場で争奪戦になっている人工呼吸器のほとんどが外国製であることは吉良も今回の件ではじめて知った。

「といっても、わからないことだらけだからな、これからきちんと勉強しようと思っていた矢先の異動だった。まあ、マスクのことは盲点だったよ」

「で、どのぐらい落ち込みそうですか。IMFが発表したマイナス3％ってのは、かなり厳しい数字だと捉《とら》えるべきですか、例えばリーマン・ショックと比べて？」

「比べものにならないだろう。そもそも質がぜんぜんちがうぞ」

「そうですね。今回ダメージを受けているのは中小規模のサービス産業ですから」

「リーマンのときはそこらへんはほとんど無傷だったんだ。けれど、厄介なのはむしろ今回のほうだぞ」

いったい何人が死ぬんだ。そんな不安に吉良は襲われた。死ぬ人間の数なんて、経済学では計算できないんだよ、と高梨は言った。じゃあ、倒産する数は？　と吉良は質問を変えた。

「それはもう、政府の支援いかんによるだろう」

「あの108兆円の根拠ってどういうものですか」

政府は緊急事態宣言と同時に四月七日に、新型ウイルス感染拡大に対する救援措置のための補正予算として108兆円を発表していた。

「根拠？　そんなものあるはずないだろ」

「え、どういう意味ですか」

「あれは1ドルがたんに108円だったからだ。つまり新型ウイルス対策として一兆ドルを捻出《ねんしゅつ》した。海外にアピールするときにわかりやすいだろう」

吉良は腰が砕けそうになった。

「じゃあ、真水《まみず》では」

「馬鹿、見てないのか。内訳も発表されてただろ」

すみません、と吉良は謝った。

「これがたいしたことないんだよ。40兆弱だ」

とうてい足りないだろう、と吉良はぞっとした。

「追加はありそうですか」

「小出しにでも出してもらいたいんだが、財務省は渋るだろうな」

日本政府の借金はどんどん膨らみ、プライマリーバランス（基礎的財政収支）は真っ赤なのだからという理屈で、消費税を上げ、支出をなるたけ抑え込もうとする。――これが財務省の基本姿勢だ。

「MMTってのはどうなんです」

少し前から話題になり始めた現代貨幣理論（MMT）に、吉良は期待を寄せはじめていた。この理論の骨子は、個人の家計とちがい、国（正確には中央銀行）には、法定通貨を発行する特権がある。つまり打出《うちで》の小槌《こづち》を持っているのだから、極端なインフレにならない限りは政府はどんどん財政出動するがいい。自国通貨で借金をしている限り債務不履行にはならないので、プライマリーバランスなんか気にせず、思い切って景気回復に努めるべし、という財政出動を後押しするには持ってこいの理屈であった。

「たしかにそのMMTを振り回すとしたらいまがチャンスだ。中町《なかまち》さんは吠《ほ》えまくってるよ」

中町はMMTを日本に紹介した経産省の官僚であり、会ったことはないものの、書物で彼の考えに接して共感を覚えてはいた。

「中町さんはどのくらいの財政出動が必要だって仰《おっしゃ》ってるんですか」

「いくらとは言ってない。インフレ率が４％に達するまでガンガン行けってのがあの人の意見だ」

吉良は啞然《あぜん》とした。そんな気前のいい政策を財務省は絶対許さないだろう。

「今年度の上四半期はどうなりますかね」

「GDPで20％は落ち込む。おまけに、来年まで停滞しつづけて、通年で10％の落ち込みは避けられないんじゃないか」

そんなに深刻なのかと吉良は真剣に悩んだ。

「で、どうなんです、使えそうですか、MMTは」

「わからん……。ただ、財政出動したとしてもだ、金を配ってひとまずこれで凌《しの》いでくれってことにしかならんだろ」

「でも、とりあえずそれが必要でしょう」

「それはそうだが、ただ、新型ウィルスが去った後にどれだけ経済がV字回復できるかってことも心配しなきゃいけないぞ。俺はかなり厳しいと見てるんだ。とにかく、欧米がこれだと輸出はしばらく駄目だな」

「ダメージは長引くと……？」

「とにかく自動車がキビしい。全世界的に車を買おうなんてマインドになるには相当かかるんじゃないのか」

たしかに、自動車は産業としてはもう時代遅れだ、などと言われつつも、日本経済を根底で支えていることは否《いな》めないので、これは大問題である。

「どうすりゃいいんです」

「どうすりゃって……どっちの話だ」

「そりゃあ中小サービス業のほうですよ。大手の自動車会社は内部留保がそうとうあるから、来月から社員の給料が払えないなんてことはないでしょう」

「そうだな、たしかにサービス業のほうが深刻だ。全体に占める割合もでかいし。とはいえ、金《かね》配る以外にやれることはないぞ」

「でも金はたいして配れないわけでしょ」

そう言うと高梨はため息をついた。

「追加の臨時予算を組むようにプッシュするしかない。ただ、そうなってくると、財務省はまたプライマリーバランスがどうのこうのと言ってくるだろうな」

吉良は、どうしようかと思ったが、禁断の一言《いちごん》を口にした。

「だったら感染者が出ても商売しましょうって言うべきじゃないですか」

驚くかと思ったが、高梨は神妙にうなずいた。

「言うべきかもしれないが、言えないだろ」

そう言ってから、打つ手がないときはないもんだよな、と再びため息をついた。

「そろそろ俺はあがる。託児所が閉まっているから、娘を実家に預けてあるんだ。今日はこれで終わろう」

目の前から高梨が消えた。吉良は空っぽになった画面を見つめていた。DASPAから感染者を出すなと号令がかかり、同じフロアにいても、別班とのミーティングはリモートでやれと言われている。おまけに高梨は公衆衛生防衛班の所属なので、ここから感染者が出たら洒落にならないと言って、やけに神経質になっている。

フロアを見渡すと、人はまだちらほら残っていた。新型ウイルス感染拡大に伴《ともな》って、なるべく早く帰宅しろと指示されてはいる。ただ、ここの連中はみな安全保障に関わる業務に携わっているので、気軽に資料を自宅に持ち帰って在宅で仕事をするのは好ましくない。もっとも吉良に限って言えば、オリンピックが延期になったことで、とたんに暇になってしまったのだが。小さなため息をひとつ吐《つ》いた後、彼は机の上の受話器を取り上げ、内線番号を押した。

――都築です。

「そちらは今日はいつまで頑張る？」

——そろそろ上がろうと思ってた。前の職場だと大変なことになっていたけど。都築瑠璃の古巣は厚労省だ。いまここは、帰宅すらできず、職場の長椅子で寝ている者が少なくない。

——ただ、うちの班は通常運転。世界がこの状況じゃあ、科学兵器の開発は急務じゃないからね。

「だったら、松の木にいかないか」

——やってるの？

「八時までなら。さっき電話したらそう言っていた」

なんかおいしいものでも食べてスカッとしようぜ、と吉良は軽い調子で言った。外出自粛が要請されている中、安全保障関連に携わる国家公務員が外で落ち合って食事するなど、あまり褒められたものではないのだが。

いいよ、と都築は言った。すこしばかり片付けることがあるからと吉良が告げ、現地までは別々に移動することを示し合わせて、ふたりは電話を切った。

吉良はべつにスカッとしたいわけではなかった。都築と話したかったのである。

DASPAが正式にスタートする前、防衛省の視聴覚ホールで、藍色《あいいろ》のスーツを着てセミロングの髪を肩に垂らした都築を見かけた吉良は、「いいな」と思った。その気持ちは素朴で単純なものだった。

DASPAが発足し、全体で宴《うたげ》が設《もう》けられた時、吉良は遠く離れた科学兵器開発班のテーブルまで遠征し、たまたま空席になっていた都築の隣に座ると、「インテリジェンス班の吉良大介です、よろしくお願いします」と自己紹介し、都築の猪口《ちょこ》に冷酒を注《つ》いで、当人だけでなく、周りにいた科学兵器開発班の連中を驚かせた。こうして、吉良が都築に懸想《けそう》していることはDASPAの全フロアに知られることになった。吉良はそれを意に介した風ではなかったが、都築のほうは気味悪《きみわる》がった。この男の噂を聞くにつれ、変わり者だという評判ばかりを耳にしたからである。

吉良は自身の死生観を業務中に口にし、周りを呆れさせることがあった。「花は桜木、人は官《かん》」だの、「官の道は死ぬことと見つけたり」などと言っては、奇人として取り扱われていた。

インテリジェンス班はどうしてあんな軽薄児《けいはくじ》をサブチェアマンに据《す》えているのか、という声も聞こえた。そんなときにはチェアマンの三波は、

「あれはシャレだよ」と言って笑うのが常だった。

吉良も上司がそのように取りなせるように、わざと軽薄な調子に整えているようにも見えた。

しかし、実のところ、これは本気であった。吉良は死を強く意識している男である。「こんど生まれてくるときには」などという言い回しがあるが、そんな来世などあてにせず、大きな実在に一体化し、泰然自若《たいぜんじじゃく》として死につく、そんな時代錯誤《さくご》な願望を胸に宿して、そしてその大きな実在が国家ならば、官僚として生きて死ぬことは本望である、などと真面目《まじめ》に考えている男である。

これでは都築が気味悪がるのも無理はない。しかし、少し前、ふたりの距離を縮める小さな事件があった。ただ、それを語るのはもう少し先になる。

丸《まる》ノ内《うち》線で新宿まで出て京王《けいおう》線に乗り換え、明大前《めいだいまえ》に向かう。いつもなら座ることなど望むべくもない通勤電車には、空席が目立った。

明大前の駅前から目当ての居酒屋までの道も、八時までは営業が許されているにもかかわらず、ほとんどの店は戸を閉ざし、通りには物寂しく陰気な気配が立ちこめていた。それだけに暗がりにぽつんと灯る提灯《ちょうちん》のその紅《あか》が闇ににじむように感じられた。

松の木は、若い夫婦がやっているちんまりとした居酒屋である。新宿の吉良のアパートから多摩川《たまがわ》を越えてすぐの都築が住むマンションへと抜ける京王沿線の、たがいの住居のほぼ中間に位置するこの店で、ふたりはときどき落ち合って、飲む。吉良にしてみれば、いちど西に下ってまた引き返してくることになるのだが、都築が新宿で飲むのを嫌うので、〝真ん中を取って〟いるわけである。

引き戸を開けると、いらっしゃいの挨拶《あいさつ》とともに、あ、それ、おねがいしますね、と若い女将《おかみ》さんから声をかけられた。入ってすぐのカウンターの隅にアルコール消毒液のボトルが載せてある。はーいと答え、ポンプを押して、手を揉《も》んだ。

「いらっしゃってますよ」と言われ、奥の座敷に上がると、都築はテーブルの上でメニューを眺《なが》めていた。なんか美味《お》しそうなのある？　そう言いながら向かいに腰を下ろした時、見ていたのはメニューでなくタブレット端末だったとわかった。

「なに熱心に読んでんのさ？」

「たいしたもんじゃない。Twitter見てただけ」

「そうか。真剣な表情だったから、日本酒でも選んでるのかと思ったよ」

実はなかなかに酒豪である都築を揶揄《やゆ》するように言ってから、

「Twitterになにかあるの？」と吉良は尋ねた。

「いやね、二日ほど前から盛り上がってるから」

都築はそう言って、吉良のほうへタブレットを滑《すべ》らせた。

ディスプレイには〝#検察庁法改正案に抗議します〟とタグづけされたツイートが並んでいる。そのほとんどが、この改正案に異を唱えるものである。ただ反対とだけ言っているものもあれば、現政権による司法への介入だと批判するものもあり、政権に近いと言われている黒川検事長を次期検事総長にするための工作だと一歩踏み込んで批判しているものもあった。

「吉良君は当然チェックしてるよね」

「もちろん」と吉良は言った。「オシントはインテリジェンスの捜査の基本のひとつだからね」

オシント、つまりオープン・ソース・インテリジェンスは、世間に公開されたデータをつぶさに集め、大量のデータから価値ある情報を抽出《ちゅうしゅつ》する活動のことだ。情報収集のソースには、テレビの報道や刊行物などはもちろん、特殊なルートでなければ手に入れられないマニュアルや秘密文書も含まれる。

さらに、最近ではインターネットの動向なども注視しなければならない。特にTwitterは要注意のSNSである。

「気になるの？」吉良はそう尋ねてメニューを開き、「春らしくいきたいねえ」とつぶやいた。

「鰹《かつお》のたたきが食べたいな、私のリクエストとしては」と都築は言った。

異論はないものの、ありますか？　と注文を取りに来た女将さんに訊《き》いたら、ごめんなさいと言われた。コロナ禍で客が見込めず、仕入れが難しいのだそうだ。そのかわり、のどぐろの塩焼きならありますよと勧められ、ぜひ食べたいと都築が言ったから、二尾もらうことにした。あとはあるものから適当にと頼んで、メニューをスタンドに戻し、

「大変ですか」と女将さんに尋ねた。

「それはもう……」

愚問である。潰れないでくださいね、と吉良は露骨な物言いで励まし、なるべく来るようにします、と宣誓《せんせい》した。女将さんは薄笑いを浮かべ、会釈《えしゃく》して下がった。

「君はあまり気にしてないの」吉良のほうに向き直ると、都築は尋ねた。

Twitter上での〝#検察庁法改正案に抗議します〟の盛り上がりについてだとわかるまで、一瞬の間が必要だった。

「勘違いが多いよね、あれは」と吉良は言った。

「勘違いって？」

「三権分立がどうのこうのって騒いでるけど、検察庁は行政府に属し、検察権は行政権のひとつだよ。ここを誤解している投稿が多かった。それに、黒川さんの定年延長がこの法律で決まるって思ってる人も多いけど、これはすでに閣議決定ずみだったろ。あの法改正は黒川さんを検事総長にするためのものじゃないと俺は思うし、彼を次期検事総長に置いて、政権への捜査を免れようという魂胆は、ないとは言い切れないけれど、やっぱりそれは憶測の域を出ないよ」

「いや、そんなことはどうでもいいんだ、私は」

「へえ。何に注目してんのさ」

「数だよね、まず」

「ああ、六十万だっけ」

「無視できない数字だとは思わない？」

確かに六十万人のデモがもし東京で起こったら大変なことになる。しかし、そう素直に考えるわけにはいかなかった。

「気軽に投稿できるからだろ。匿名《とくめい》だし」

「でも、匿名なのは選挙も一緒でしょ。私はね、これはハッシュタグのマジックだと思う」

面白いなと思った。ちょうど、〝とりあえずのビール〟がきたので都築のグラスに注いで、では拝聴させてもらいましょう、と改まった。

「これに賛成かどうかはともかくとして、#を付けることによって、すごく気軽に運動に参加できる、連帯できるってことが重要なんだと思う」

「まあ、そうだろう」

「それだけ？　じゃあ私の意見をもうすこし言うよ」

そう言って都築はグラスのビールを呑《の》み干したので、吉良は瓶《びん》を摑んで注《つ》ぎ足した。

「人々は引きこもってる。すごく単純な話、だからこそ誰かに会いたくなるわけ。だけど、肉体と肉体はいまはそう簡単には出会えない。恋人に無理矢理会いに行って警察に通報されたボーイフレンドがいたよね。最悪の場合はああなっちゃう」

そういえばそんな事件もあったな、と吉良は思い出した。真夜中にバイクを飛ばして会いに行ったら、デリカシーに欠《か》けると怒られて通報されてしまった。ちょっとかわいそうだな、と吉良は思った。

「てっきり暴漢が女の部屋に押し入ったと思って駆けつけた警察は、実は恋人どうしだと言われて拍子《ひょうし》抜けしたらしいね」と吉良は言った。

「だから恋人だとしても会いたくても会えない状況にあるわけ、いまは」

そう言ったあとで吉良の前からタブレットを引き戻して都築は、

「もっとも、愚《おろ》かな私たちはこうして会っているわけだけど」とつけ加えた。

なんの気なしに口にしたのであろうこのひと言が、吉良の心を波立たせた。人々が引きこもってる中、自分たちは愚かにランデブーしている。愚かであることこそロマンである。そう思い、胸を躍らせた。このときめきこそが愚かであると気づきつつ……。

「だからなんとなく、この運動ってただ政治的なものってわけじゃなくて、下手《へた》に封じ込めちゃ危険な気がするんだよね」と都築が言った。

「つまり人々の深層心理に近いところにある情動が発露している現象ってこと？」

「そう言ってもいいかな。私はこの法案、ひょっとしたら流れるんじゃないかと思ってる」

吉良が黙っていると、

「そうは思ってないみたいだね、君は」と都築は問い質してきた。

「可能性がないわけじゃないけれど」と吉良は微妙に同意しつつ、「このまま強行突破するんじゃないかな」と言った。

「どの程度の確率でそう思ってるの」

「ほぼ100％」

「なんだ、だったら可能性はないって言えばいいじゃない。じゃあ賭ける？」

「なにを？」

「私が勝ったら、次にここに来たときは吉良君が払ってよ」

「じゃあ俺が勝ったら？」

「食堂でランチを奢《おご》るよ」

「ずいぶん割の合わない賭けじゃないか」

「だって、どう考えたっていまの時点じゃ吉良君が有利でしょう。オッズとしては妥当なところだよ」

じゃあ、それでいいよと吉良は言った。どうせ勝つに決まっているのだから、もっと色っぽい賭けにしたかったな、などと思い、だとしたらなにを賭けようかともやもやしているうちにわからなくなった。

とはいえ、愛甲政権は失策が続いているのが、心配といえば心配だ。ガーゼマスク二枚を各家庭に届けるというアコノマスクは、膝《ひざ》から力が抜けるような脱力感を多くの国民に味わわせた。さらにミュージシャン星乃元一《ほしのげんいち》が、ギターをつま弾いて歌う動画『おうちで踊ろよ』をYouTubeに掲げ、これに自由に音や映像をつけ加えてくださいと拡散させると、側近にそそのかされた首相は、自宅でくつろぐ様子を加えて掲示《アップ》した。

ミュージシャンどうしが、自粛で会えない中、インターネットを通じてつながろうとする身内のパーティーに無遠慮に顔を出したと受け取られ、大いに顰蹙《ひんしゅく》を買った。

愛甲はエンターテイメント業界と接触しつつ、彼らの人気を支持率アップに利用しようとする動きが目立つ為政者であった。しかし、目下、この業界は休業を強いられ、生殺しの状態にある。なおかつ政府からの支援の手も差し伸べられていない。そんな中でたがいを慰め励まし合うリモートの寄り合いに、やあやあと入っていくのはさすがにまずいだろうよ、と吉良も思った。

そんなこんなで、これまでさまざまな疑惑があっても、なかなか下がらなかった内閣支持率はここにきて下降の一途をたどっている。これらを考えると、都築が言うように、連帯する六十万のNOは、強行採決をためらわせるに不足はないのかもしれない。

吉良はため息をついた。

しかし、こんなことになるなんて予想もしなかったよ。ビールの瓶を取って、都築のグラスに注ぎながら、吉良が言った。これを予想できていたとしたらむしろ気持ち悪いよ、と都築は笑った。

「――ウイルスの件は吉良君の仕事にどう影響しているの。オリンピックが延期になって暇になったんでしょ」

たしかに、本来ならば今頃は、インテリジェンス班のサブチェアマンとしてテロ対策に奔走《ほんそう》しているはずだった。

「だけど、のんびりなんかしてられないよ。だって国難だぜ、これは」

「愛国者だからね、君は。でも、のんびりするしかないじゃない、警察がウイルスを逮捕できるのなら別だけど」

吉良はしおしおと頭を下げ、すみませんと言った。

「ところで、俺は文系だから医療のことには不案内なんで教えてもらいたいんだ」

都築は眉《まゆ》をひそめた。

「ウイルスの話でしょ。専門外なんだよね」

彼女は、在学中と以前勤務していた研究所では、脳神経科学と認知神経科学を勉強していた。それは承知の上でさ、全然わからないわけでもないんだろ、と吉良は言い、危険だよそういう考え方は、と都築は牽制《けんせい》した。

「長谷川さんに訊けば？　部門としてはそちらのほうがこの問題に関しては、専門だね」

長谷川一臣《かずおみ》はDASPAの公衆衛生防衛班のチェアマンである。そして厚労省出身だから、都築瑠璃とはいわば同門に当たる。「紹介するけど」と言われたが、吉良は首を振った。

「俺が聞きたいのは、都築の個人的な見解だよ」

ふうん、でもなぜ、と言って彼女は小さなグラスからビールを呑んだ。

「今回の新型ウイルスなんだけど、果たして全世界が経済活動を停《と》めてまで脅《おび》えるほどのコワモテなのかどうか、俺にはよくわからないんだよな」

「そこね」と都築は、塩ゆでされたそら豆の皮を剥《む》きながら、言った。「特に日本にいるとそう思っちゃうよね。それに中国もいまは落ち着いているみたいだし」

このウイルスが発見された中国では、急激に感染が拡大し、その数は八万人に達して、またたく間に医療崩壊を招いてしまった。パニック状態に陥った医師や看護師が、怒鳴り、泣き叫ぶ映像が全世界にばらまかれ、新しい覇権国家たる威信を失墜《しっつい》したかのように見えた。しかし、ここからの巻き返しがすごかった。

中央政府は、徹底的に都市を封鎖し、外出を禁止した。こうして感染拡大を力技で鈍《どん》化《か》させた上で、感染集積地《エピセンター》として武漢を明確に定義し、十日間で千床のベッドが入るプレハブの入院施設をふたつ作って世界をあっと驚かせ、これらに五万人の医療従事者を中国全土からつぎ込み、猛烈な勢いで患者を捌《さば》いた。このエピセンター化政策が功を奏し、現在は経済を再起動させるだけでなく、いまが感染拡大のまっただ中の国際社会に、援助の手を差し伸べることで、汚名返上を図ろうとしている。

　むしろ、欧米のほうが被害は甚大《じんだい》だ。ヨーロッパではおよそひと月遅れて感染爆発が起きた。しかし、中国のようには食い止められず、特にイタリアは、歯止めがかからずに、三万人の死者を出し、ようやく四月後半に鈍化の兆しが見られるまで、被害が広がり続けた。

　アメリカはもっとひどい。三億人の人口を抱え、技術力・経済力ともに世界最強であるはずのこの国は、すでに約八万人の死者を出し、ダントツで最悪である。アメリカの四倍の人口を抱える中国が、死者を五千人以内に抑えこんでいることを考えれば、この国の内部になにか問題があると考えざるを得ない。

「アメリカには国民皆保険制度《こくみんかいほけんせいど》がないからね、医療費だって死ぬほど高いし、医療を受けられない貧困層ほど、こういう事態になっても働かざるを得ない。だから感染する。そして感染しても医者には行けないっていう最悪の循環ができちゃってる。――おっと来た」

　そう言って都築は、運ばれて来たのどぐろの塩焼きを箸《はし》でほぐしはじめた。器用な箸さばきを披露しながら、都築は続けた。

「それもあるけれど、原因はあの大統領だよ。私はああいう人の下では働きたくないな。経済以外は関心がなくて、感染が始まった二月初めから六週間はほったらかしだったでしょ。おまけに無知なくせに、専門家の意見を無視するんだから本当に始末に悪い」

そう都築が嘆くのもごもっともな状況ではある。

「とにかくあの大統領は、早いところ経済活動を再開させたいだけだよね。だから規制解除に前のめりになって、慎重な姿勢を見せている州知事らを攻撃している。特にミシガン州の知事に対しての攻撃、あれはひどい。もう早く交代して欲しいよ」

今年は大統領選挙がある。現職大統領を嫌っている都築は、民主党候補に勝って欲しいのだろうが、誰が候補になるにせよ、その背後で暗躍する国際金融資本のことを思うと、吉良は疑いを差し挟まずにはいられない。ただここでは、「そうしたらグローバリゼーションはさらに進み、格差はもっと開くだろう」と口にするのは控え、アスパラのお浸しをつまみながらこう尋ねた。

「経済活動の再開については都築はどう思っている？」

「いま？　それはやっぱり危険だな。専門家の提言を無視して、根拠なく規制解除なんかしたら、いまですらあんなひどいことになっているのに……この先はもうどう表現していいかわからないようなめちゃくちゃなことが起こる気がする」

それは、アメリカの話だろ。吉良がそう言うと、都築はコップに口をつけたまま見返してきた。え、あそうか。日本のことを訊いてるわけ？

「そう日本の話だ。この程度の感染者と――」

「この程度って言うけど、日本では、これはまちがいなく感染しているって思えるような患者にしか検査を行ってないから、その数字はあてにならないよ」

「つまり、全員に検査をしたら数字はぐんと上がるって言いたいわけだよな。じゃあ、死者数で見た場合、ここまで脅える必要があるかどうかってことについてはどう思う？」

「二〇〇九年に流行した新型インフルエンザで二百人が死んだのに対して、今回の新型ウイルスではここまでで約七百人だから、三倍以上にはなっているよ」

「だけど去年は交通事故で三千二百人死んでるんだ。だからといって車に乗るのをやめろって話にはならないだろ」

「わかるけど、その死者数だって、日本人が自粛要請に素直に従っていることで抑え込んでいる数字でもあるんだからさ」

「自粛を解除したらもっと膨れ上がるだろうって予想してるってことか。だけど、たとえその倍、いや三倍四倍になったって、だから経済活動を止めようって論理に説得力はあるんだろうか」

「君は、この状況で、経済を回したいわけね」

吉良はうなずいた。

「じゃあ、あのアメリカ大統領と同じだ」

都築はそう冷やかしたが、吉良は否定せず、こくりとまたうなずいた。

「そろそろ限界がきていると思うんだ」

給付金は充分とは言えず、そして遅い。政府は国民の理解と自覚を促すだけで、都市封鎖もせず、罰則も与えず、強制することもなく、しかも最小レベルの検査数で、〝ゆるいロックダウン〟を実現し、感染爆発を回避している。

日本人は、全体的に見れば、政府の〝お願い〟をおとなしく聞き入れているようだが、やはり、このような無茶は社会に歪《ひず》みを生んでいる。そのひとつが自粛警察と呼ばれる攻撃だ。自粛に従わない者や事業所を発見すると、やめさせろと警察や自治体に通報する密告めいた行為に及ぶ者、さらに店舗への落書きや、ガラスを割るなどの暴力行為に訴える輩まで現れている。これらのニュースに接するたびに吉良は、自国の醜悪な部分を暴露されたように感じ、気が滅入った。

「もういいだろう。このまま自粛を続けさせれば、ウイルスで死ななくたって、電車に飛び込んだり首を括《くく》る人が出てくるよ」

都築は賛成とも反対とも言わない。ただ、かすかにうなずいて、吉良が掴んでいる空のグラスにビールを注《つ》ぎ足してくれた。それを一気に呷《あお》ると、

「だけど、なんで日本はウイルスによる直接的な被害がこんなに少ないんだ」と吉良は

言った。

都築は、なんでだろうね、と言って器用に箸を使いながら、のどぐろを骨だけにする作業にとりかかった。

愛甲首相は、この新型ウィルスの対処において、ここのところ株を下げているものの、感染爆発を引き起こしているわけでもなければ、医療崩壊も起こしていない。結果論でいえば、棺桶《かんおけ》が間に合わないくらいの死者を出している欧米に比べたら、はるかにマシということになる。

国内の基準で見てもそうだ。この新型ウィルスの感染症で亡くなった人の数はここまでで約七百人。毎年一月に喉《のど》に詰まらせた餅《もち》で死に至る人の数は少なくとも一千人。これで見ても、天地がひっくり返るような大惨事には至ってないと言えるだろう。これは政権の努力の賜物《たまもの》ではないかもしれないが、この数字を根拠に、政府は感染による死から国民を守っているのだと弁護することはとりあえず可能だ。

日本の死者の少なさと、感染爆発が起こっていない状況が国際社会に伝わると、当初はこんな〝ゆるいロックダウン〟なんかじゃ感染防止などできっこないと批判していた国際社会の舌鋒《ぜっぽう》もしだいに鈍《にぶ》り、いまでは首をかしげはじめている。

「日本人はほとんどBCGの予防接種を受けてるからって説はどう思う」と吉良は訊いた。

「それはあるかなと私も思ったんだけど、いまのロシアの状況を見ると、あまり説得力ないよね」

都築が言うところを察するに、いま感染爆発を起こしているロシアはBCGの予防接種を義務づけていて、その株は日本と同種なのだろう。

「ヨーロッパで流行しているウイルスは強毒化しているけれど、韓国や日本や東南アジアに入ってきているのは弱毒性のものだという説は？」

「それは端的にまちがいだね。中国の場合は、弱毒性だったから被害があの程度で収まったってことはあるかもしれない。だけど、日本の場合は、ヨーロッパに渡ってそこで変異して強毒化したやつが入ってきている」

「じゃあ、なんでだよ」

「それはわからないとしか言えない。さっきも言ったけど、私は専門家でもないし」

「じゃあ専門家じゃない人間ならではの仮説をでっちあげてくれよ、無理矢理にさ」と吉良は迫った。

「そういうのは聞かないほうがいいんじゃないの、私もあまり言いたくないし」

なにか考えがあるんだな、と感づいた吉良は、このとおりと都築の目の前で手を合わせた。

「暴論だよ」苦笑まじりに都築は言った。

「暴論こそ大歓迎」

都築はため息をついた。

「じゃあ、よそでは絶対言わないでね」

わかった、と吉良はうなずいた。

「吉良君、どうして日本ではPCR検査が行われないかわかる？」都築はまず質問から口火を切った。

「それは、大変に手間がかかるからとか、SARSが流行したときに大きな被害に遭わなかったから、韓国のように検査体制を整えてこなかったとか」

「その説明はもっともらしいよね。だから、そういうふうに解説しているものが目につくんだ」

「ちがうのか」

「うーん、それだけじゃないかも、と思ってるってことかな」

「というのは」

「おそらく、やりたくないんだよ」

「検査を？　それはどうして」

「日本にはもうすでにかなりの感染者がいるんじゃないかと思うんだ。これはね、なんの証拠もなく、シャーロック・ホームズみたいに、現状から強引に筋書きを作っているだけなんだけど」

　その推理を早く聞きたい吉良は、はやる気持ちを抑えるように、ビールをもう一本、とカウンターに向かって声を張った。

「この新型ウィルスは去年の十二月に中国で確認されたわけだけど、感染が始まったのはおそらく十一月くらいからじゃないかな」

　そら豆を囓《かじ》りながら、吉良は続きを待った。

「ウィルスはそのあとすぐに日本にも入ってきたんだと思う。だってこれだけの中国人が日本に来てるんだよ、入ってきてないと断言はできないわけ」

「だったらどうしてその時点で感染が広まらなかったんだ」

「だから広まってたの」

「えっ」

「広まってた。私はそう思うんだよね」

「どういうことだ」

「中国で発生してすぐ日本に入ってきてた。その時点ではまだ弱毒性だった。だから、ばたばたと人が倒れて死ぬことはなかった。若者だったら、なんかしつこい風邪《かぜ》にかかったなくらいに思ってたのかもしれない。この新型ウィルスで重篤化するのはほとんど老人だからね。そして、気の毒にもそれで亡くなる人もいたのかもしれないけれど、風邪をこじらせて死んじゃったと思っていた。それに八十歳以上ならば、これはもう寿命だねと遺族も考えることができた。そうして去年の十一月から十二月にかけて、日本人の少なからぬ数の人が免疫を獲得したのかもしれない。これが一部」

「でも、いま日本にやってきたのはヨーロッパに渡って強毒化したやつなんだろ」

「これは一概には言えないけど、弱毒のウイルスで培《つちか》った免疫は、強毒化したものでも対応できるってことがあるんだよね、効かないこともあるけれど。今回の場合、まだ効かないと証明されているわけじゃない。だから効くかもね、ってくらいは言える」

「じゃあ、中国の武漢で、ああいう悲惨な状況になったのはどう説明する？」

「そこは私も謎だったけど……」

「新型ウイルスの猛攻をまっさきに食らったので、態勢が整っておらず、医療崩壊を起こしちゃったってことか」

それはある、と都築は言ってから、

「ところで吉良君は、武漢だけが特に悲惨な状況になったことについては、どう考えてるの」

中国の状況を数字で追うと、たしかに武漢だけが突出している。

「やばいと思った中央政府が徹底的な都市封鎖で封じ込めたからだろう」とりあえず吉良は言ってみた。

「それで説明がつくかな？　都市封鎖や国境封鎖をしているところはほかにもあるよね。中央集権的な国家は厳格に実行するので効きがちがうんだって言いたいのかもしれないけれど、だったらロシアはどう？　大変なことになってる」

たしかに。吉良はつぶやいた。

「つまり、完全な封鎖なんてできないんだよ。たとえ中央集権的な国であったとしても。武漢だって本当はできてないはずだよ」

たしかにそうだ。党中央が武漢市に対し封鎖命令を出したものの、その前後で流動人口と合わせて約五百万人が市外に流出したことを伝える記事は吉良も読んでいた。ならば、武漢以外で感染爆発が起こっても不思議ではない。しかし、被害は武漢に集中している。弱毒性のウイルスであるにもかかわらず、この被害の一極集中と甚大さは不可解だ。

うーん、と唸《うな》って吉良は考えた。都築は、ビールを持ってきてくれた女将さんに、メニューを開いて追加の注文をしている。それを見ながら吉良は、山ウドの味噌和えか、渋いもの頼むんだな……、桜エビと筍《たけのこ》のかき揚げはいいチョイスだ……、などと思いつつ質問の答えをひねり出そうとしていた。

あのね、吉良君は医療や医学のほうから考えないほうがいいよ。都築の声がした。そりゃそうだ、こっちはど素人なんだから。ん？　だとしたら俺が攻めていくべきはどの方角になるのだろう。

「政治？」と吉良は言った。

都築がきょとんとした顔を上げてこちらを見た。

「武漢が中央政府に仕掛けているのか」と吉良は続けた。

都築はふふと笑って、

「言ってみたまえ」と教師のように促した。

「地方政府の反逆だ」

ほほう。生徒の意外な答えに感心する教師みたいに都築は口をすぼめた。

「中央政府が強いってことはたしかだけど、中国だって一枚岩ってわけじゃない。いろんな勢力が習近平を引きずりおろそうと虎視《こし》眈々《たんたん》と狙《ねら》っている。あの武漢の市長の後ろに、反習近平派の勢力がいたんじゃないのかな。そういえばあの市長、国営テレビの取材に対しても、『中央政府の圧力があったから情報公開できなかった』なんて暴露していた。おそらくあれは欧米を意識しての発言だったんじゃないか」

「そのあと、二週間くらい姿をくらましてたでしょ。——で、吉良君の解釈は？」

「盛ったんだ」

「なにを」

「感染者と死者の数を」

「なんのために」

「中央に揺さぶりをかけるために。つまり情報戦《インテリジェンス》を仕掛けた」

「で、その結果は？」

たしか……。そう言って吉良はスマホを取り出し、検索した。

「湖北省の党委員会書記と武漢市の党委員会書記は更迭《こうてつ》されている。湖北省衛生当局のトップもやられてる。つまり負けた」

　だよね、と都築は言った。

「武漢が盛ってるんだとすると、中国も報道されているほどの被害はこうむっていないことになる。そうすると、中国を含めて、東アジア全体が弱毒化したウイルスで免疫を獲得し、パンデミックになるのを免れたって説はさらに強固になる」

　都築はうなずいて、あくまでも、そう考えてみてもいいんじゃないかって程度だけどね、とつけ足した。呆然《ぼうぜん》としている吉良の耳に、じゃあ、これも言っちゃおうかな、という都築の声が聞こえた。

「これをもうちょっと発展させると、武漢が内陸だったために免疫の獲得が遅れたってことが言えるのかもしれない」

「遅れた？　どういうことかな」

　吉良はとりあえず都築のコップにビールを注いで、居住《いず》まいを正し、謹聴《きんちょう》する姿勢を取った。

「その前にもういちど訊くけど、ほかには言わないって約束できる?」

吉良は返答に詰まった。都築の説は魅力的で、少なくともひとつの参考意見として広めるべきなのではと思わないではいられない。

「よそに話すのなら私は喋《しゃべ》らない。医学をやってる身としては、これを自説として公表するのはあまりにも軽率なので。それに、そこまでこの問題を追究する時間もない。だから無責任な憶測《おくそく》にすぎないってことは忘れないで」

吉良は少し考えて、わかったと言った。

「で、どこまで話したっけ?」

「武漢が内陸部に位置していることも大きな被害につながった原因として考えられるとかなんとか……」

「あ、そうか。……うん、じゃあ、別のほうから話をしようか。東アジアはたいていどの国も海に面しているよね」

「中国の内陸部以外はね」

「そう、そこが大事」

「で、二〇〇三年ごろにSARSがあったでしょ。発祥地は海に割と近い広東《カントン》省仏山《ぶつざん》市で、香港経由で東アジア全域が罹《かか》ったよね。どの国も海が近くてどの国とも国交があり、広い内陸部を持たないって地理的特徴があった」

「それが原因だって？　じゃあ、海上から陸に上がって沿岸地域を汚染していくってわけだな。でもそれはＳＡＲＳの話なんだろ」

「忘れちゃならないのは、今回のウィルスは系列的に言えばこのＳＡＲＳなんだよね。つまりＳＡＲＳって旧型のコロナウイルスなんだ」

「え、そうなの？」

「そうだよ、新型コロナウイルスの正式名称はサーズ・コブ・ツーだよ。ほら」

都築が見せてくれたスマホの画面には、SARS-CoV-2の文字列があった。

「でね、二〇〇三年以降、ＳＡＲＳ系ウイルスはなんども発生しているわけ、そんなに強毒性はなかったから、その後はまったく話題にならなかったけど」

「つまり東アジア全域が同系統のウイルスに、断続的に曝《さら》されてきたってこと？」

「そう。だとしたら、どうなる？　さあ、さっきの話を思い出して」

「つまり、十五年以上にわたって免疫を、いや免疫が……えっとなんて言うんだ、こういう場合」

「免疫学習してきた……ってことだよね。だから、たとえ新型になったのがやってきたとしても、基本的に、なんていうのかな……」

「同種のウィルスを浴びていたので、このタイプにはタフになっていた」

都築は笑った。

「まあそう言うのが一番わかりやすいかもね。……私は冷酒呑むけど、吉良君どうする?」

吉良は返事もせずに、都築がいま言ったことを考えていた。彼女の説は、東アジア一帯がかなりの程度すでに感染しており、そのことによってすでに免疫を獲得していて、〝免疫ベルト〟のようなものができあがっているのでは、と主張するものだ。

ただ、これは東アジアには死者が少ないという事実から引っ張り出した説明であり、これが屁理屈《へりくつ》と受け止められないためには、仮説にせよ、免疫のメカニズムに落とし込む必要があるのではないか。——そんな考えに没頭して吉良が返事を寄こさないものだから、冷酒一本とお猪口《ちょこ》ふたつ、と注文をとりに来た女将さんに都築は勝手にオーダーした。

「それらしき証拠がないわけじゃないんだ」吉良に向き直ると都築は言った。「でも、それをわかってもらうには、免疫ってなにってところから説明しなきゃならないから、面倒なんだよな」

面倒でも、してもらわないと困る。先生おひとつどうぞ、と言って吉良はやってきた冷酒の瓶を傾けた。すると都築は、猪口に日本酒を受けながら、では、免疫ってなんでしょう、と質問を返した。

「なんだよ。そのくらいわかるさ。体内に具合の悪いのが侵入したときに、そいつに抵抗するシステムなんじゃないの」

「そう、いい解答です。では、抗体ってなんでしょう」

「抗体っていうくらいだから、それは、侵入に抵抗して排除する役割を担《にな》っているもの、いってみれば警察だよ」

「うん、いいね。じゃあ、その線で説明してあげる」

かなり馬鹿にされているぞと思ったが、よろしくお願いします、と低頭した。

「いま吉良君は抵抗のシステムが免疫なんだと言ったけど、その抵抗が二段構えになっているってことをまず頭に叩《たた》き込んで欲しいんだよね」

「はい。じゃあ、二段構えとはなにとなになにですか」

「それは、自然免疫と獲得免疫です」

「うむ。覚えました。そのふたつはどうちがうんですか」

「これは異物が侵入する段階で理解したほうがいい。異物のほうは細菌だったりもするけども、今回はウイルスにします。ウイルスという暴漢が体内にわーっと攻め入ってくる。この体内ってのをわかりやすくするために、身体《からだ》をお店で譬《たと》えちゃおう。つまり免疫はお店の防犯システムだね」

はあ、と吉良は言った。子供扱いされているのが癪《しゃく》だが、たしかにわかりやすいのでそのまま聞くことにする。

「まず、お店のまわりには高い壁が張り巡らせてあって、第一段階はこの壁が暴漢の侵入を食い止めようとします」

「肉体的にはどんな対応をするの」

「皮膚や粘膜、そこに存在する殺菌物質なんかがウイルスの侵入を阻《はば》むわけ」

「つまり、物理的あるいは化学的にバリアを張るわけだよな」

「そうそう。ところが、壁を突破されて、まだ店内ではないけれど、暴漢が中庭に入って来たとします。そのときに迎え撃つのが、食細胞。これは言ってみれば番犬だね。この子らはワンワン吠えながら、ウイルスをむしゃむしゃ食べちゃう。はい、ここまでが自然免疫です。素早く対応し、そして、生まれた時から誰でも持っている。だから自然免疫って呼ばれる」

ふむ、と吉良は言った。ほかに特徴は？

「ここで、だいじなことをひとつ言っておくと、これまで自然免疫システムは、侵入者の顔を覚えられないと言われてきました。いまでも教科書にはそう書いてあるものが多い。ところが、最近の研究では必ずしもそうではないと言われ出してる。これは大事なところで、私の暴論を支えるひとつの根拠になっているんだ」

吉良は首をかしげた。自然免疫システムが、侵入した異物の顔を覚えられないという比喩《ひゆ》がいまいちよくわからない。だって、番犬は泥棒の顔をおぼえるしな……。いや、都築の説明だと、実は覚えられるんだってことになっているからこれでいいのか……。

「そのへんはね、いまはわからなくてもいい。あとでわかると思うから。さ、続けるよ。さて、この自然免疫機構をウィルスが突破してしまった。つまり、壁を越えられ、番犬も吠えて嚙《か》みついてはくれたけれど、それでも暴漢は店内に入ってきてしまったとします。こうなるともう警察を呼ぶしかありません。ここから先が獲得免疫です」

「なんで獲得って呼ばれてんだ」

「その話も後回しにしよう。でね、こうなったら白血球、特にリンパ球って細胞が、感染している細胞を見つけて殺してしまったり、抗体を作って押さえ込みにかかったりする。これが免疫システムの本丸なんだけど、侵入されてから反応するまでには数日かかる。警察を呼んでも来るまでに時間がかかるから、それまでに店内が荒らされちゃう」

「なるほどね、暴漢に侵入されました、お店で暴れられました、だけど駆けつけた警察が対処してくれましたってのが、病気が発症してまともな生活が送れない状態から、やがて免疫が効いてきて、しだいに収まっていくプロセスとして現れるんだな」

「そうそう。ただし、自然免疫とちがって、獲得免疫のほうは、いちど侵入されると、こちらのほうは侵入者の顔をちゃんと覚えていて、次回から即座に反応しちゃうから、二度と同じ病気に罹らない」

「なるほど、つまり侵入されることによって獲得する抵抗力だから獲得免疫か」

「そうです。獲得免疫の特徴は、遅い、けれどしっかり記憶している、生後発達する、そしてここが大事なところだけど、病気に罹ることによって備わるってところです」

「それがイギリスが採用しようとした、集団免疫作戦だろ。でもものの見事に失敗しちゃったよな。抗体検査しても、ほとんどの人が抗体なんか持っていなかったし」

「そこがマスコミ報道のゆるいところだよね。抗体を持っていること＝《イコール》免疫の獲得って感じで報道しちゃったでしょ。抗体は免疫を獲得してるかどうかを見るひとつの大きなファクターではあるけれど、それがすべてじゃない。ここは実はすごく大事なところで、これによって私は自分の暴論を正当化しようとしているわけ」

　なるほど、と吉良は言った。

「だけど、いま言った、自然免疫と獲得免疫についてはおおよそのイメージを摑んでもらわないと話が進まないからね。はい、ここまでが基礎講座です」

「はあ。じゃあ、これを踏まえて都築の説はどのように展開されるわけ？　暴漢が店内に入ってきて暴れるから警察を呼ぶって話の続きだけど」

「だからその警察官が抗体だよ」

　なるほど、と吉良は言った。

「で、抗体には二種類あるわけ」

なんとなく聞き覚えがあった。

「二種類あるうちで、ＩgＭ抗体っていうやつが最初に現れる。こいつは、侵入してきたのがどんな種類のウイルスかがまだよくわからない段階で応戦するために、相手がどんなやつだろうと対応してくれます。言ってみれば一般職、ジェネラリスト。吉良君にわかりやすく譬えると、交番のおまわりさんみたいなものかな。ケンカだって言われれば駆けつけるし、迷子の相談や、近くの病院の場所まで教えてくれる」

はあ。たしかにわかりやすいが、そこまで俺の職業に即して説明してくれなくてもいいのに、と吉良は思った。

「で、このＩgＭ抗体が、『なるほどこのウイルスはこうして排除するしかない』と認識すると、次はＩgＧ抗体ってのの出番になる。これは特定のウイルスをピンポイントで狙い撃ちして封じ込める抗体です。吉良君みたいなテロ専門とか、暴力団専門とか、なんていうの、そういう専門職を警察では——」

「専科」

「専科ね。専科みたいなのがＩgＧ抗体。これは、ウイルスによる感染を排除したあとも消えずにそのまま体内に残るんだよね。じゃあ、暴漢ってのはいっそ暴力団員にしちゃおうか。暴力団員Ａを排除したマル暴の刑事さんは、署に戻らずにお店に残ってそこで見張っててくれるわけ」

「なるほど。よくわかる」と吉良は言った。

そして、そんな律儀な丸暴《まるぼう》はいないけどな、と心の中でつけ足した。

「で、しばらく平和にお店を経営してたんだけど、次に暴力団員Bがやってきた。今回は、店にマル暴の刑事さんが居残ってくれているから一一〇番する必要はない。すぐに対応してくれて、Aとはちょっとちがうけど、こいつも同じ系列の構成員だってことで、すぐに取り押さえちゃう」

「いま、同じ系列の暴力団って言ったけど、それはいわゆる、SARS系、コロナ系ってやつか」

「そうそう」

「つまり、東アジア人の体内には、交番のおまわりさん系じゃなくて丸暴刑事《デカ》系の抗体がいて待機してる」

「それが免疫学習ってやつだね」

「いま都築が言ったことって証拠が出せるのか？」

「だから、感染した人の抗体を調べて、おまわりさんかマル暴か、つまりIgMとIgGのどちらがどのタイミングでどっと出現するかを見ればいい。つまり、交番のおまわりさんが駆けつける場合、最初にIgM抗体の数値がぐっと上がるとしたら、お店がこの暴力団に襲われたことはない、つまり、これまでに感染したことはないってことになる。けれど、マル暴の刑事さんがいきなり大挙して出る場合はどうなる」

「前に襲われたことがあるってことだよな。そのために待機していたんだから。つまり過去に感染していたってことだ」

「そういうこと。感染者の抗体を調べて、ＩgG抗体の数値が高い人は、すでに似たようなウイルスに罹ったことがあるのではって説明がとりあえずできるよね」

なるほど、これで日本で被害が少ない理由は解明できた。かなり強引な理屈かもしれないが、いちおう辻褄《つじつま》は合っている。

「じゃあ、さっきのPCR検査の件だけど、もしその仮説が正しいのなら、PCR検査の網をばーっと広げてやったら」

「いまの人数よりもはるかに多い感染者が出るってことになる。実際そうなってるよ」

「実際？」

「今月の一日と二日に都内の医療機関で五百人の抗体検査をやった。年齢は十歳から九十歳まで。男女ほぼ同数で取ったんだって。今月後半にあと五百人やって、合計千人で調べるらしいんだけど、その五百人分のデータをこっそり見せてもらった。すると0・7％にＩgG抗体の陽性反応が出たらしいんだよね」

「え、0・7％しかなかったのかよ。集団免疫を獲得するには60％の抗体保持者が必要だって言うじゃないか」

都築は、猪口から冷酒をくいっと呑んで、「その話もあとにしよう」と言って、スマホの電卓を呼び出した。

「ちょっと単純計算してみようか。東京都の人口は一千三百二十万人。これに0・007をかけると、九万二千人。これだけの人が感染してることになる。いま報告されている感染者数と比べたら桁違いの数字にならない？」

なるほど、と吉良は言った。

「じゃあさっき吉良君が言った、0・7％じゃ集団免疫作戦は全然実行できないじゃんって話をしようか」

「お願いします」

「私たちは免疫に関する話をしてた。それが抗体が0・7％じゃ集団免疫は成り立たないって話は、免疫っていうものが抗体だけで成り立つって考え方をしているわけでしょ」

「でも、ついさっき交番のおまわりさんか専科の刑事《デカ》かって話をしてたじゃん、このふたつはどちらも抗体だろ」

「いちばん最初に、免疫システムは、自然免疫と獲得免疫の二段構えになってるって言ったでしょ。抗体っていうのは、あくまでも獲得免疫システムのディフェンスのアイテムだよ」

「ああ、そうでした」

「もういちど言うけれど、免疫を考えるときには、自然免疫と獲得免疫の二段構えで考えなきゃいけない。で、自然免疫は、侵入者の顔を覚えていないってのが通説だって言ったけど、最近はそうとも限らないって学説が出てきた。オランダのグループが、自然免疫だっていちど対処したものをわりと長く覚えていて、一度刺激を受けると、免疫の記憶が一年以上持続するかもって研究結果を発表した」

「ふうん」

「で、さっき話に出たBCGだけど、BCGってワクチンは自然免疫を強力にするんだよ。だから、自然免疫が高いってことは、感染が拡大せずにすんでいることの理由のひとつにカウントできると思うんだ」

「へえ。BCGってたしか結核に使うやつだよな」

「そう。BCGは無害の結核菌だと思ってください。無害ではあるけれど結核菌ではあるから、投与されるとまず自然免疫が刺激される。そのあとに結核菌が抗原となって抗体を作り、獲得免疫を呼び覚ます。そしてその結果、結核菌に対して獲得免疫が成立するってプロセスになっている」

「自然免疫を強力にするって、どういうこと」

「つまりさっきのお店の譬えで言うと、壁は高くなり、番犬はチワワじゃなくてドーベルマンになるってことかな」

「なるほど」

「それと、自然免疫が上がれば、獲得免疫もパワーアップするんだよ。免疫を作る大元は骨髄です。骨髄にある幹細胞ってのが、免疫のための細胞、ウイルスなんかを食べちゃう食細胞の元になる細胞を作る。免疫細胞の本家みたいなもんだよね。BCGはここを刺激する。だからここから生まれた細胞はより強くなる。つまり自然免疫を刺激するだけに終わらなくて、自然免疫を刺激することで獲得免疫も活性化されるってことです。マル暴の中でももっともコワモテの刑事さんが店にいることになる。この辺も複雑に絡《から》み合っている。BCGかどうかはともかく、自然免疫をうまく刺激してやると、新型ウイルスの感染も起こりにくくなる可能性はある気がするな。だから、トータルとしてこのコロナ系ウイルスに対して日本人は、吉良君の言葉を使わせてもらうと、タフになっているんじゃないかって、私は睨《にら》んでいるわけ」

ふむう、と吉良は唸った。

「あとは、集団免疫てものを考えるときに頭に入れておかなければいけないのは基本再生産数だよね。このコロナウイルスでは、ここまでだいたいひとりが2・5人に感染させると言われている。これをある数式に当てはめると、集団免疫閾値《しゅうだんめんえきいきち》が出る。ちょっと待って、なにか書くものない？　――おっと、さんきゅ。どこに書こうかな、ここでいいや」

都築は、吉良が正月に母親からもらった万年筆のペン先を、箸袋の裏にサラサラと走らせた。

集団免疫閾値＝（$1-1/R_0$）×100

「このR_0に2・5を入れると60%にならない？　うん、なるよね」

「2・5って数字はどこから来てるんだ」

「これは中国での観測から弾《はじ》き出したもの。それに基本再生産数って言われてるように、平均値をとったものだね。地域によってもちがう。密集してるところは当然大きく、過疎な場所は小さい。社会的状況によって実際に変動する数字のことを実効再生産数と呼んでいます。とにかく、いま国や都はやっきになってディスタンス、ディスタンスって言ってるけど、これはR_0つまり再生産数を小さくしようって発想だね。それに、私はR_0はもうちょっと小さいんじゃないかと思っている。日本人は西洋人のようにハグしないし、土足で家に上がらないし、話し声だって小さい、それにマスクをすることに抵抗感を持つ人もほとんどいない。そういうことも影響してくるんじゃないかな」

吉良は、都築から万年筆を取り返し、試しに、R_0のところに、2・5ではなく1・5を代入して手計算した。

――33％。

「つまりこれだけちがってくるわけ。因《ちな》みに1・2だといくつになる？　17％か。そんなもんだよね。ただ、個人的には、抗体による集団免疫って考え方はあまりしないほうがいいと思う。あくまでも複合的に捉えたほうがいいんじゃないかな」

ちょっと、まとめさせてくれ、と吉良は言った。

「日本がこうして死者数を抑えられているのは、同種のウイルスにここんところずうっと曝《さら》されてきて、ひそかに免疫学習していたってこと、またそれによって、ひょっとしたらBCGなんかも手伝って自然免疫力もアップし、自然免疫、獲得免疫ともにタフになった。これに加えて、マスクをきちんとする国民性や握手もハグもしない生活習慣など、複合的な要因が絡まりあってセーフの状態がキープされている、そういうことかな」

「――だと私は思うんだ。とりあえずこれで私の説明はおしまい。長時間、お疲れ様でした」

吉良はもういちど冷酒の瓶の首をつまんで、ありがとうございましたと言って、都築の猪口に注いだ。都築は、くいとこれを呑み干し、もういちど吉良のほうに猪口を突き出した。吉良はどうぞどうぞと新たに注いだ。

「だけどさ、もしそうならば、どんどんPCR検査していけば、陽性だけれども平気な人が結構でちゃうわけでしょ」

「そう思うよ、私は。それにPCR検査ってのも正確じゃない。偽陽性だって結構でるはずだよ」

「だったら、コロナウイルスなんて恐るるに足らずってことの証明になっていいじゃん、って俺は思うんだけどな」

「それが現実にはそうはならないんだよね」

「なぜ」

「日本には『感染症の予防および感染症の患者に対する医療に関する法律』ってのがあって、検査で陽性が確認されたら、たとえ無症状であっても軽症でも、とにかく入院させて隔離しなきゃならないことになっている。今回PCR検査の網を広げたら、次から次へと陽性反応を示す人が発見される危険がある。こうなると、あっという間にベッドが足りなくなって、医療崩壊が起きちゃう。これは絶対に避けなきゃいけない。さっきも言ったけど病院に来たって治療方法はほとんどないわけだから、家で寝てるのとたいして変わりない。そしてたいてい寝てれば治る、特に若者はね」

「たいていは」

「そう。たいていはってのが曲者《くせもの》なんだけど」

「つまり、医療崩壊を起こさないためにPCR検査をわざとやらないってわけなのか」

「私はそう疑ってます」

吉良は黙った。これまた一応筋《すじ》は通っているように聞こえるが、どこかおかしいようにも思えた。

「わからないかもね、吉良君には」

「なにが」

「医療崩壊ってのがなにを意味するのかを」

「わかるよ、そのぐらい。医療の需要が供給を上回っちゃうことだろ」

「それは意味というより説明だね。意味だよ、私が訊いているのは」

意味？　患者が病院に殺到してまともに診療できなくなること以外にどんな意味があるんだ。

「よく格差ってことが言われるでしょ」

「はあ」

「資本主義ってのはほうっておくと格差はどんどん開く。こんな話、誰かしてなかったっけ?」

「ピケティだな、トマ・ピケティ」

このフランスの経済学者は、資本からの収益は経済成長を上回る、と主張した。

r>g

この不等式がやたらと有名になったが、要するに、どんなに働いたって資本を持ってないやつと持ってるやつとの差はどんどん開く、それが資本主義の正体だと暴露したのである。

「経済音痴《おんち》の私には、それを検証することはできないけど、世の中見ていると、なんだかそうなってるっぽいよね」

吉良はうなずいたが、いったいなんの話をしてるんだ、と心中では首をひねっていた。

「現実社会のいたるところで格差は開き、不平等が蔓延している。けれど、唯一平等が保たれているところがある。もうちょっと正確に言うと、平等だという幻想を抱《いだ》ける場所があるってことなんだけど」

吉良は都築の顔をまじまじと見た。

「それが医療現場だってことなのか」

「そう。少なくとも国民皆保険制度が充実している日本では、その幻想はかろうじて維持されている。先端治療をひとまず横に置くと、風邪を引けば、お金持ちでも貧乏人でも、同じ治療を受けられる。つまり、医療は『人の命はみな平等』って幻想を分かち持てる最後の砦《とりで》なんです」

吉良は唸った。たしかに空いているベッドが十しかないところに二十人押し寄せたら、その中からベッドに寝かせる人間を十人選ぶしかなくなる。つまり、治療するべき命とそうでない命を峻別《しゅんべつ》することになるのだ。

「ベッドはね、日本の場合、まだ余裕があるんだ。ヤバいのは、医療器具と医療スタッフがショートすること。医療器具を例にとってもうすこし先に進んでみようか。新型ウイルスに感染して重篤な状態で担《かつ》ぎ込まれた人が三人いるとするじゃない。全員かなり危ない状態で人工呼吸器がないと生きていけない。でも病院には一台しかないとしたら？　極端な話、ベッドは急ごしらえで用意することはできるかもしれない。だけど、人工呼吸器が必要な人にそれを使えないとすれば、その人は確実に死にます。人の命はみな平等って幻想はここで完全に崩壊しちゃうわけ。これが最悪の医療崩壊です」

なるほど。病院に運ばれようが運ばれまいが、どちらにしても現場はひとりしか助けられず、人工呼吸器がつけられなかったふたりは死ぬが、運び込まれる人間がひとりならば、平等幻想だけは維持される。――そういうことか。

「もういちど確認するけど、吉良君は経済活動を開始したいんだよね」

「したいというか、しなきゃならないだろ」

「だとしたら、片っ端から検査をやれなんてことは言わないほうがいいかもよ」

そうだな、と吉良はうなずいた。

人がガンガン外に出て行ったら、感染者は増える。ひょっとしたら増えないかもしれないけれど、増えると考えといたほうがいい。感染したのではと疑う人が多くなる。そういう人に片っ端からPCR検査をするとどうなるか。陽性者がどんどん出る。陽性者は感染症法に従って入院させなきゃならない。医療崩壊が起きる。これはなんとしてでも避けたい。だったら検査なんかで白黒つけないほうがいい。――そういう理屈だ。

そもそも入院させたって治療法なんかないわけだからおとなしく寝ててもらうしかないのだ。寝てるだけなら家でもできる。だったら、家で寝ててくれってことになる。そして、たいてい寝てれば治る。たいていは。ここには、その中の一定数は死んじゃいますけどね、って含みもあるのだが……。

「さらに、もう少し踏み込んでいうと、たいてい死ぬのは老人ですよってことになる。こういうことはなかなか政治家は言えないよね」

言えっこない。現政権は老人層からの票によって支えられているのだから。

「吉良君は本当は言いたいんでしょ。感染したら重篤化して死ぬ可能性の高い老人は家に引きこもってろ。中年以下は、外に出て経済を回そうって」

吉良は黙ってうなずいた。まさしくその通りだ。

「わかる意見ではあるけれど、やっぱり感染のリスクは上がるわけだから、万が一感染したときはもう寿命だと思って諦《あきら》めてくれって言ってるようなもんだよね、それは」

「言ってるようなものじゃなくて、言ってるんだよ」

「吉良君はいいよ、でも先生方《がた》は国会でそういうことは言えない」

「だな」

「君の仕事は安全保障でしょ」

「そうだけど」

「安全であることも大事だけど安心ってのも考えないといけないと思うな」

吉良は神妙になって、ご意見伺《うかが》いたいです、と言った。

「コロナはたいしたことない。安全なんだ、だから経済活動を再開したほうがいいって主張したとします。じゃあその安全はどういうふうに保障されているのかというと、専門家がかくかくしかじか言っているから安全だって言うしかないでしょうね。でも専門家ってのは必ず逆のことを言う人がいる。そういう人が、テレビに出たり、ＳＮＳで『コロナはマジやばい』って熱弁する。こういうカウンターパンチってまた効くんだよ。安全を説くよりも危険を煽《あお》るほうが簡単なんだ。さらに、毎日のように感染者数が報告されて、近所の人気者だったおじさんみたいな志村けんや、可愛いおばさんだなと思っていた岡江久美子が死んだりすれば、それはやっぱり不安になるよ。その不安を手当てすることも政治の役割だと思うし、手当てすることなしに、安全なんだレッツゴー！て掛け声だけかけても、ろくな結果にならないと思うな」

まったくもってその通りです、と吉良は頭《こうべ》を垂れた。

「政治家じゃなかったらまた話は別かもしれない」と都築が言った。「吉良君みたいなことを言ってる人もいるよ。浅倉マリってミュージシャン、知ってる？」

ポピュラーミュージックをまったく聴かない吉良は首を振った。しかしミュージシャンも、政治家と同じく、人気商売にはちがいない。よくそんな大それたことを言えたものだな、と感心しそうになった。

「その人、言うだけじゃなくて実行するみたい」

「実行って？」

「自粛要請に従わずにコンサートをやるんだって」

「へえ」

「それもかなり大規模なものを」

「で、その浅倉マリって人は有名なのか」

「有名といえば有名かな。私も名前くらいは知ってるから。少なくともベテランではあるよね」

「聴いたことは？」

「ないなあ」

「どこでそういう発言をしてたんだ」

「昼間の情報番組。私はネットに上がっているものを見たんだけど。彼女が自粛に応じないで、ライブハウスで歌ってたところに、やめろと怒鳴り込んできた人がいたらしいよ」

「ああ、いわゆる自粛警察だよな」

「そう、ただそこにたまたま本物の警察がいたんだって」

「客として？」

「いや業務で。警察も自粛を促《うなが》しに本人と話してたみたい。そこに一般市民がやって来てやめろと騒ぎ出したので、取り押さえちゃったんだって。さて、浅倉マリは吉良君と同じく〈自粛しないで経済回せ〉派だけど、彼女に対して、そうだそうだ、もっとやれってエールを送りたい？」

いや……と言って吉良は黙った。収束に向かいつつあるいま、大規模な感染が起これば緊急事態宣言は長引き、国全体がさらに困窮するのはまちがいない。外出して経済を回したほうがいいという自分の主張に嘘《うそ》はないけれど、大規模な感染が起きるとかえって逆効果だ。だから、周到な注意はやはり必要だと思う。要請であって命令じゃないんだからやるぜって言われて乱暴にやられては困る。

吉良が黙っていると、

「ほらごらん」と都築は笑った。


新宿のアパートに戻って、YouTube にアクセスし、浅倉マリと番組名を打ち込んで検索をかけた。それらしき動画はすぐに見つかった。件《くだん》のライブハウスの客席に座る浅倉に、リモートでインタビューしたものである。

黒いブラウスに身を包んだ浅倉は、黒く長い髪を下ろし、テーブルに肘《ひじ》をついて、指には煙草を挟んでいた。ベテランと都築は紹介していたが、その言葉から想像していたよりも高齢だった。七十は過ぎているように見える。世代的には、若者たちが反乱を起こした季節に、青春を過ごした世代だろう。ただ、いまの彼女は、吉良の目には、魔法使いのお婆《ばあ》ちゃんのように見えた。

――どうも、浅倉です。

〈昨日は、そこでライブをやられたんですか〉

キャスターがスタジオから声をかけた。

――そうよ。そのあと打ち合わせに行ってね。昨夜はよく働いた。だからまだ眠いの。

浅倉マリは長い髪を気だるそうにかきあげる。

〈浅倉さんは、いま全国に自粛要請が出ていることはご存じなんですよね〉

――なんかそんなこと言ってるわね。

〈では、承知でやられていると〉

――だから、自粛っていうのがよくわからないのよ、私は。

〈と言いますと?〉

――自粛ってのは自分から進んで止《よ》すことよね。辞書で引くとそう書いてある。自分で勝手にやめたんだからはした金でガマンしなって、理屈をすり替えてお上《かみ》はそう言うわけだ。でも、そんなやり口、私には通用しないわよ。

痛いところをつくな、と吉良は思った。キャスターは「仰ることもわかるんですが」と半ば認めた上で、「とにかくいまは非常時なので」と理解を求める。

――だから、どこが非常事態だっていうのよ?

〈ですから、ライブハウスのような密集した空間ができてしまうと、そこが感染源となって、多くの人に感染させてしまう恐れがあるんですよ……〉

――ああ、それについては、さっきビデオが流れてたけど、うちに来た刑事さんがいいこと言ってたわね。車を運転したって、加害者になる可能性はあるんだって……。つまりね、人間いくらきれいに生きようとしたってどこかで誰かを傷つける可能性はあるわけよ。

誰だ、そんな知恵をつけるようなことを言う馬鹿な刑事は。

——私の歌にしても、聴いて励まされたり、慰められる人もいるけど、傷つく人だっているる。それはしょうがない。そのくらいの覚悟がないとやってられないわよ、こういう商売は。

みろ。結果的に援護射撃になってるじゃないか。

——それに私、仲間やファンと交わってそこから感染《うつ》されて死ぬんだとしたら、それは本望だと思ってる。

吉良は苦り切った。こういう威勢のいい啖呵《たんか》に影響される者は少なくない。慎んでくれよ、と言いたかった。

——だいたい、非常時だなんて私はちっとも思ってないもの。やたらと難しい名前がついてるけど、しょせんは風邪でしょう。

〈いや、現にそれで人は死んでいるわけですから。ほら志村けんさんだって〉

これはいい、と吉良は思った。志村けんの名前は効くはずだ。しかし、浅倉マリは煙草をふかし、たいして気にかけない調子で「ああ」と言って、白い煙を吐き出した。

——あの人はもともと肺を病んでたわけでしょ。それにもう七十超えてたし。だから私はこれは年寄り風邪だって呼んでるわけ。

年寄り風邪。なるほどうまいこと言うなと感心しつつ、いやこれはまずい展開だぞ、とPCが載せてある文机の前で座り直した。

——だって死ぬのはたいてい爺《じい》さん婆さんなんでしょ。

〈いやいや、甘く見るのはまずいですよ。若い人もこないだ亡くなってますし〉

総じてマスコミは危機感を煽ることに積極的である。例外をいくつか挙げて、「自分たちは大丈夫だと思っている若い人に、そんなことはないってことをきちんと知ってもらいたいと思います」などとつけ足して、注意喚起というよりもむしろ一大事の印象を与えることを好む傾向が強い。

——そんな例外を持ち出して大声張り上げるのは止してちょうだいな。ちゃんと数字を見てみなさい。死ぬのはたいてい年寄りです。一目瞭然でしょ。

浅倉が正しい。今回の新型ウイルスについては、まだわかっていないことが多すぎる。そんな中で真実を握ろうとするなら、まずは数字を見るしかないはずだ。

——だから、若い人はどんどん街に出ればいいし、死にたくない年寄りは巣ごもりして、なるべく人に会わないようにするってことでいいんじゃない。私みたいにそういうのは嫌だと思う偏屈な老人は外に出て、感染したらこれは寿命だと思って死ねばいい。それだけの話よ。

その通り。ただこれは、シルバーポリティクスで集票している現政権にとって〝不都合な真実〟であり、喧伝《けんでん》するのは難しいだろう。

——あのね、人は死ぬときは死ぬのよ。どう抵抗したって、いくら医術が発達したって、人は生まれて、生きて、死ぬってことから逃れられない。その切なさから歌が生まれるんだと私は思っているわけ。

キャスターは予期せぬ反応に戸惑《とまど》いを隠せないようだ。

〈では最後にお伺いしますが、ということは浅倉さんは今後もこのような活動を続けられるわけでしょうか〉

——ええ、近いうちに、若い連中も誘って、もうちょっと大きなコンサートをどこかでやろうって計画しているの。

〈それは、どちらで?〉キャスターは驚いて尋ねた。

——それはまだ言えないわよ。昨日みたいに妨害されると困るからね。私、ちょっと前に肺癌《はいがん》やっちゃってさ、最近は思ったように歌えないことも多くなってきてるから、ここらで一花咲かせたら引退しようと思ってる。長いこと頑張ってきたんだもの、引退公演ぐらいやらせてよ。さっきも言ったけど、人間、死ぬときは死ぬわけよ。死ぬかもしれないし死なないかもしれないけども、死ぬときは死ぬ。人間は神様じゃないんだからなにもかもコントロールできるわけじゃない。死なないことを祈りながらそれぞれ頑張っていくしかないのよね。それが私にとっては歌なんだな。

困った婆さんだな、と思いながら吉良は動画を閉じた。

死ぬときは死ぬなんてのは、走るときには走る、泣くときは泣くと言ってるのと同じだ。死ぬかもしれないし死なないかもしれない、もそうだ。意味なく反復しているだけで、おまけに無内容なのになにかを語ってるような、そして潔《いさぎよ》くて、切れ味鋭い印象を与えるので厄介だ。

はて、どうしたものか――。

日本では要請という形で国や自治体が〝お願い〟して欧米諸国とほぼ同じ状況を実現させている。もっとも、これも諸刃《もろは》の剣《つるぎ》で、同調圧力をものともせず、「その頼みは断る」と造反《ぞうはん》する者が出てきても、強制力を持ってやめさせるわけにはいかない。また、浅倉マリが言うように、数字を見れば老いも若きもこぞって引きこもる必要などないのは明らかなのだから、その行動には説得力もある。

ただし、以前のとおりに人々が移動し、面会し、密集するには、なんらかのルールが必要となってくるのはまちがいない。若い連中が街中《まちなか》で感染すれば、彼ら自身は無症状であったり軽症ですんでも、帰宅して同居している高齢者に感染《うつ》せば、重篤な状態になる可能性は高い。

たしかに、浅倉マリのコンサートも経済活動ではある。しかし、反逆児がコンサートを一回やったくらいでは、このイベントのスタッフは一時的に糊口《ここう》を凌《しの》げるだろうが、全体の復興にはほとんど貢献しないだろう。

逆に、このコンサートから多数の感染者が出れば、深刻な事態を引き起こしかねない。

緊急事態宣言はさらに延長され、やはりユルい〝お願い路線〟はろくな結果を生まない、と世界のジャーナリズムはもういちど掌《てのひら》を返して日本を叩くだろう。

そのほかになにがある？

吉良はふと気になって、The POOL.com を覗《のぞ》いてみた。もちろん、——二〇二〇年に東京オリンピックは開催されるか？　のスレッドには〝CLOSED〟の文字があった。しかし、その横にまた新たにスレッドが立っていた。

——二〇二一年に東京オリンピックは開催されるか？

恐ろしいことに、この賭けはすでに成立していた。しかも、オッズを見れば〝開催されない〟と予想している人間が相当数いることがわかった。来年のオリンピック開催を彼らはどのような角度から予想しているのだろう、と吉良は考えた。

日本の状況のみから判断するわけがない。たとえ、我が国が健全な状態であっても、欧米が惨状から立ち直れなければ、大金を投じて運動選手を東の果ての島国まで派遣してスポーツ大会に興じるなんて暢気《のんき》なことをやってくれるわけがない。〝開催されない〟に賭けた者はたぶんそう読んでいる。

そういえば先日、外務省からDASPAのインテリジェンス班にやって来た矢作《やはぎ》が不吉なことを言っていた。

「ドイツのメルケル首相が来月アメリカで開催されるG7に参加しない可能性が出てきましたよ」

彼女は公式の場で震えが止まらなくなることが何度かあり、健康問題が取り沙汰されていたが、吉良はひょっとしてと思い、

「ウイルスの問題で？」と尋ねた。

「ええ、そうらしいですよ。この状況を考えると神経質にならざるを得ないのでしょうが」と矢作は言い、「もっとも、テレビ会議では出席するようです」とあとを足した。

ドイツ首相の決断は、アメリカ大統領にどんな感情を呼び覚ますだろうか。

「絶対怒り狂いますよ、賭けてもいいです」と矢作は言った。

遠慮する、と吉良はすぐ辞退した。そんな分の悪い賭けに参加するやつはいないだろう。

しかし、これは人ごとではないぞと吉良は危ぶんだ。欧米諸国は、窮地に追い込まれた内政をなんとかするのが先決でオリンピックどころではないという本音を隠し、日本の感染対策が不充分だから、という具合に不参加の理由をねじ曲げてくるかもしれない。日本命令によるロックダウンを実施しなかった日本モデルのユルさを叩く時、浅倉マリのコ

ンサートは格好の材料になろう。

あるいは、このコンサートを舞台に、日本の威信の失墜を目論む勢力が、一気に感染爆発を狙うという可能性も排除できない。一聴すれば妄想にしか聴こえないようなことも、インテリジェンスに携わる人間は大真面目《おおまじめ》に考える。

そして、それを阻止することこそ吉良の仕事であった。

4　巡査長

翌日、問題のライブハウスは池袋《いけぶくろ》にあると知った吉良が、状況を確認するため、部下の秋山《あきやま》を署に向かわせると、昼過ぎに電話が入った。

――いまは、もう閉めているんだそうです。というかライブハウスの経営そのものがもうすぐ終わるので、池袋署もこれ以上は指導しようがないと言っていました。

「廃業するのか。じゃあ、どうしてその時だけ開けてたんだ」

――浅倉マリがオーナーと昵懇《じっこん》で、長年に亘《わた》って定期的にここに出ていたこともあって……。まあいってみれば特別扱いですよ。店が企画しての興行ではなくて、浅倉マリにハコ貸ししたみたいです。

「自粛警察をやらかしたのは、どこかの市民団体の人間なのか」

――いや、近くの香味亭《こうみてい》って中華料理屋のおじさんでした。名前は鳥海慎治《とりうみしんじ》。四十三歳。一般社団法人日本拉麺《ラーメン》協会の池袋支部長をやってます。

「ふうん。その鳥海ってのはどうして抗議なんかしに行ったんだ」

――聞き取りした署によると、せっかく世の中が収束に向かっているのに、ここで感染が広がったら元も子もないと思って、と本人は説明したそうです。

ずいぶんまともなこと言うじゃないか、と吉良は意外に思った。

――ただ、本音としては、個人的な事情もあって、そうとうイライラしてたからでしょうね。話を聞いた署員はそう言ってますが。

「というと？」

――鳥海の奥さんは感染者なんですよ。

「なんだって？」

――そうなんです。夫婦で店に出ていたので、保健所がやってきて店舗を消毒する騒ぎにまでなった。そこを近所に見られたので、時短営業もやりにくくなっちゃったんですよ。つまりいまは収入ゼロってわけです。家賃の支払いも厳しい中、給付金がなかなか振り込まれないこともあり、そうとうに溜まっていたみたいです。本人も自分はかっとなりやすい性格で、と反省していたそうですよ。

あまりに無害な素顔に吉良は拍子抜けした。

「なんだ、ほとんど被害者じゃないか。かわいそうに。そんなのしょっ引《び》くなよ」

――それは署でも問題になってましたね。転び公妨なんか使ってるんですよ。

吉良は耳を疑った。これは、突き飛ばされたふりなどして、公務執行妨害《こうむしっこうぼうがい》罪や傷害罪などを口実に別件《べっけん》逮捕する手口だ。もっとも、この手を使うのは公安だと相場が決まっていて、使う相手は過激派などかなり問題含みの対象に限られる。一般市民相手にこんなことをするのはそうとうな不良刑事だ。

「けしからんな。その居合わせた池袋署の刑事ってだれだ？」

――いや、署じゃなくて、本庁からの応援らしいです。いまは自粛の見回りのためにかなりの数が駆りだされ、新宿・池袋・渋谷《しぶや》あたりに回されているので。

「じゃあ、そいつの所属は本庁の生活安全部なのか」

――いや、刑事です。一課らしいですよ。

一課……。捜査一課の刑事は凶悪犯罪を扱うので、気性の荒い連中が多い。

「名前は聞いたか」

――真行寺弘道《しんぎょうじひろみち》。ん、巡査長……？

階級を告げる秋山の声はいぶかしげであった。

そうか。あの真行寺か、吉良にはある意味で腑《ふ》に落ちた。そして、やはりとんだ不良刑事だなあいつは、と思った。

浅倉マリによれば、その刑事は、自粛を求めてやってきた一般市民に、他人にウイルスを感染させる可能性は、車を運転したら人を撥《は》ねる可能性と同じものなのだ、などと説教して追い返そうとしたそうだ。

まともな警察官はこんなことは絶対口にしない。そもそも、自粛要請を拒《こば》んでコンサートをやろうとしているアーティストに刑事がそんな知恵をつけるなんて言語道断《ごんごどうだん》である。しかし、あの男ならやりかねない。

もっとも真行寺とは、吉良が署にいた短い期間に現場をともにしたくらいで、ふたりの間にたいした交流があったわけではないから、人柄を熟知しているとまでは言えない。また、遠目に見て、面白いなとも思っていた。妙に勘の鋭いところがあって、急に自分勝手な動きを見せたかと思うと、思わぬところから事件の急所を突いて、一気に解決してしまう。

仕事熱心とは言えず、さぼって映画を見ていたのがバレて上司に怒られていたかと思うと、急に正義を振りかざして上のものを遠慮なく斬《き》りつける、確かに、不思議な魅力がそなわった刑事ではあった。

実績を評価すれば、それなりの位置にいてもおかしくないはずなのに、聞いたところによると、本人は昇進試験を受けないで巡査長の地位に甘んじているのだそうだ。上位にいけば裁量も仕事の幅も広がると信じている吉良に言わせれば、愚《ぐ》の骨頂《こっちょう》である。

もうふたつほど、吉良の脳裏にこびりついている光景がある。あれはＤＡＳＰＡがまだ正式にスタートする前のことだ。成田《なりた》空港にほど近いホテルのロビーで、真行寺がボビーといるのを目撃したことがある。やつが警備局のお偉方《えらがた》の面前でしかけた派手なハッキングが発覚する直前のことだ。

その後《あと》、もう一度会っている。新宿中央公園の芝生の上でヴァイオリンの練習をしていたら、遊歩道から手を振っている男がいて、それが真行寺だった。この時は、なにか相談ごとをされた覚えはあるものの、内容はきれいさっぱり忘れてしまった。言葉を交わしたのはこれが最後である。

「秋山、その一課の真行寺の身辺を洗え。軽く調べられるだけでいい。それから、念のために、浅倉マリの周辺情報も取れ。大至急だ」

そう指示して吉良は電話を切った。そして、もういちど受話器を取り上げた。


「わざわざお越しいただいて……」

警視庁刑事部捜査第一課の水野玲子《みずのれいこ》課長の丁重な物腰には、警戒心がにじみ出ていた。

「メールで送ったURLの動画は見てもらえましたか」と応接セットの向かいに座った吉良は尋ねた。

「YouTubeの動画ね、見ましたよ」

「池袋署に問い合わせたんですが、ライブハウスに臨場《りんじょう》していた刑事は真行寺さんだそうですよね」

「そうです」

「車を運転したら人を撥ねる可能性もある、という哲学を披露して浅倉マリから信頼を得ているようですが」

「あれは、一般市民が自粛を求めて騒いだので、説得のためにそう言ったまでだと思われます」

庇《かば》うようなことを言ったので、吉良はかぶりを振った。

「ええ、それを責めるつもりで来たわけではありません」

「じゃあ、なに」と水野の口調は急にくだけたものになった。

元々ふたりは大学時代のゼミの同窓である。水野のほうが先輩だが、警察では吉良のほうが先に警視正に昇進した。このことを水野は自分が女だからだと思っている。そう思ってることを吉良は知っているのだが、そんなことないですよ、とは言わないでいる。そう言うと猛烈な反撃を食らうからであり、なきにしもあらず、と認めているからだ。

「水野先輩に相談があって来たんです」

「なにを」

「端的に言えば、浅倉マリにコンサートをやって欲しくない。これが大規模なものだとかなり困る」

「DASPAにとってはどう困るのか、説明してもらえますか」

もちろんです、と吉良はうなずいた。そして、すこし遠回りしますが、とつけ足した。

「今回の新型ウイルスの感染症で日本はオリンピックを来年に延期せざるを得なくなりました。これだけでも大きなダメージなのに、一年後にまた開催できないとなると、目も当てられないことになります」

「まあそれはそうだね」

「経済的な痛手も大きいけれど、国家のメンツも丸つぶれになるでしょう」

「だけど延期になるんじゃないの、ここだけの話、私はそう睨《にら》んでるけど」

「そんなめっそうもないこと言わないでくださいよ。いくらオリンピックじたいが嫌いでも」

「そんなことは言ってません」

「言ってないけど思ってますって。だって昔、オリンピックごときで安易なナショナリズムが沸《わ》き立つのは嫌だって直言なさってましたよ」

そう吉良に話したことも忘れていたらしい水野は眉を寄せて、ただひとこと、「それで」と先を促《うなが》した。

「まあ俺も似たようなものです。でも、いまは横に置いといてくださいな。とにかく、ここにきてオリンピックが開催できなくなると経済的なダメージは計《はか》り知れず、国際社会における面目も失うことになり、国家存亡の危機となるわけです。これはわかってくれますか」

「かなり大袈裟《おおげさ》だけど、わかったことにしよう」

「だから、オリンピックを阻止するような行動は、すべてテロだとまでは言わないけれど、テロ的な行為である。それは俺にとっては大問題だってことなんです」

「どうかなあそれは」

「先輩、どうかなあとは俺も思ってますよ、もちろん」

「だよね。いま言ったことをそのまま信じてるのならちょっと引くよ。ただ、経済的なダメージを考えるとなんとか来年には開催したいって気持ちはわかるし、開催を脅《おびや》かすようなことは排除しておきたいという警視正の考えは理解しました」

水野はそこで一息つくと、「だけど」と言った。

「かと言って、やめろと命令することはこの状況ではできないよ」

「ええ、そこで相談なんです。浅倉マリが計画しているコンサートについてさぐってもらえませんか」

「……例えばどんな？」

「会場はどこか、開催の日程はいつか」

「それを知ってどう動くつもり？」

「たとえば、予定している会場がわかれば、ホールの経営者にかけあって、貸さないように手を回します」

「また公安らしい汚いやり口だよね」

「しょうがないでしょう、僕はずっと公安畑を歩いてきたので」

「知ってるよ。でも、コンサートホールの経営者にだって強制はできないよ」

「もちろんそうです。ただ、でかいコンサートホールとなると、ライブハウスとちがって、経営側はそれなりの規模の企業になるので、我々が強く説得に乗り出せば、コンプライアンスの問題もありますから、貸さないと思いますよ」

「だったら、うちじゃなくてDASPAでやればいいじゃない」

「いや、そちらに適任がいるみたいなので」

「どういうこと」

「真行寺巡査長を浅倉マリに張りつかせて欲しいんです」

「真行寺を？　なぜ真行寺なの」

「ひとつは彼が優秀だからです。署で一緒だったことがあるので、あの人が腕利《うでき》きなのは知ってます」

ふうん、と水野は気のない返事をした。

「ふたりはどの程度親しいの？」

「優秀だとは言いましたが、親しくはありませんよ。最後に口を利いたのは、DASPAに行く直前ですね。新宿中央公園で立ち話《たちばなし》しました。公休を取って、ヴァイオリンのが」


練習をしに行ってたときに、ばったり会ったんですよ」

「へえ、そこでなんの話をしたの」

「それが思い出せないんです。なにか相談ごとをされて適当に答えた気がするんです

「相談ごと？　あの真行寺が……。なんだろう」

吉良は思い出そうとしたが、無理だと思い諦めた。なんとなくやたらと抽象的なこと
を話した気がする。

「DASPAの発足前だとしたら、尾関《おぜき》議員の事件を担当していた時かな」

それを聞いた吉良の脳裏に、当時のある事件が鮮明によみがえった。しかし、これは
水野の前では話題にしないほうがいいと判断し、

「それと浅倉マリから信頼を得ていることも大きいですからね」と話頭を戻した。

「信頼？　あの浅倉マリの発言でそこまで言える？」

「いや、こちらで少し調べました」

吉良はクリアフォルダに挟んだ一枚のA4用紙を差し出した。

「白石サラン。彼女が浅倉マリの今回のコンサートを仕切る音楽制作会社ワルキューレ
の代表です」

「ふーん、女性なんだ。二十二歳。若いなあ。つまり学生で起業したのか。見上げたも

んだね」

「そのワルキューレって会社の顧問の欄を見てください」

水野の顔色が変わった。

「なんでここに真行寺の名前があるの」

「その経緯はわかりませんし、これが副業禁止の規定に違反するかどうかを追及するつもりもありません。いや、むしろ追及したくないんです」

「どういうこと?」

「僕が重視しているのは、真行寺巡査長が、浅倉マリと組んでこのコンサートを企画しているワルキューレの代表白石サランと親しいってことです。端的に言えば、これを利用したい」

「利用できるほど親しいのかな。あんなおっさんが、こんな若くてかわいい子と」

「先輩もかわいかったですよ」

水野はきつい目で吉良を見つめたあとでもう一度紙に視線を落とし、

「この年頃には、五十過ぎのおっさんなんて不潔《ふけつ》に思ってたな、私は」とつぶやいた。

そこまで言わなくてもいいだろう、と吉良は呆《あき》れた。

「先輩はそうかもしれませんが、白石サランもそうとはかぎりません。ワルキューレの所在地は真行寺巡査長の自宅になっていますから」

水野はややあってから、

「ひょっとして親戚?」とつぶやいた。

「ちがうと思います。彼女の本名と国籍を見てください」

「本名は白沙蘭《ベクサラン》……在日韓国人なんだ」

警官になれるのは日本国籍を持っている者に限られる。ふたりが親族であれば、真行寺弘道は帰化したことになる。

「巡査長にはそういう経歴はありませんでした」

じゃあどうして、と水野はふたりの関係にこだわった。恋人どうしなのでは、と軽口を叩こうとした吉良は、よしたほうがいいなと判断して、

「将来性があると思い、投資してるのかもしれませんね。あるいは会社の方針に共鳴して励ましているのか」

水野は紙を見つめて黙っていたが、

「たしかに巡査長はあの手の音楽には詳しいようだけど」と部分的に認めた。

ほお、と吉良は思った。課長が末端の部下の音楽の趣味にまで通じているとは。

「いちど被害者が好んで聴いていた曲の歌詞から事件の急所を握ったことがあった」

なるほど、やはり鋭い、と吉良は感心した。

「ではなおさら都合がいい。対象を説得してコンサートの開催を思いとどまらせてくれ

れば最高です」

「ただそれだと一課は売り上げゼロだよ」

たしかに、刑事部の仕事は、事件が起こった後に、加害と被害の状況を確認し、加害者を捕捉して、これを成果とする。起こさないように説得するのは成果としてカウントされにくい。

「それはDASPAのほうでなんとかしましょう」

「どうやって」

「これから考えますよ。先輩、ここはなんとかかわいい後輩を助けると思ってよろしくお願いします」

吉良は、両手を合わせ拝《おが》むようにして、水野の前で頭を低くした。


翌日は久しぶりに晴れたが、吉良は一日中DASPAのフロアにこもり、オシントに取り組んだ。公開されている媒体から情報を抜き取る活動である。

この日はひたすら、ネットのニュースのサイトを飛び回っていた。ただし、大相撲《おおずもう》の力士が新型コロナウイルスで死んだことや、某アイドルグループの解散コンサートが土壇場で中止になったことなどを盛んに報じている国内関連のニュースはうっちゃって、主に海外メディアの有料サイトを飛び回りながら、コロナで荒れはてた世界を瞥見《べっけん》していった。

フロアに残る者もまばらになった夜遅くに、気になるニュースが飛び込んできた。アメリカ上院司法委員会のグラハム委員長は、新型コロナウイルスに関する「責任追及法」に言及した。

なんだこれは？　そう思いながら詳細を読むと、要するに新型コロナウイルスの発生源だと疑われている中国に責任を取らせる法律を作るかも、と脅《おど》していることがわかった。

先月末にすでに予兆はあった。アメリカの大統領は、一月から二月にかけては、新型ウイルスに対する中国政府の取り組みを称賛していた。ところが、国内で自分の対応について批判が高まると、糾弾《きゅうだん》に転じた。

中国がウイルスを封じ込められなかったことを非難すると同時に、「あえてやらなかったのか」とまで言った。とにかく、いま世界が苦しんでいることの原因は中国にある、と攻撃しはじめたのである。

五月に入ってすぐ、こんどはアメリカ国家経済会議（NEC）のラリー・クドロー委員長が、新型コロナウイルスの世界的な流行は中国に責任があると明言した。大統領の援護射撃以外のなにものでもなかった。

国家経済会議は、経済政策の提言を大統領におこなっている機関だ。彼らが出す政策提言は安全保障を踏まえてのものである。だからこれは当然、中国のゆさぶりを意図したものだと解釈すべきだろう。

ところで、このクドローは四月に、いまこそ戦時国債を発行するべき、とも言っている。つまり、いまは戦時だと捉《とら》えているわけだ。

さて、さらにアメリカは、武漢にあるウイルス研究所がこの新型ウイルスを漏出《ろうしゅつ》させたとしてそれを非難してもいる。もし中国が研究所のウイルスをきちんと管理できずに漏出させてしまったのならば、これは重大な過失だ。しかし、大統領が言う、「あえてやらなかった」はなにを指しているのだろう。素直に解釈すれば、中国が意図的にウイルスをばらまいたことを意味する。

ならばこれは、中国が他国に〝攻撃〟を仕掛けたと言っているに等しい。大統領のハッタリだと捉えることもできるだろうが、今日の上院司法委員会の委員長の「責任追及法」への言及はこれに真実味を与えようとするものだ。ここにクドローの戦時国債が加わると、アメリカと中国の戦争がすでに始まっている気さえする。

ほら見ろ、と吉良は思った。二月、三波に「どこと戦争をしているって言うんだ」と詰《つ》め寄《よ》られ、うまく答えられないであのときは退《しりぞ》いたが、もう少し粘ればよかったと悔やんだ。

一方で、アメリカが仕掛けるこのような印象操作に、やすやすと乗ってしまわぬよう注意しなければ、という自制も働いた。

まず、このウイルスが中国で生まれたと断定する明確な証拠は、いまのところ、ない。よしんば、中国が発生源であることが明確にされたとしても、その時点で存在しなかった法律をつかって、過去に遡《さかのぼ》り、その行為を裁《さば》くことは正義にもとる。そんなことが許されるならば、アホな経済政策をやって世界にダメージを与えたリーマン・ショックの責任を追及する法律を作れば、当時の金融界の大物は次々と牢屋《ろうや》に入らなければならなくなる。それは痛快だが、正義の観点から見ればこれはできない。それと同じことだ。

そもそも、意図的に中国が新型ウイルスを〝開発〟し、世界にばらまくメリットはないんだろう。真っ先に中国が感染の被害に遭《あ》ったことと矛盾するじゃないか。しかし、ここはあえて中国が自らが感染して捨て身の作戦を取ったと考えてみよう。インテリジェンスの世界では、荒唐無稽《こうとうむけい》な発想もいちおうオプションとして用意しておくべきである。

まず中国で感染爆発が起こり、それはヨーロッパや北米に伝播《でんぱ》した。このときには、中国では感染が収まっていて、通常モードに戻した中国は豊富なデータからいち早くワクチンの開発にとりかかる。いまや中国の医療技術はトップクラスだ。そして、ここからは未来の話になるが、ワクチン開発レースでいま先頭を走っている中国がゴールテープを切る。少々出来《でき》が悪くたって、喉《のど》から手が出るほど欲しい全世界がこのワクチンに群がる。中国製のワクチンが世界の津々浦々に行き渡る。中国大儲《おおもう》け。笑いが止まらない。

――こんな憶測を馬鹿げたものだと決めつけるわけにはいかない。実際、いちはやくコロナ禍《か》から立ち直った中国は、この新型ウイルスに苦しむ各国にマスクなんぞを配布して、感染症対策におけるイニシアティブを取ろうとしている。次はワクチンだ、と当然考えているはずだ。現代においては、保健協力におけるリーダーシップが、政治的な影響力を持つのだから。

このような中国の動機を裏付ける前例だってある。二〇一四年、西アフリカでエボラ出血熱が大流行したときにも、中国は積極的に救助の手を差し伸べた。中国がその活動の際に、のちに唱えはじめる〝一帯一路〟戦略のアフリカ市場を念頭に置いていなかったはずがない。

もちろんアメリカは、こんな筋書《すじが》きはとうにお見通しで、そうはさせるか、と措置を講じている。同国の新型コロナウイルスでの死者はすでにベトナム戦争のそれを抜いた。大変な被害である。特に、被害が甚大《じんだい》なのがニューヨークなのも気になる。アメリカにとってニューヨークは特別な場所だからだ。

さらに、アメリカなら、とんでもない難癖をつけて、制裁金をごっそり取ろうとしかねない。じっさい、そんなことはしょっちゅうやっているし、日本だっていいようにむしり取られている。

吉良は立ち上がり、フロアの外にある自販機でコーヒーを買って、自分の席に戻った。誰もいないDASPAのフロアは、インテリジェンス班の一角のみを残して、天井の照明が、すべて落とされていた。吉良はデスクの上に足を投げ出し、紙コップに入ったコーヒーをひと口飲んで顔をしかめた。お世辞にもうまいとは言えない。コップを机の隅に追いやって腕を組んだ。

可能性をすべて並べてみよう。この新型ウイルスは――、

① たまたま中国で変異したウイルスが、世界にひろまった。

② 中国が過失によって外に流布《るふ》させてしまった。

③ 中国が意図的にばらまいた。武漢の被害はいわば捨て身のジェスチャーである。そして中国は、いの一番でワクチンを開発し、世界の救世主となって覇権国家の名を縦《ほしいまま》にするつもりである。

④ 某国が新型ウイルスを中国の武漢でばらまく。そして中国が過失で（あるいは意図的に）漏出させたと世界に宣伝し、中国の責任を追及し、中国の勢いを削《そ》ぐ。

さて、どれがもっとも確からしいだろうか？

もちろん①である。この場合は、中国に責任を負わせるのは無理だ。できるというのなら、アメリカもスペイン風邪の責任を負わなくてはならない。因みにスペイン風邪は、名前からしてスペインが発祥地だと思われがちだが、実はアメリカ産である。
②もありうる。武漢のウイルス研究所は、管理体制が不充分だと以前から指摘されていた。この場合でも国際社会からの責任追及はあるだろうが、中国は否定し続けるだろう。
③はあり得ない気がする。リスクを考えるとあまりにも割に合わない。そして、ウイルス発祥地の不名誉は避けられない。これを考えると現実味に乏しい。
④はないわけではない。そして、こんな大それたことをやる〝どこかの国〟はアメリカだけだ。
「やはり①だろうな」と吉良はつぶやいた。

しかし、釈然としなかった。大統領や委員長の発言を聞いていると、その言葉の裏に粘りつくものを感じ、やはりこの問題は、国際社会のイニシアティヴをどの国が握るのかという覇権争いの構図の中で捉えるべきだろう、と吉良は思った。

これまで、世界の大国と言えばとりもなおさずアメリカだった。アメリカは自由と資本主義の代表である。これに社会主義国のソ連が張り合っていた。かつてこの両陣営の対立は冷戦《コールドウォー》と呼ばれた。しかし、ソ連は瓦解し、冷戦は終わった。このことによって、世界は自由・資本主義・民主主義で塗り潰されていく。自由・資本主義・民主主義の三点セットが政治体制のファイナルアンサーであり、これを破壊するほどの歴史的大事件はもうない、と述べた政治学者フランシス・フクヤマはこれを「歴史の終わり」と表現した。

しかし、二一世紀に入ると、いきなり資本主義の象徴たるワールドトレードセンターが倒壊した。イスラム過激派に乗っ取られた旅客機が超高層ビル二棟に突っ込んだのである。「歴史は終わ」ってはいなかった。その後、アメリカは幾度となく中東に派兵し、なんとか自由・資本主義・民主主義のイデオロギーを注入しようとしているが、信仰に生きる中東の人々は頑としてこれに従おうとしない。

中国もそうだ。アメリカは中国が豊かになれば、この三点セットを採用する動きが民衆のほうで活発になるだろうと踏んで、留学生を受け入れ、資金や軍事技術まで投入し、支援していた。中東のような強固な宗教がないからこっちはいけると読んだのかもしれない。しかし、中国が取り入れたのは市場主義を骨抜きにした開発独裁の資本主義だけだった。

そして、中国は台頭した。この国は都合のいいときだけ〝発展途上国〟と自称しているが、いまや日本を抜いてＧＤＰ世界第二位の大国である。このままいけば、十四億の人口を擁する中国がアメリカを抜くことは時間の問題である、そんな見方が経済学者の間では常識になりつつある。

さらに中国はアメリカの価値観が与えようとした価値を無視しつつもこれを研究し、それに合わせたかのような中華文化《ソフトパワー》を映画、音楽、フード、健康法、ダンス、そして学校という形で、輸出しはじめた。

アメリカが面白いはずがない。そして、焦らないはずもない。なにせこの新型ウイルスでは中国をはるかに超える死者を出しているのだから。アメリカは、領事館から職員を引き上げ、中国への渡航中止勧告を出している。一方で中国は、アメリカの対応を「国際的なパニックを煽《あお》っている」と非難し、二月半ばには、『ウォール・ストリート・ジャーナル』の記者らを国外追放した。このような一触即発の状況の中、アメリカは次の一手をどのように考えているのだろうか。

吉良は五番目の可能性を追加した。

⑤　中国でウイルスが発生したのはたまたまだ。しかし、どこかの国（アメリカ）がこれを利用して中国に難癖をつけて、ダメージを与えようとしている。

つまり事実なんてどうでもいい、覇権争いの中で利用できるものは利用していくぞ、とアメリカが腹を括《くく》ったなら、こんな風に考えてもおかしくない。

吉良はコーヒーをもうひとくち飲んで目を閉じた。この秋には大統領選がある。このやり口を大統領選に応用した、さらに荒唐無稽なものを加えてみた。
⑥この新型ウイルスは現職大統領の対抗勢力にとっての強力な武器として使われている。感染拡大への対応のまずさを現政権の失政として批判し、民主党勢力とこれを後押しする国際金融資本の一派が、大統領選に向けてこの禍《わざわい》を利用している。彼らは実は国内の被害の拡大をむしろ望んでいる。
都築が聞いたら一笑に付されそうだが、あり得ると吉良は考えた。これをもっと過激にすると次のような仮説もでき上がる。
⑦⑥を実行するために、アメリカの反現職大統領の勢力が中国に新型ウイルスの〝開発〟を依頼した。⑥狙いで、アメリカでばらまこうとしていたが、うっかり先に国内で漏れてしまった。
吉良はため息をついた。人に話すと、頭がおかしいと言われそうだ。都築はもう一緒

に呑《の》んでくれなくなるかもしれない。しかし、吉良のような立場にある人間は、想像すらできないようなことに思いを巡らせるのである。そして、その兆候もないわけではない。アメリカ国立アレルギー・感染症研究所が怪しい動きをしているという噂もある。なので、これらはやはり頭の片隅には入れておかなければならない。特に⑥。十一月の大統領選に向けて、この新型ウイルスは選挙戦を左右する大きな要因となってくるにちがいない。

ともあれ、①~⑦まで、いずれも真相はわからない。ただ、内戦状態前夜とも言えるアメリカの分断はいったん横に置くとして、同国がどのような文脈で情報戦に持ち込もうとしているのかを読み解こうとすると、いちばん警戒しなければならないのは⑤のように思える。つまり、たまたま中国で発生したウイルスが伝播してヨーロッパやアメリカに被害をもたらした自然現象に対して、無理やり中国に責任を取らせようとする戦術である。

アメリカは、中国がウイルスを漏出させた証拠を握っていると言ってるが、それが過失なのか意図的なのかは、いまのところ曖昧《あいまい》にしている。

ここで重要なのは、意図的であると決めつけてはいないが、その可能性は排除していないということだ。ウイルスのばらまきが意図的であるならば、それは細菌兵器による攻撃に等しい。つまり、中国は戦争を仕掛けている可能性がある、とアメリカは暗に指し示しているわけである。

——戦争。たしかに、この新型ウィルスは安全保障の問題に影を落としはじめている。三月に予定されていた米韓軍事演習は中止を余儀なくされた。しかし、北朝鮮による軍事的な挑発はいまなお続いているわけだから、韓国も米国も引き続き有事に備えなければならないはずだ。そして北朝鮮を背後から支えているのは他でもない中国である。

さて、次に、このような見立てでアメリカがどのような手を打つかを考えてみよう。

吉良は紙コップを取って、冷めてしまった中身を飲み干した。そして、手にした紙筒《かみづつ》を握り潰すと、脇の屑箱《くずばこ》に捨て、立ち上がった。そして、フロアを出て自販機からもういちどまずいコーヒーを買った。


翌日、吉良は、外務省の国際情報統括官組織からDASPAのインテリジェンス班にきた孫崎《まごさき》を呼んだ。ここのところ、出勤するとすぐ、中国方面を専門とする孫崎からこの国の動向を聞くのが吉良の日課になっている。

まず、昨日のグラハム委員長が言及した「責任追及法」について中国側になにか動きがあるかを確認した。

「いや、それについてのリアクションはまだ出てないですね」と孫崎は言った。

「反応するまでもないと考えて静観《せいかん》しているのかな」

「反応すると損だと判断しているのでしょう」

「そうだな。へたに反応すれば、アメリカも振り上げた拳《こぶし》を下ろさざるを得なくなり、とりあえず法律を作ってしまう可能性はあるものな」

「ただ、中国憎しでそんなものを作っても、実際にはそれで裁くことなんてできやしないでしょう」

「けれど、そんな法律ができてしまったら、中国だって国際社会の中で立場がなくなるだろう」

「ええ、そう考えることもできますが、いくらなんでもそれはアメリカの身勝手だと国際社会の反感を買う可能性のほうが高いんじゃないですかね」

「では、ここは無視するに限ると中国は判断したってことか」

そういうことです、と孫崎はうなずいた。

「だとしたら、あれをしかけてくるかもしれないな」と吉良は言った。

「あれってなんです」と孫崎は怪訝《けげん》な面持ちになった。

確認してみるよ。そう言って孫崎を下がらせると、机の上の受話器を取って、金融防衛班に内線電話をかけた。

「99％、アホな妄想だな」

ＤＡＳＰＡの応接室で向かい合った平岩《ひらいわ》は、吉良の推論を聞くなりそう言った。ただ、そのあとふと考え込んで、

「とはいえ、絶対ないとも言い切れないか」と留保をつけるようにつぶやいた。

「絶対ないとも言い切れないのなら、いちおう考えておきたいんですよ」

ふん、と平岩は鼻を鳴らした。

「なにせ、甚大な被害に遭っているのはほかならぬニューヨークですから」と吉良は継《つ》ぎ足した。

「実は俺も、アメリカがここらで一発かましてくるんじゃないかってのは、考えないでもなかったんだ。お前はグラハム委員長の『責任追及法』があまりにも無茶なので、思いついたわけだよな」

そうです、事後に法を作って、そいつで過去の件を裁くことはできませんよと吉良は言い、平岩も法科出身なのを思い出して、釈迦《しゃか》に説法ですが、と足した。

「だから、こいつでは中国に賠償させることはできません」と吉良は続けた。「ただ別にこいつでなくたっていいわけですよね、賠償させさせられれば。そう考えると、あれを使えばいいじゃないかと気がついて、そのあたり平岩さんはどう思っているだろうって……。ニューヨークがあういう目に遭わされたならば、伝家の宝刀を抜く可能性もあるんじゃないですかね」

なるほど伝家の宝刀か。まあたしかにそうだよな、と平岩は笑った。

そうなのだ。たとえ中国が経済でアメリカにいくら肉薄しても、また軍に巨費を投じてどれほど重武装しても、アメリカには、そしてニューヨークにはよそには絶対に真似《まね》できない強烈な武器がある。

平岩は急に腕を組み、首を後ろに反《そ》らせて天井を見つめたあとで、その視線を吉良に戻すと、

「なんか妙だぞ。お前がそう言うと、ありえる気がしてきた」と言った。

「でしょう」と吉良は笑った。

「言ってるのは金融制裁のことだよな」

そうです。吉良はうなずいた。

これはアメリカだけがやれる処刑の方法だ。なぜならアメリカは世界の基軸通貨であるドルを自国通貨としている。それは世界がひとつになればなるほど、共通言語として存在感を増す英語に似たパワーを発揮していく。

では、アメリカが行う金融制裁とはなにか。簡単に言ってしまえば、〝ドルを使わせない〟ことだ。

国際社会がグローバルになればなるほど、当たり前だが、国際的な決済は増える。現在、決済に必ずといっていいほど使われるのがドルだ。例えばイランが他国と商取引を

する場合を考えてみよう。現在イランはアメリカと激しく対立している。年明け早々、革命防衛隊の司令官が殺されるなどして、同国に激しい憎悪を募《つの》らせている。

しかし、そんなイランであっても、国際的な商取引の際には米ドルを使う。そして、ドルで国際的な決済をしようとすれば、ニューヨーク連邦準備銀行へのアクセスが必要となる。つまりアメリカの、またはニューヨークの司法当局の管轄内に入るわけである。アメリカはこの機を逃がさず捕まえ、難癖をつけて制裁金を課す。そのときに用いられる法律がＩＥＥＰＡ（国際緊急経済権限法）であり、いままで数多くの国や企業がこの法律の餌食《えじき》になった。

「華威《ファーウェイ》の副社長をカナダで捕まえましたよね。あれも似たようなケースでしょう」と吉良が言った。

華威は実質的には国営の中国の通信会社であり、中国国外にも部品や製品の供給などをおこなっている。良質で価格も安いので各国が使いたがっていた。しかし、華威の躍進に脅威を感じたアメリカは、これらの部品や製品を使うとスパイ行為に曝《さら》される危険があると宣言して、国内の取引から同社を締め出した。

さらに、アメリカの銀行を欺《あざむ》いて、イランとの間で多額のドルを送金させたと華威を訴え、欧米の大手銀行からも締め出す荒業に出た。この時もＩＥＥＰＡを振り回している。こうなると華威は国際的な取引ができなくなり、大ピンチだ。

ドルは世界経済の動脈を流れている血である。これを一方的に止められてはグローバルな取引をしている企業はたまったものではない。

「華威の件はまだ見せしめの段階だ。次はドル決済での全面的な貿易停止をやるぞというカードを、中国にちらつかせているわけだ」

「ただ、もしそうなったとしたら、それは中国を北朝鮮やイランと同じ扱いにするということを意味しますよね。つまり、国際社会のリーダーになりつつある中国を〝ならずもの国家〟と呼ぶのとおんなじですよ」

「そうなんだ。それはさすがにできないから、手にしたカードはちらつかせるだけにしなければならない」

なるほど、と吉良は言ったものの、ちらつかせるだけで収まってくれればいいが、ひょっとしたら、この手口はここで止めて、別の角度から次の一手を打ってくるかも知れないぞ、と気を揉《も》んだ。

そう懸念する彼は、アメリカのこのようなやり口が好きではなかった。由々《ゆゆ》しき問題だと思っていた。

「その由々しき問題っていうのは、華威の通信機器を使うなという御触《おふ》れを同盟国に出しているってことか」と平岩は問題の所在を確かめた。

「まあ、華威の通信機器を使うと情報が盗まれるというアメリカの懸念は、まったくないわけではないようですが」

「誰が言ってた？」

「涼森《すずもり》です」

涼森は防衛省のサイバー防衛隊からDASPAのサイバーテロ対策班に来た武官である。

「なるほど。専門家が言うのなら信憑性《しんぴょうせい》はあるんだろうな。実際、華威の5Gの技術なんてアメリカに産業スパイを送り込んでかっぱらって構築したものだし」

これについては、吉良も重々承知していた。ただ、アメリカに使うなと言われて、はいそうですかと従うのもいただけない。

「まあアメリカを怒らせないように、通信会社は皆さんこぞって華威製品の扱いを止めているよな。いまなお華威と深くつきあってるのは、ソフト・キングダムぐらいだろ」

朴《ぼく》社長はなかなかラディカルですね、と吉良は適当な相槌《あいづち》を打った。日本を代表する大手通信会社のひとつソフト・キングダムの朴泰明《やすあき》社長は帰化した在日韓国人であり、妻の出自は中国にルーツを求められるようだ。だからだろうか、国内ではどの通信会社より中国との取引に積極的である。

「じゃあ、お前が由々しき問題だと言うのはいったいなにについてなんだ」

「いや、僕はむしろ平岩さんがどう思ってるのかを聞きたいんです」と押し返すように吉良は尋ねた。「つまりアメリカのこういう金融制裁は世界になにをもたらすんですかね」

「そんな……。よくないと言ったってアメリカはやるだろうよ」平岩は不思議な顔をした。

「いや、だから効果はあるんですかね、こういうのって」

「そりゃあるだろう、どの国も戦々恐々《せんせんきょうきょう》としてるんだから」

「だけど、相手にダメージを与えて金をむしり取ればいいってもんじゃないでしょう」

「うん？　お前は効果じゃなくて倫理の問題を話してるのか？」

「ちがいます。たしかに相手にダメージは与えるけれど、ところがどっこい、ギブアップはしないという現実も無視できないのではってことが言いたいんです。どんなに制裁を受けたって、イランは『これまでのことは謝りますから、もう勘弁してください』とは言いそうにない。北朝鮮だって『わかりました。核の開発は金輪際《こんりんざい》やめます』とは言わない」

「まあそうだが……」

「相手に与えている攻撃は戦争のそれと変わらないくらい過酷《かこく》なものですよね。ただ地面に兵士を立たせて戦わせない限り、終戦とはならない。本物の戦争は、たとえ泥沼化してもやがて終わる。終戦になったら、協定を結んでまた関係を構築していくわけですが、現在においてはそういう戦争はもう不可能になりつつある」

「だから？」と平岩が言った。

「だから、アメリカの金融制裁ってのは、曲がり角で待ち構えて交通違反のキップを切る白バイみたいなことをやって罰金をせしめる手口だってことです。こういうやり方には出口が見えない。終わりない制裁がずーっと続いていくだけだ。このことを平岩さんはどう思ってるんですかって訊《き》いてるんです」

「だから、そういうことを訊くんじゃないよ」

吉良はうなずいた。ほぼ思った通りの答えが返ってきたからだ。

「お前はそういうこと言うけどな、世話にもなってるんだよ、我が国は」

「アメリカに？」

「もちろん。いまも日本のほうから泣きついて無茶な依頼を持ち込んでるんだ」

「北朝鮮の拉致問題ですか」

「いや、レバノンだ」

「レバノン？」

「聞いた話によると一発キツィのをぶちかまして懲《こ》らしめてくれって頼んでるらしいぞ」

「日本がレバノンの制裁をアメリカに頼むってのは、…………ひょっとしてゴーンの件ですか」

平岩はニヤリと笑った。

ありうる。不法に国外に逃げられ、日本はまんまと大恥をかかされたのである。このまま引き下がるわけにはいかないはずだ。

「どの程度の制裁になりそうなんですか」

「いやわからないが、これはそうとうに効くな」

たしかにカルロス・ゴーンがアメリカの銀行に持っている資産を全部凍結してしまえば、大きなダメージを与えることができるだろう。

「とにかく、完全に虚仮《こけ》にされたわけだからな、司法も黙っているわけにはいかないさ。なめんじゃねえぞテメエとばかり、四方八方手を尽くして動いてるみたいだ。ただ、これは俺から聞いたなんて言うなよ。まだ未確認情報だからな」

わかりました、と吉良が応じると平岩は、

「うれしいだろ」とまたニヤつきながら言った。

「なにがですか」

「お前怒ってたじゃないか、ゴーンの野郎ぶっ殺すとか言って」

そうでしたね、と吉良はそっけなく言ってから、

「だけど、もしアメリカがそのような件で便宜を図ってくれた場合は、当然ただってわ

けにはいきませんよね」

　まあな、と平岩はうなずいた。

「なにが条件になりますか」

「なにがって言われても、そこから先は完全に政治の世界だろう。俺に言われても困るよ」

　なるほど、と言って吉良はうなずいた。明瞭な答えをもらえなくても平気な様子なので、気になったのか、平岩は逆に訊いてきた。

「お前はなにか思い当たるところがあるのか」

　吉良はうつむいて、じっとなにかを考え込んでいたが、ふと顔を上げて、

「普通に考えればやっぱあれですよ」と言った。

　平岩は折り曲げた中指の第二関節で机の上をトントンと叩いた。

「こら焦《じ》らすな」

「やっぱり、まずアメリカが要求してくるのは、中国叩きの片棒を担《かつ》げってことじゃないですか」

「なるほどな。じゃあ、どの問題《イシュー》について共闘しろと迫ってくるんだ」

「まずは、今回の新型ウイルスは中国に責任があると合唱しろって言ってくるのでは」

「そのくらいなら乗ってやればいいじゃないか」

「平岩さんはそう思うんですか」

「思うね。在日米軍経費を爆上げしろなんて言われたらたまったもんじゃないが」

「俺はここでアメリカに追従するのは危ない気がします」

「お前がアメリカ嫌いなのは知ってるよ」

「別に嫌っちゃいませんよ。アメリカにへいこらする日本人が嫌いなだけです」

「同じことだろそれは。じゃあ、お前がここでアメリカと歩調を合わせるのは危険だと思う理由はなんだ」

「習近平の来日はまだ中止になっていませんよ。世界にウイルスばらまいて責任取れと言っておいて、その国のトップをお客さんとして待遇するというような芸当ができますかね」

「それはできない。だからってわけじゃないが、習近平の来日は中止になる。これはほぼ確定事項だ」

「では、平岩さんの考えでは、ここはアメリカべったりでいくってことですか」

「我が国が行くべき道はそれしかないだろう、と俺は思っている」

吉良が黙っていると、平岩が口を開いた。

「選択肢はそう多くないんだよ。アメリカにつくか中国につくかだ」

「そんなことはありません」

「そんなことはあるんだ。香港の惨状を見てみろ。デモ隊は香港独立なんて叫んでるが、そんなこと北京が許すはずない。あの大国はちょっとでも手綱を緩《ゆる》めたらあちこちから独立したいという地域が手を挙げ出すからな。そんなことは許されないということを示すためにも、断固とした態度で香港に臨むのはまちがいない。いま以上の荒っぽいやり方だって辞さないだろう。けれど、それが世界に報じられた時、日本は知らぬ存ぜぬを決め込むことができるのか」

できませんね。吉良はぽつんとそう言った。

〝香港独立〟。デモ隊の参加者が掲げたプラカードにはそうあった。けれど、香港はやはり中国である。一国二制度といっても、それは〝借りた時間〟の中での話だ。香港はやがて中国に飲み込まれるだろう。これは確実だ。ただ、それが早まった。そして、まずまちがいなくアメリカはこの香港でのデモに手を突っ込んでいる。かつて台湾の民主化をCIAが陰で指導していたように。ここにもまた米中の対立がある。

「お前のように、これじゃ日本はアメリカの属国だと卑下《ひげ》するのも自由だが、俺はアメリカを使い切ることこそ最善策だと思っている」

「ものは言いようですね」寂しそうに吉良は笑った。

平岩の顔がこわばった。

「お前はわかってない。こんどその涼森って武官に聞いてみろ。日本が武装中立したらどれだけ軍事費に注ぎ込まなきゃならなくなるか」

わかりました、聞いておきます。吉良がそう言うと、平岩は嫌な顔をして帰っていった。


遅いランチにひとりで出かけた。内閣府本庁舎を出た時、朝方に晴れていた空は鈍色《にびいろ》の雲に覆われていた。桜田《さくらだ》通りを堀端のほうへ歩き、法曹会館《ほうそうかいかん》に入る。警察庁にいた頃にも、考えごとをしながらひとりで食べたくなると、よくここの地下のレストランに足を向けた。和洋中と揃《そろ》っているが、吉良が特に好んでいるのは地下にある中華である。海老玉子入りチリソースかけご飯という、海老チリを卵でとじたソースを白飯にかけた一皿料理を頼み、行儀が悪いのを承知で、テーブルの上のスマホに視線を落とし、最新ニュースを読みながら頬張《ほおば》った。

そういえば、今日の午前中に愛甲総理は、専門家委員会のメンバーと会って意見を聞き、ここで突発事項が発生しなければ、今日の夕方には、三十九県で緊急事態宣言を解除する発表をおこなう予定になっていた。

緊急事態宣言直前にピークアウトした感染者数はその後は下方に向かい、昨日は東京で10名、全国で55名と、四月末に比べて順調に下がっている。とにかくここでしっかり押さえ込み、残った東京、千葉、埼玉、神奈川、大阪、兵庫、京都、北海道でも早いところ解除させ、社会を通常運転に戻さなければ自殺者が出はじめる、と吉良は焦っていた。

一方、欧米はなかなか収束の兆《きざ》しが見えない。はらわたが煮えくり返っているアメリカは、中国に責任を取らせようとしている。ただ、中国も黙っているはずがない。やっぱりな……。とある国際ニュースサイトに気になる記事があった。

――アメリカのニュージャージー州にあるベルビル市の市長は「私は昨年十一月には新型コロナウイルスに感染していた」と主張した。

これは興味深い。中国で初めてこのウイルスの症状が確認されたのは去年の十二月だから、この市長の発言が正しければ、中国起源説は覆《くつがえ》り、アメリカがチラつかせている『責任追及法』は、濡《ぬ》れ衣《ぎぬ》を着せた上での恫喝《どうかつ》にすぎなくなるわけだ。

中国は大喜びだろう。そう思って検索をかけてみると、案の定、このニュースは中国で大々的に報じられていた。つまり、中国は最初に感染者を報告しただけで、新型ウイルスの発生地点であるとは言えない。疑わしきは罰せず、推定無罪の原則に従って無罪。そう主張しているわけだ。

しかし、なぜこのタイミングで、中国が大喜びする内容をアメリカの地方政治家が口にするのだろう？　中国に言わされている可能性がある。インテリジェンスの世界ではそう考える。だから、この市長にはまちがいなくCIAの調査が入っているだろう。ただ、市長が中国に言わされている、もしくは中国に配慮する形でこのような発言をしたとしても、市長はもうお役御免だ。そうではなくて、自分が感染者一番乗りだと宣言したかっただけだとしたら、政治家としてのセンスはゼロってことだ。

法曹会館を出てすぐに孫崎に電話を入れ、この後の対中国のアメリカの動きに注意しろと指示した。そして、歩きながらもう一本電話を入れた。

――もしもし。

「いまはどこにいる？」

――霞《かすみ》が関《せき》だ。

「そうか。忙しいか？」

――いいや、昼飯食ってのんびりしてるところだ。どうかしたか。

涼森は気楽な調子でそう言った。

「ちょうどよかった。すこし話し相手になって欲しいんだ」

――俺でよければ。

涼森は防衛省の制服組で、サイバー防衛隊に所属していた。ここは陸海空のいずれにも属さない新しいセクションで、これからますます重要視されるだろうと評判である。

そこからDASPAに引っ張られ、いまはサイバーテロ対策班にいる。吉良が警察庁の国際テロリズム対策課にいた時から、仕事上でのつきあいがあり、また、合同会議や勉強会などでも顔を合わせているうちに意気投合して親しくなった。もっとも、防衛省と警察とはたがいに相手をライバル視しており、吉良と涼森との肝胆相照《かんたんあいて》らすような関係は不思議な目で見られている。

「まず、日本が日米同盟を解体して武装中立するとしたら、軍事費はどのくらい跳《は》ね上《あ》がるんだ」

――なんだそんなことか。つまり、自主防衛したときに必要となってくるコストから、思いやり予算などの日米同盟にかかっているコストを引けば出るだろ。調べておいてやる。それで電話してきたのか。

「うん、勉強不足でお恥ずかしいんだが、金融防衛班の先輩に訊かれてすぐに答えられなくて、お前に訊くのが手っ取り早いと思ったまでだ。ただ、これはマクラだ」

――マクラにしてはでかい話だな。

涼森は笑った。

「アメリカの国家経済会議のクドローが、戦時国債を発行したほうがいいなんて言ってるのは知ってるか」

――ああ、このウイルスのことでな。

「そうだが、これは戦争なんだとほのめかしてるように俺には思えるんだ」

――まあ、死者の数を考えるとそう言いたくもなるだろうな。

「戦争だとしたら」と吉良は言った。「どことどこの戦争なんだ」

――だから、それは比喩《ひゆ》だろ。

「わかってる。ただ、あえて戦争だと呼ぶのなら、どことどこなんだ」

自分が三波から投げられた問いを、吉良は涼森にぶつけた。その低いところに力のこもった語気に気圧《けお》されて、涼森は口を割った。

――どうしても言わせたいなら、そりゃあアメリカと中国以外にないだろ。

「だよな、だとしたら問題は戦争の方法だ」

――クドローが言ってるんだとしたら、責任は中国にある、いやないって水掛け論をして、経済制裁の応酬をやるってことなんじゃないか。

「では、この戦争でなにを取ろうとしてるんだ。通常の戦争の場合は領土とか、賠償金とかいろいろあるじゃないか」

――だから、戦争ってのはあくまでも比喩だろ。そこまで進めると無理が出てくるんだよ。

「そうだろうか。いいか、涼森、この戦争はアメリカが仕掛け、これに中国が対応している。つまりアメリカが躍起になって殴りつけてくるので、中国はガードを固めて、ときどきカウンター狙いのパンチを繰り出しているだけのように俺には見えるんだ」

――うむ、中国がウイルスを意図的にばらまいていないんだとしたら、そうなるよな。

「じゃあ、この戦争でアメリカはなにを取ろうとしているんだ、領土でも賠償金でもないなにかとはなんだ」

涼森はすこし時を置いてから言った。

――アメリカが中国に求めているものはずっとひとつだ。

吉良はこの答えで、涼森と自分との意見の一致を察知した。

――民主化だ。

「それが無理だと諦めた時、アメリカはなにをするんだろうか」

――中国を国際社会から孤立させ、共産党一党独裁体制を崩そうとするかも知れないな。

涼森は吉良が言おうとしていたことを言ってくれた。

割り込みの着信があった。水野だった。助かったよと、礼を言って、こちらの通話に出た。

――例の浅倉マリのコンサートの件なんだけど、ちょっと話しておいたほうがいいと思う。

水野の声の調子はなにか動きがあったことを告げていた。

「じゃあ、こちらから伺います」

水野が内調を嫌い、内閣府本庁舎に近づかないようにしているのを吉良は知っていた。

「いまちょうど法曹会館で昼を食ってたので、先輩からうちに来てもらうよりも近いんですよ」

飄然《ひょうぜん》としていながらも繊細に生まれついている吉良は、水野が上官を呼びつけた格好にならないように配慮した。


「さよならばんど？　知らないなあ」

捜査第一課の応接室でふたたび水野と向かい合った吉良はそう言った。ロックやポップスをまったく聴かない吉良には、「伝説のバンド」だと言われても、ピンとこない。

「で、そのバンドが問題だと？」

「真行寺が言うにはね」

ふーんと吉良は言って、どうも要領を得ないので、もう一度確認することにした。

「浅倉マリが主催するコンサートにこのバンドが出演すると問題が起きる、と」

「真行寺によれば」

「で、出演は確定してるんですか」

水野は黙ってうなずき、ホームページをプリントアウトした紙を差し出した。

コンサートのタイトルは〝浅倉マリと愚《おろ》か者《もの》の集《つど》い〟。

「なんだか意味深なタイトルつけますね」と吉良は苦笑した。

それから、一枚めくった。

速報！

出演決定

さよならばんど　ベース：細野雄大《ほそのゆうだい》　ギター：鈴木一樹《すずきかずき》　キーボード：坂下龍一郎《さかしたりゅういちろう》　ドラム：松本洋輔《まつもとようすけ》

浅倉マリ＆さよならばんど

たしかにそう書いてある。

「で、水野先輩は知ってるんですか、さよならばんどってのは」

「名前くらいは聞いたことあるかなって程度には」

水野はノートを開き、とりあえず真行寺が言ったことを伝えますね、と改まった。

「さよならばんどは昔、浅倉マリのバックバンドを務めていたようです」

なるほど、と吉良は言った。

「その後、バンド単体で活動するようになった。さよならばんどの活動期間は短くてすぐに解散した。当時はさほど大きなレコードセールスをあげなかったんだけど、後年評価が徐々に高まって、いまや伝説的なバンドとして語り継がれている」

「なんで評価が高まったんですか」

「日本語とロックの関係がどうのこうのと、なんかごちゃごちゃ言ってたけど、とにかく、日本のロック史はこのバンド抜きには語れないんだって」

ほお。とりあえず感心して見せた。

「解散後、メンバーはそれぞれの道を歩み、全員がその方面で第一人者となった」

「例えば？」

「例えばさ、この坂下龍一郎は映画音楽で有名だよね」

「へえ、坂下龍一郎がいたんですか」と吉良は言った。「確か彼は東京芸大の作曲科を出てましたね」

「なんだ。よく知ってるじゃない」

「クラシックと映画音楽は重なる部分もあるので」

近代以降、映画音楽に進出した作曲家はかなりいる。モーツァルトの再来と言われ、ドイツからハリウッドに渡ったエーリヒ・コルンゴルトなどがそうだ。彼が音楽を担当した映画はたいして面白くないが、スコアは一級品である。ともあれ、クラシック音楽愛好家である吉良のアンテナは、映画音楽の情報も折に触れてキャッチする。そういう事情で、坂下龍一郎の名も吉良の頭の片隅に置かれているのである。

「あとのメンバーもいまや大物になっていて、このバンドの一夜限りの復活は強力な動員力を持つだろうってことです、真行寺によれば」

なるほど動員力か、と吉良が言った。

「そして、もうひとつ留意しておかなければいけない情報があります。これはフリーコンサートになるようです」

「フリーってのは、無料《ただ》ってことですか」

当然そうだろうと思ったが、いちおう確認した。

「そういうことです」

なぜだ。理由を探りにいこうとする意識を、水野の声が引き戻した。

「つまり、さよならばんどの復活、それから無料《フリー》であること。このふたつを鑑《かんが》みればかなりの人が集まると予想される」

そうだ、先にそちらのほうを心配しなければ、と思い直した。

「だいたいどのぐらいの規模の会場を押さえようとしているんでしょうね」

「私もそのへんの事情には疎《うと》いから真行寺に訊くしかなかったんだけど、彼に言わせれば二千人以上の収容力を持つ会場が選ばれるのではないかと」

「二千人はまずいなあ」

「さらにまずいことが」

「高齢者が集まりそうだってことですか」

「そう。このバンドの同時代のファンはかなりの年配だそうです」

「坂下龍一郎がもう七十くらいだからな」

「もっとも、後発でこのバンドを追いかけたファンも多くて、下のほうの世代にも広がっていくだろうとは言ってたけど」

「それはさらにまずい。若い連中はどうしても外に出たがる。それに三日ほど前、DASPAにいる元厚労省の医系技官に聞いたところによると、症状が出ない感染者ってのがかなりの確率でいるようです。いまPCR検査は限定的にしかやってないわけだから〝隠れ感染者〟がどのぐらいいるかは把握できていない。こういう無症状の若者が会場に行ってシニア世代と接触したら大変なことになるかも。若者はピンピンしていても、彼らから感染《うつ》された老人は一気に重篤化する」

「そこは真行寺も懸念していて、逆にどう説得していいのか指示してくれって言われたんだけど、私もとっさには答えられなくて弱っちゃった」

「たしかにそこは難しいんですよ」と吉良も認めた。

「人選ミスを犯したかもね」

「真行寺巡査長を選んだことですか」

「そう」

「では、水野課長は彼にはなんて指示したんです」

「自由よりもいまは自粛するのが正しいと理解してもらうしかないって言ったわ」

「で、巡査長は？」

「それが正しいとは自分には思えないって言ってた。とにかく真行寺ってのは、自由ってものにかなり執着心があるみたい」

「うむ、自由ですか」

めんどくさいことを言うジジィだな、と吉良は内心舌打ちした。また、さほど仕事熱心ではないという問題があの巡査長にはある。

「じゃあ端《はな》から説得せずに傍観《ぼうかん》する可能性もあるんですかね」と吉良は尋ねた。

「それはないと思う。やるときはやる男だから」

おー、と吉良は感嘆の声を上げてみせた。人選ミスだなんて言いながらも、やはり一《いち》目置《もく》いているんじゃないか。

「だとしたら、ここは巡査長に頑張ってもらうしかないですね」

「そうね、もし真行寺が吉良警視正の部下なら、どう説得するように指示しますか」水野は逆に尋ねた。

「ふたつ路線があるでしょう。ひとつは自由ってものがむしろいびつな管理を強めるんだっていうことを理解させる」と吉良は言った。

「自由がいびつな管理につながるって、どういうこと」

「いわゆる自粛警察みたいなものですよ。どこの誰かもわからないような無名の個人がときに集団化して、暴力的な管理を断行する、そんな権力がいま育ちつつあるわけです、中途半端な自由に培養《ばいよう》されて」

「つまり、吉良君は、権力として正統的な国家の管理に委《ゆだ》ねたほうがいいだろうって言いたいわけね」

「そうです。国家権力が強くなると全体主義が勃興《ぼっこう》するから国家権力は弱いほうがいいんだなんてよく言われます。だからかどうかは知りませんが、現政権は強権を発動することなく、自粛を促す程度にとどめています」

「つまり、強硬な姿勢を取らずに、下手《したて》に出てるってことね」

「その結果、なにが起きてるか。要請というからにはお願いにすぎないのだと字義通り解釈し、だったら自由にやるぜと開き直る者が出てきた。その一方で、ここは自粛するべきだと考える者らが現れて、管理しようと取り締まりをはじめるわけです。けれど、市民が市民を取り締まるなんて不健全ですよ。それよりも国家権力がきちんと管理したほうがよくはないですか」

水野は顔をしかめ、

「それはどうかな」と言った。

権力として正統性を持つ国家権力は大きくそして強くあらねばならない、という吉良の主張は、自分が信頼を寄せている人間から嫌われ、そうだそうだと賛同して寄ってくるのがお調子者の排外主義者だったりすることがよくある。そのたびに吉良は哀《かな》しくなった。そしていまも、一時《いっとき》は思い交《か》わした水野にも、ま、吉良君らしいけどね、と苦々しく言われる始末だ。

「国家権力が正統な権力だというのは私も認めるけど」と水野は言った。「だけど、国家権力が自粛の要請にとどめておくなんてのは、その権力をきちんと行使していないことになるよね」

「そうです」吉良は深くうなずいた。

「つまり責任を果たしていないと言われてもしかたがないわけだ、国は」

「まったく」

「それじゃ駄目だな」水野は首を振った。

「なにが、駄目なんです」

「真行寺のことだよ。自由はむしろいびつな管理をはびこらせてしまうから、ここは国に任せなさいと説得しろと言っても、国家権力として責任をきちんと果たしていない国にどうして任せられるんだとか言って、真行寺は言うこと聞かないと思います」

「まあ、それはそうなんですけどね」と吉良は言ってから「それにしても面倒な部下だな」と呆れた声でつけ足した。

「真行寺ならこう言うんじゃないかな、まともな権力になってから出直して来いって」

そんなことを言う警察官はクビにしろと吉良は思った。

「これはたしかに人選ミスを犯したかもしれません」

「さっきふたつの路線があるって言ってたけど、もうひとつはなに?」

「そうですね、こうなったら武器を持たせましょうか」

武器? 水野は思いがけない人物に街角で出会ったような顔になった。

「自粛の要請に応じてくれたらしかるべきものを渡せるよう動いてみましょう」

「つまり裏金……」

「そうです」

「……それって官房機密費から?」

たしかにそこらへんから引っ張り出そうと思っていたが、この手のことはあまり水野の耳に入れないほうがいいと思った。

「さあこれから動くんで、まだわからないんですが、なんとかなるんじゃないですか」

「さすが公安出身だよね。やり口が」

その口ぶりには批判めいたものがあった。そして、意外な一言が続いた。

「実はその案は真行寺のほうからも出てました」

「本当ですか。さすが転び公妨なんて手を使うだけあって、時に公安ぽいですね」

「笑えない冗談言わない」

「すいません。それで水野課長はなんて言ったんですか」

「もちろん即却下だよ」

「なぜですか」

「なぜって。そんなもの渡してバレたら大変なことになる。つまり、脅迫に屈して金を渡した前例を作ることになるじゃない。次から次へと金目当てで密な状況を前提とするイベントが企画されるに決まってるよ」

「いや、そのへんはバレないようにやります」

「駄目。それは認められない、一課の課長としては。自分の部下にはそういう手を使わせられません」

やれやれ参ったな、と吉良は思った。

「だけど相手ははした金じゃ納得できないって言ってるんでしょう」

「真行寺もそう報告してきました。ただ、あいつはこの任務から降りたいからそう言ったんじゃないかな。彼にとっては身内を捜査しているに等しいからね。それから、これは私の勝手な憶測だけど、やっぱり私たちは人選ミスを犯した気がする」

「というと」

「真行寺には彼女たちを説得できない」

「なぜ」

「シンパシーを感じているから。それに、彼は外出自粛の要請に対して個人的には反対もしている」

「それは僕もしてますけどね」

「吉良君が反対してるのは、経済を回したいからでしょ。つまり日本の国力の低下を心配してるわけだよね」

「当然じゃないですか。巡査長はちがうんですか」

「真行寺が自粛に反対しているのは、個人の自由を守りたいからだと思う」

「自由ですか。たしかに、集会と移動の自由を制限されるほどの事態ではないと僕も思いますが」と吉良は調子を合わせた。「で、水野課長は、真行寺巡査長は説得できないだろうが、とりあえず説得は試みるだろうと予測するわけですね」

「すると思う。さぼりぐせが強い男だけど、任務を担《にな》わされている限りは、頑張るでしょう」

「じゃあこの説得はどうですか。実はこれが僕の本音です」

「なによ、それを先に言いなさいよ」

「いまは戦時下だと言って浅倉マリを説得するんです」

「戦争ねえ。どことどこが戦ってるんだとかなんとか言いそうだな」

三波から受け、そして今度は自分が涼森にしたのと同じ追及だった。

「そういう質問はくだらないと僕は思うんですがね」吉良はあえて言った。「とにかく非常事態の最たるものが戦争です。そして、自衛のための戦争は許されている、そこんところは先輩と僕は意見が一致してたじゃないですか」

「んー。なに言ってんのかわからない」

「だから、相手がどこだろうが関係なく、いま日本は自衛の戦争中なんです。そのためには、プライバシーがどうの自由がどうのなんて言ってる場合じゃない。だからこれは要請ではなく実質的には命令です」

本音をぶちまけたあとで、水野を見ると、刑事部捜査一課の課長はむずかしい顔をして黙っている。吉良は思わず笑ってしまった。

「驚いたな。階級だと一番下の部下の気性をどうしてそこまで気にするんですか」

水野も笑った。そして、

「私もときどきそう思うよ」とため息をついた。

「とにかく、言い方は課長に任せます。僕の案が気に入らなければ捨ててもかまわない。けれど、そのときは、なんとか理屈を捏《こ》ね上げて、全力で浅倉マリを説得しにかかって欲しいということだけは、強く言ってくださいよ」

わかりました、と水野は言った。

「僕の見るところ、真行寺巡査長を使いこなせれば、管理職として一人前ってところじゃないでしょうか」

水野はまたため息をついて、「まったくねえ」と言った。そして、ふたりで笑ったあと、口を開いたのは吉良だった。

「ただ、説得に失敗する確率はかなりあると踏んだほうがいいですね。その場合、どういう手を打つかも考えなきゃならない」

「まず、会場を特定して、そちらのほうからこのコンサートを中止にするよう働きかけるつもりです」

「二千人以上収容できる会場ってことですよね。いちおう千人以上収容できる小屋はすべて当たってみたほうがいいでしょう」

「そのつもりです」

「ただ、そちらのほうも強制力はない。またなんらかの理由で特定できない場合があるかもしれない。ほかの名前で借りていたりとか、そのへんはよくわかりませんが、とにかく、止められない場合も考えておかないと」

「止められない場合は感染症対策を徹底させるしかないんじゃないかな」

吉良は黙った。

「それはもちろんですが、止められないのなら、むしろこの開催を逆に利用できないかとも思うんですが……」

水野が眉を顰《ひそ》める。

「どう利用するの」

「まだわかりません。ただとにかく、今回の件はわからないことが多すぎる。感染症対策の専門家だって、ロックダウンしろと言う先生もいれば、マスクしてれば大丈夫だと言う方もいて、どちらの言うことが正しいのか僕ら素人にはわからない。ひょっとしたら、浅倉マリや白沙蘭のほうが正しい場合があるかもしれない」

「彼らが正しい場合ってどういう場合？」

「自由を達成することがいいと明らかにできる場合、僕に引き寄せて言わせてもらえば、経済活動を再開したほうがいいと証明できる場合ってことになりますが」

「けれど、感染者が出ちゃうじゃない」

「出なかった場合はどうなりますか」

「二千人以上も集めて？」

「そうです」

「ははあ、なるほど。感染者が出なかったということになれば、人が集まっても大丈夫だ。経済を回そうという意見に弾みがつくわね」

「そうです。止められないのならやってもらって、感染のほうをなんとしてでも止める。そしてこれをきっかけに反自粛へと世論を誘導する。――そのほうがいいと僕は思いますが」

「ただ、それはあまりにも危険なんじゃないの」

「ではもう少し考えます。ただ個人的に訊いてみたいだけなので気軽に答えて欲しいんですが、もしこのコンサートが開催された場合、そして観客の数を仮に二千人として、水野先輩はやっぱり感染者がかなり出ると考えますか」

「そりゃ出るでしょ！」水野はほとんど叫ぶように言った。

それから、いくら経済を回したいからと言って楽観的に構えるのは問題だ、と後輩をこっぴどく注意した。


内閣府本庁舎のコンビニに寄った後でＤＡＳＰＡに戻ると、サイバーテロ対策班の島に行き、涼森の肩を叩いて、また少し話したいことがあるから応接室までつきあってくれ、と声をかけた。

テーブルを挟んで座ると、コンビニで調達してきたアイスコーヒーを涼森の前に置いて、まあどうぞ、と勧めた。

「うちのほうでもなんとかなるかもしれないが、技術的にはやっぱりサイバーテロ対策班のほうが優秀だろうから、できたら協力してもらいたいんだ。もちろんうちの上司の三波さんを通して蒼井《あおい》さんに頼むのが筋だが、そういう段取りもめんどくさくてな」

涼森は透明なプラスチックのカップにガムシロップを垂らしながら、

「とりあえず聞こうか」と言った。

「The POOL.comは知っているよな」

「俺の専門をなんだと思ってる」そう言って涼森はストローを咥《くわ》え、「ただ、オリンピックのスレッドは見逃していたから、あれは不覚だったが」とつけ加えた。

〝二〇二〇年、東京オリンピックは開催されるか？〟という物騒な賭博が闇サイトでおこなわれている件については、吉良が三波に上げ、三波から涼森の上司の蒼井に伝わり、蒼井から下りてきて涼森も知るところとなったようだ。

「やっぱり仲がいいんだな、あのふたりは」と吉良は言った。

サイバーテロ対策班の蒼井とインテリジェンス班の三波、このふたりのチェアマンは、防衛大学の同期であり、それ以来ライバル関係にありながらも、昵懇《じっこん》の間柄《あいだがら》ではある。

「しょっちゅう悪口言ってるけどな。ただ、なるべくリモートでやれとされているこの御時世《ごじせい》でも、ちょくちょく会って情報交換してるみたいだ。――で、用件はなんだ」

「この The POOL.com に新たなスレッドを立てられないか？　いや、まだ立てると決めたわけじゃない。立てられるかどうかを確認したいだけだ」

「スレッドを立てる？　賭けの対象を設定するってことか？」

吉良はうなずいた。どんな？　涼森は尋ねた。

「『〝浅倉マリと愚か者の集い〟は開催されるか？』ってやつだ。ところでこのコンサートのことは知ってるかな？」

「ああ、それも蒼井さん経由で聞いたよ。で、目的はなんだ」

「〝開催されない〟に賭けた人間は開催されないように働きかける可能性がある、と考えたんだ。まだ思いつきだが」

涼森はすこし怪訝な顔をして吉良を見た。

「それって自粛警察のような動きを期待するってことだよな」

〝開催したが感染者は出なかった〟なんて好運を当て込むのは無責任にすぎる、と水野にたしなめられ、やはり中止に向けての手立てをひねり出さねば、と吉良は思案をめぐらせていた。そして、警視庁から内閣府本庁舎までの道すがら思いついたのが、この誘導工作である。

「その話はあとでしよう。まず、The POOL.com にそういうスレッドを立てることができるかどうか、そいつを確認したい。もちろんこちらの素性《すじょう》を隠した上でだ。国家のスタッフが闇サイトに賭けのスレッドを立てたなんて知れたら大変だからな。もっとも、CIAやGRUなら大っぴらにやってるのかもしれないが」

「MSSもやるかもしれないぜ」と涼森は補足し、「わかった、おそらくできるだろうが、確認してみよう」と請けあった。

涼森はスマホを取り出して耳に当てると、第三応接室に来てくれとだけ告げた。

「とりあえずその筋の専門家を呼んだ。民間企業からスカウトしたハッカーだ」

そう言って、アイスコーヒーのカップを掴んだ。

「涼森のところはコロナ禍での影響は少ないのか」

待ち人が来るまでの間《ま》を持たせるため、世間話の調子で吉良は尋ねた。

「直接、うちの班が対策に追われているってことはないんだが、心配していることはある」

ソファーの背もたれに半身を預けていた吉良は、居住まいをただした。

「どうもアメリカがキレかかっているようなんだ」

「中国にか……」

「ああ」

「それで？」

「イージス・アショアの配備は中止にしようという話が出たらしい」

「……どうして」

「もうちょっと実践的にやったほうがいいってことなんだろうな」

吉良は衝撃を受けた。イージス・アショアが防衛にさして機能しないという批判は、吉良も聞き及んでいる。三発までは撃ち落とせるが、同時に何発も発射されたら対応できないなどとも言われている。しかも、そのディフェンス能力は北朝鮮からの弾道ミサイル攻撃に限定されたものだ。もちろん、アメリカだってそんなことは承知で日本に無用《むよう》の長物《ちょうぶつ》を売りつけていたのだ。

「買わなくてもいいのか」と吉良は確認した。

「そうだ。逆に敵基地攻撃能力を持つ方向に転換しようって話になりつつある」

吉良はまた驚いた。つまり、ここに来て一転、アメリカは日本を、兵器を買ってくれる〝お客さん〟ではなく、真の軍事同盟国として扱いはじめたってことだ。そして、その主たる仮想敵国は北朝鮮ではない。

「中国だな」と吉良は言った。

涼森は深くうなずいた。

「ただ、イージス・アショアを引っ込める世間に向けての説明はどうするんだ」

「地元の理解が得られないということでいったん落ち着ける。実際その問題がくすぶってることも確かなんだ」

なるほど、と吉良は言った。

これで、アメリカと中国の戦争に日本が巻き込まれる可能性は上がった。

「あとは仕事よりも私生活が大変だよ」

吉良が考え込んでいると、涼森はてんで関係のないほうへ話を持っていった。

「どうかしたか」

「お前にも出てもらう予定だったから、後日正式に伝えるが、結婚式がとんだ」

「うむ、それは大変だ」

涼森は七月に挙式する予定だったが、新型ウイルスの影響で延期せざるを得なくなった。まったくもって罪なウイルスだよ、と涼森はため息まじりに答えた。

「お前のほうはそのへんどうなんだ」

急に涼森は結婚というテーマを吉良の個人的な身辺に関連づけた。思いも寄らない展開に吉良はきょとんとした顔つきになった。

「なんて言ったっけ、うちにあれを見に来たときから気にかけていた医系技官とは」

あれとは涼森が企画した映画『明日《あす》なき明日《あした》』のことだ。物語仕立てにして、最新のサイバー攻撃をわかりやすく解説するのが狙いで防衛省が製作した短編である。正式にスタートする前に、ＤＡＳＰＡに来る予定のメンバーほぼ全員が、防衛省に集められ、上映された。その会場で吉良は都築を見て、美人だと涼森に口外《こうがい》した。そのあと、上司の三波の前でも同じことを言った。それからDASPA発足後のスタート式後の親睦会《しんぼくかい》で早々に本人に気があることを告白し、気味悪《きみわる》がられたのである。

「てっきりフラれるのかと思ったが、つきあってるそうじゃないか」と不思議そうに涼森は言った。「結婚はいつなんだよ」

吉良と都築の間に結婚に発展してしかるべき親密な交際があると決めてかかった涼森のからかい半分の冗談を笑って受け流すには、吉良の性格は愚直《ぐちょく》すぎた。

「まあ、俺だけで決められることでもないから」と吉良はごまかした。

ノックの音がして、ずんぐりした体型の男がノートPCを抱えて入ってきた。

「えーっと、妹尾良平《せのおりょうへい》さん。コンピュータの専門家だ。一昨年、防衛省に来てもらった。おそらく彼にかかればわけないだろう」

小太りの男は、妹尾ですと頭を下げて涼森の隣に腰を下ろした。涼森は、妹尾に吉良を紹介した後で、The POOL.com に新しいスレッドをこちらの素性がわからないように立てられないか、と尋ねた。

「もちろんできますよ」妹尾は即答した。

「それで、できればその賭けが成立する直前にスレッドを消したいんですが、それもできますか」と吉良が言った。

「なるほど、なんらかの形で金銭の授受が発生するのを避けたいわけですね。了解しました。それで、どういうスレッドを立てればいいですか」

「『二〇二〇年〝浅倉マリと愚か者の集い〟は開催されるか？』ってやつだ」涼森が言った。

「英語で立てますか、日本語にしますか。日本語だと賭けが成立しない可能性がありますが」

「まず日本語で立てて、その英訳を添《そ》える形で一本のスレッドにできませんか」と吉良が言った。

「できないことはないですね。いま仮置きまでやってみましょうか。英文をもらえますか」

妹尾は持参したノートパソコンを開き、これに応接室の床に転がっているLANケーブルを拾い上げてつなげた。それから、キーボードをパタパタ鳴らし、予想外のひとことを発した。

「駄目ですね」

「駄目ってのは？」涼森が訊いた。

「同じスレッドがもう立っています」

なんだって！

ノートのディスプレイを覗《のぞ》き込んだ涼森が本当だと言い、吉良もスマホでThe POOL.comにアクセスした。

——二〇二〇年〝浅倉マリと愚か者の集い〟は開催されるか？

たしかにそうあった。英文もほとんど吉良が訳したものと同じである。愚か者を吉良はIDIOTSと訳したが、スレッドではO-ROKA-MONOと表記されていた。ちがいはそれだけだ。

「これはどういうことかな？」涼森が言った。

妹尾は首をかしげる。

「僕はいましがたそうしてくれと依頼されただけなので、このスレッドを立てる目的も聞かされていないのですが」

目的？　この平凡な言葉を吉良は複雑な気持ちで味わった。通常、賭けの目的は賭けそのものだ。賭けのトピックを設定し、そのスレッドを立てる。とにかく、賭ける者さえいれば、なんだって賭けは成立する。あとは、みなで賭けをプレイするだけだ。だが、このケースはちがう……。

「つまり、同じことを考えている人間がいるってことじゃないでしょうか」また妹尾が言った。

同じこと？　俺と同じことってわけか。

「同じことってどっち側だ？」

目的についてもまだ咀嚼《そしゃく》が充分でないのに、涼森はまたひとつ駒《こま》を進めた。どっち側って？　言わんとすることを解読しようと、吉良はくり返した。

「〝開催する〟を望んでいるのか？　それとも〝開催されない〟なのか」そう言って涼森は吉良を見つめた。

吉良は〝開催されない〟を望んでいた。コンサートが開催されないことを強く望む者が浅倉マリにプレッシャーをかける。浅倉マリには真行寺を張りつかせてあるから、殺されるような事態にはならない。けれど、開催は難しくなる。そしてついに、開催されなくなる。これが吉良が期待したストーリーだ。

しかし、これはあくまでも自分の場合だ。吉良は考え方を変えた。

「コントロールの観点から考えてみよう」

コントロール？　不思議そうな顔で涼森が言った。

「そうだ。ギャンブラーはまず勝つこと、つまり金を生んでくれるのはどちらだろうと考える」

目の前のふたりはうなずいた。

「問題は次だ。人為的な努力によって実現できるのはどちらなのかを考えるかもしれない」

かもしれない、と涼森が復唱した。

「さて、開催されるほうに張るのと、開催されないほうに張るのとではどちらがコントロールがたやすいだろうか」

目の前のふたりはしばし沈黙した。先に口を開いたのは妹尾だった。

「それは東京オリンピックを参考にして考えてみればいいんじゃないでしょうか」

「開催させないほうが容易である、と?」吉良が言った。

「本来は、〝開催される〟に賭けたほうがリスクは低いでしょう。オリンピックが開催されないなどということはこれまでほとんどなかったので」

「それは統計的な判断だな、コントロール可能かどうか、ではなくて」と涼森が言った。

ええ、そうです、と妹尾はうなずいた。吉良が口を開いた。

「だから〝二〇二〇年東京オリンピックは開催されるか〟という賭けはしばらく成立しなかった。開催されないに賭ける人がいなかったからだ。けれど、新型ウイルスの感染がある程度広まってから、〝開催されない派〟がすこしずつ増え、賭けが成立した。ただし、この時は〝開催される派〟がまだ優勢だ。ただ、こうなってくると、どちらがコントロールしやすいだろうか」

「それもまた微妙なところだぞ。オリンピックの場合、〝開催される〟のほうは国家の力を追い風にすることができるからな、通常はこちらのほうが期待値が高い」と涼森は言った。

「だけど、オリンピックは開催されなくなった」と吉良が言った。「どちらがコントロールしやすいかもある時期を境《さかい》に変わったんだ」

「ある時期とは？」妹尾が訊いた。

「ウイルスの感染が勢いを増してからだ」吉良が言った。「人々が不安に駆られるようになり、外食を避け、家で飯を食いだしてからは、不安を煽るという手口で〝開催されない〟に働きかけるほうがコントロールしやすくなった」

部屋の空気が重くなるのがわかった。涼森がストローを使って残りのアイスコーヒーを飲み干す音が応接室に響いた。

「ちょっとお前がなにを言おうとしているのか、俺にはいまいちわからんな」

「いや、実は俺にもよくわかってない」

目の前のふたりは呆れたような笑いを漏らした。じゃあ、こうしようや、と涼森が言った。

「オリンピックについて、〝開催されない〟派が開催されないようコントロールしようとしたかどうかはわからないし、それを見極《みきわ》めることは難しい。だからこれはいま議論するのはよそう」

吉良はうなずいた。

「で、こちらの愚か者の集いのスレッドだが、グリーンライトは？」と涼森が妹尾に尋ねた。

「灯ってますね」

つまり、すでに賭けは成立しているってことだ。

「とりあえず手間が省《はぶ》けてよかったじゃないか」涼森はわざと気楽な調子で言った。

「オッズはどうなってるんだ」と吉良が訊いた。

「〝開催される〟のほうがやや優勢です。ほんの少しですが」

新宿西口の大戸屋で夕飯を済ませてから、垂れ込めた雲が月さえ隠している夜空の下を、中央公園を抜けてアパートまで歩いた。雨は降っていなかったが、風は湿っぽかった。

まさかThe POOL.comにあんなスレッドが立っているとは思いもよらなかった。自分以外の誰がそんなものを立てようと思ったのだろう。

「いや、それはわかりません。匿名性《とくめい》だけはガッチリと構築されているので」

妹尾はそう解説した。「そこを持ち前の技術でなんとか」と頼み込んでみたものの、

「それはないものねだりだよ」と涼森にたしなめられた。

吉良は、〝開催される派〟と〝開催されない派〟ではどちらがコントロールしやすい

かと問うた。自分でもなぜそんな問いを投げたのかよくわかっていなかった。吉良はもう一度考えてみた。

〝開催される派〟と〝開催されない派〟は賭けに勝つためになにができるだろうか？まず考えられるのは、双方ともに、自分が賭けた方向へ世論を持っていくことだろう。そして、世論を誘導したいと思った時、ＳＮＳは便利なツールと化す。〝開催される派〟は「Twitter で「さよならばんどが見られるなんて最高だ」とか「浅倉マリ引退してくれてありがとう。おかげで、さよならばんどが見られる」とか「やっぱりリモートなんかじゃなくてライブは生《なま》で楽しまなきゃね」などとつぶやく。一方の〝開催されない派〟も「こんなときに密な状態を作ってけしからん」「これで感染が拡大したらどう責任を取るつもりだ」「愚かな行為だ。殺すからね」などと投稿する。

おそらくもうすでにやってるだろう。これも一種の工作である。吉良が期待をかけたのは、〝開催されない派〟の主催者への圧力が高まること、その一点であった。

しかし、この程度では、浅倉マリが腹を括れば、コンサートは開催できる。無責任の誹《そし》りを甘んじて受け、自由を盾にとって走り抜けることは可能だ。このあたりは国が主催するオリンピックとちがい、愚かなだけに手強《てごわ》い。

では、これを自分以外の〝開催されない派〟はどう考えるだろうか。おそらく、こう考える。もっと圧力を強めるしかない。開催反対の世論がより大きくなれば、浅倉マリもびって考えを改め、コンサートを断念するだろう。

そして、この期待を実現するために、さらに積極的に動くとしたら、なにをするだろう。その一例が自粛警察だ。直接会って談判して、さらに強いプレッシャーをかける。

浅倉マリが歌っていた池袋のライブハウスに自粛警察が押しかけたことがあった。そこにたまたま真行寺が居合わせ、取り押さえてしまったのだが、この反省の上に立って彼らがなお一層ずるがしこく動くとどうなるか。

自粛警察の愚かなところは、恫喝《どうかつ》に頼ることだ。恫喝が暴力だと認定されれば、そこで幕は下ろされる。真行寺が使った〝転び公防〟は暴力認定の手口である。

だから、恫喝はよそう。要は歌えなくすればいいだけの話だから。さらに、加害と被害の関係が明確にならない方法はないだろうか？

たとえばウイルスだ。アメリカは中国が意図的にウイルスをばらまいたと言い、中国はウイルスの発生源だということさえ否定しようとしている。どちらの主張にも決定的な証拠がない。疑わしきは罰せず、よって無罪。これはいい。

だとしたら、浅倉マリをウイルスに感染させてしまおう。感染が明るみにでれば、十四日間は隔離されるので、タイミングを見計《みはか》らって実行すれば、ステージに立てなくすることはできる。しかも、誰がやったのかはわからない。コンサートを中止させたいのなら、ウイルスを使うのがいい。だってオリンピックはウイルスによって中止に追い込まれたじゃないか。これを使わない手はない。

……まったくもって狂気の沙汰だが、このように考える人間がいないとは限らない、と吉良は思った。


アパートに帰って、シャワーを浴びた後、コーヒーを淹《い》れ、ヘルムート・ヴァルヒャのチェンバロでバッハを聴きながら、あちこちの国際政治を扱うニュースサイトを徘徊《はいかい》した。

WHOで緊急事態対応を統括しているマイケル・ライアンは「エイズが根絶できていないように、新型コロナウイルスは根絶できない可能性がある」と発表していた。まったくなんのためにこんなことを公言してるんだ、と吉良は気が滅入《めい》った。

そういえば、感染症対策の専門家会議で「新しい生活様式」という言葉が使われたな、と吉良は思い当たった。

テレビや新聞、雑誌などに登場する専門家たちは、「ウイルスを撲滅《ぼくめつ》する」や「ウイルスと対決する」や「ウイルスとの戦争に打ち勝つ」などという考えは捨てて、ウイルスが進化を促進し、人類へといたる進化の道を整えたという事実を踏まえ、これからは「ウイルスとの共存」という発想を持つべきだ、などと言いはじめている。こうして、「ウィズ・コロナ」、「アフター・コロナ」、「ニューノーマル」などの新しい言葉が繁殖《はんしょく》し、ウイルスのようにばらまかれた言葉が、少しずつ人々の心を書き変えていくのだろう、といけ好かない未来図を思い描いた。

座机の前の窓を開けて畳の上に寝転んだ。窓越しに見上げる夜空に星はひとつも見えない。薫風《くんぷう》がすべてを吹き飛ばしてくれればいいのに、と吉良は思った。


あくる日。午前中に晴れていた空は、午後にはまた曇りだした。

梅雨入り前だというのに、さわやかに晴れ渡った空にはなかなかお目にかかれない。

吉良がまた法曹会館の中華の一品料理で腹をこしらえ、DASPAの机に戻ると、孫崎がやってきてそばに立ち、吉良の耳元にかがみ込んだ。

「日中韓でWHOを支持する共同声明を発表することになりそうです」

かいつまんで聞いてみると、日本・中国・韓国の保健担当大臣が今晩テレビ会議を開いて、三ヶ国の連帯を強化しWHOに協力する旨を発表するため、擦《す》り合《あ》わせをおこなうのだと言う。吉良は驚いた。

「アメリカは大丈夫なのか」

アメリカは、大統領みずからが「WHOは中国寄りだ」と露骨に批判し、拠出金の支払い停止を表明している。これはWHOへの攻撃というよりもむしろ中国叩きだ。しかし、WHO批判において、いまのところアメリカはやや浮き気味ではある。

その一例として、四月の後半、ＢＲＩＣＳ諸国はＷＨＯの支持を表明した。中国が支持するのは予想通りだが、インドとロシアとブラジルもこれに足並みを揃えたことは、三国が中国側についたことを意味した。これ以降、アメリカはずっと日本にＷＨＯを批判させたがっている。そのアメリカの意向を無視するかのように、同盟国の日本と韓国が中国とともに、支持の声明を発表して問題はないのか。

「それは僕に訊かれてもわかりません」孫崎は苦笑を浮かべた。

それはそうだ。彼はいわば外務省のチャイナスクールであり、中国に寄った情報収集の専門家だ。吉良は、孫崎を下がらせ、机の上の受話器を取って内線電話をかけた。

「本当かよ」金融防衛班の平岩はまず驚いた。次いで「それは決定事項なのか」と尋ねてきた。どうやらそうらしいと伝えると、

「そりゃ大丈夫だとは言い難いよ」と判定した。「同盟国が揃って、アメリカが『中国寄りだ』と批判しているＷＨＯを支持する声明を、中国とつるんで出すんだから」

「では、どう大丈夫じゃなくなりますかね」吉良は尋ねた。

「さあわからんが、お前が落胆することで思いつくのは、レバノンやゴーンに金融制裁の圧力をかけて体力を削る線はこれで消えるだろうな」

わかりました、と吉良は言った。

「とにかくアメリカにはこれで借りができた。こんどはアメリカやイギリスが足並み揃

えて、中国の新疆《しんきょう》ウイグル自治区への強制的な不妊手術や妊娠中絶を強制していることに対して批判するときはこれに加わらざるを得なくなるぞ」

それは当然そうするべきでしょう、と言って吉良は電話を切った。

日本とアメリカは同盟国である。戦後七十年間、日本はアメリカべったりでやってきた。しかし長い歴史のスパンで見れば、日本はずっと中華文化の影響下にあった。我々が漢字を使っているのはその顕著《けんちょ》な証拠である。地政学的な観点から見ても、中国とことを構えるわけにはいかない。だから「最も重要な二国間関係」というフレーズをずっとくり返している。

しかし、近代的な価値観、自由・資本主義・民主主義の観点から見れば、いまの中国にいそいそと擦り寄るわけにはいかない。新疆だけじゃない。チベットや香港の例を見ても中国のやり方にはとうてい賛同できない。

けれど、国際政治のパワーバランスが刻々と変わっていく中、アメリカ以外にオプションがないという状態で東アジアの中で安全保障を維持するのはしだいに難しくなっていくだろう、と吉良は考えていた。もちろんそんなことくらい、政府も考えているはずだが……。

警視庁の水野玲子に電話を入れた。

「〝浅倉マリと愚か者の集い〟のコンサート会場はわかりましたか」

――それがなかなか……。虱潰《しらみつぶ》しに調べてはいるんだけど、ヒットしない。それは真行寺も不思議がっていたけれど。

「じゃあ、それぞれのメンバーのいまの事務所に問い合わせたらどうでしょう」

――当然やってます。ただ、この件に関しては、主催者の浅倉マリからメンバー本人らに直接連絡が行ってるんだそうです。

「マネージャーに頼んで本人に訊いてもらえばいいじゃないですか。出演は承諾したのに、どこで演奏するのかを知らされてないなんてことはないでしょう」

――それが、なかなか本人たちと連絡が取れないらしいの。

「バンドのメンバーは四人いるんですよね。四人が四人ともそういう状態なんですか」

――そうなのよ。

「へえ。会場の件といい、なんだかミステリアスだな。ブッキング状況は、会場に直接電話をかけていちいち確認しているんですよね」

――当然。ホームページに載ってるブッキング表だけですませてるわけないでしょ。

「それは失礼」

――だけど、会場側が言うには、あるのはキャンセルばかり。いましがたもロック・イン・ジャパン・フェスティバルって大きな夏フェスが中止になったみたい。とにかく、中止・中止・中止のオンパレードで、ここのところ新しいブッキングはなにひとつなくて悲鳴を上げてるって状況なの。

「その中でなにか異変はないんですか」

——異変？　異変ってなに？

——それを聞いてどうするの。

「会場と主催者側で通常では起こらないトラブルが起こっているなどです」

「どうしようというわけではありません。でも、なにかあったら教えてください」

——〝浅倉マリと愚か者の集い〟に直接関係がなくてもいいわけね。

「ええ、かまいません」

——じゃあ、言っておこうか。あのね、さっきも言ったように、これはひょっとして〝浅倉マリと愚か者の集い〟かもというようなブッキングはまるでなくて、あるのはキャンセルばかり。そして、このような状況でトラブルがかなりの数《かず》生じています。

「キャンセル料金の問題ですか」

——さすがだね。主催者側は、これは政府の要請で中止にするのだから料金については減額《げんがく》があってしかるべきだと言ってるわけ。

「なるほど」

——ただ、会場側にしてみれば、こちらにはなんの落ち度もないので契約した通りを払って欲しいと主張して、平行線をたどっているケースがけっこうありました。

「それは家賃問題に近いですね」

――そうとも言えるけど、コンサート独特の問題もある。キャンセルについての会場側との合意が得られないので、主催者もはっきりキャンセルと言えない。その影響で、キャンセルの発表がどんどん後ろ倒しになっているケースが多々見られます。

「つまり、なかなか中止に踏み切れない。キャンセルしてしまったら収入はゼロどころか赤字になるから、世間の批判を浴びてでも実行し、少しでも金に替えたほうがいいって考えも捨て切れずに迷ってるってわけですか」

――そういうこと。そうして会場側と主催者側が揉めているうちに、コンサートの日は刻々と迫ってくる。ファンにとってはやるのかやらないのかも分からない。

「中止になったときの払い戻しなどはスムーズに行われているんですかね」

――ううん、そこが問題で、主催者によってはチケットを売ってかき集めた金を、すでに次の案件に投資していたり、支払いに充《あ》てたりしているところもあって、次のライブでチャラにするとか言って返金に応じないところもあるみたい。いちばんひどいのは、これは小さなところだけど、当日行ったらコンサートがやってなくて、呆然としたファンが警察に電話したってケースがありました。

「となると、それは完全に詐欺《さぎ》ですね。生安《せいあん》は動いてるんですか」

——動いています。ところで、原宿《はらじゅく》署からの情報は入ってますか？

「いや、なにかありましたか」

——コンサート会場で、若い女性たちが密な状態で泣き崩れてパニックになった事件があって原宿署が出動したんですよ。

「どういうことでしょう？」

——吉良君はたつまきってアイドルグループは知ってる？　大文字のローマ字で書いて、UとMの間にナカグロが入ります。

吉良の頭の中で、タツマキはTATSU・MAKIに変換された。

「聞いたことはあります。有名なんでしょうね」

——うん。すごく人気のあるグループだから、大抵の人は知っていると考えて差し支えありません。

「そのアイドルグループのコンサート会場でなにがあったんですか」

——今日、コンサートの中止が発表された。それが解散コンサートだったんです。

はあ、と吉良は言った。

「解散コンサートが中止になると、そのグループは解散しなくなるんですか」

——馬鹿。なに言ってるの。

水野の口調が急に遠慮のないものに変わった。

「もちろん冗談ですよ」

――なんだ冗談か。君の場合はよくわからないんだよね。あと真行寺もそう。一緒にしないでくれと言いたかったが、ここは遮《さえぎ》らないほうがいいと思い、黙っていた。

――つまり延期ができないってことです。できることなら、このコンサートできれいに活動のピリオドを打ちたいと画策していて、なんとか開催できないかと模索したものの、最終的にはやっぱりこれはやれないな、と事務所側が決断したみたい。それで、開催されなかったコンサート会場に女性ファンが詰めかけて、そこで泣き崩れちゃったってわけ。

「無観客で配信ライブをやるという選択は取らなかったんですか」

――そのあたりの詳細はわからないけれど、なにしろ彼らはアイドルだからね。ファンにとっては、会いに行くというモチベーションのほうが高いから、配信は訴《そ》求力《きゅうりょく》に欠《か》けると判断したんじゃないのかな。

へえ、と相づちを打ちつつ、そうだろうかと思った。それほどの人気アイドルならば、急遽《きゅうきょ》配信に切り替えれば話題になって、観客を収容しての公演以上の日銭を稼《かせ》げる可能性もあるのではないか。ともあれ、水野の説明によれば、中止を知ったファンが諦めきれずに、会場を取り巻くように座り込んでファン同士の親睦会を開いていたので、クラスターが発生しては大変だと署が出動し、散会させたらしい。なんともしまらない話である。呆れていると、これは思いつきなんだけど、と水野が言った。

――いまはライブハウスから一万人以上収容できる武道館や有明《ありあけ》アリーナまで虱潰しに調べてるんだけど、ブッキングの形跡はまるで見えてこない。これはどう考えてもおかしいよね。

「たしかに」

――ひょっとして、やるやる詐欺ってことはないかしら？

「やるやる詐欺？」

――つまり、コンサートをやると表明することが目的なんじゃないかと。

「ははあ、実はコンサートをやるつもりなんてないってことですか」

――そう。とにかく次から次へと会場に電話をかけさせたんだけど、この時期そんな大規模なコンサートなんてどだい無理な話ですよって反応ばかりが返ってくる。さっきも言ったように、今日はロック・イン・ジャパン・フェスティバルの中止が発表されて、さらにライジング・サン・ロックフェスティバル、フジロックフェスティバルも中止の線が濃厚なんだって。

枚挙されるフェスの規模も内容もまったくわからない吉良は、「なるほど」とだけ言った。

——浅倉マリはやるぞやるぞと言うことによってなにかをアピールしている。そのアピールこそが目的なんだ。こう考えれば、会場に予約が入ってないことも理解できるんだけど。

吉良は、Twitterの画面を起こして、〝浅倉マリ〟を検索した。多くの投稿があった。それらのすべてが、今回の〝浅倉マリと愚か者の集い〟に関するもので、〝#浅倉マリと愚か者の集い〟や〝#愚か者の集い〟という短縮版も見えた。それらの中には、浅倉の蛮勇《ばんゆう》を礼賛《らいさん》し、励ますものが数多くあった。

「こういう声をネット上で高めていくことそのものが狙いだってことですね。それで、自分たちは妨害に遭って中断せざるを得ませんでしたってところにオチをつける」

——どう思う？

「ありえますすね」

コンサートをやると宣言することによって、自粛要請に抵抗しようと目論《もくろ》んでいるのかもしれない。

昼下がりになって、こんどは秋山に、コロナ関連でなにか動きはないか、と訊いたら、目立ったものはありませんがと言って、愛知県の自治体の施設で「俺はコロナだぞ」と言って無職の男が女性職員に唾《つば》を吐きかけた事件を教えてくれた。警官十人が防護服を着て現場に駆けつけたという。ＴＡＴＳＵ・ＭＡＫＩの解散コンサートの中止の件を凌《しの》ぐくだらなさだと思った。

「で、そのおっさんは本当に感染者なのか」

「平熱で、味覚障害もなし、血中酸素飽和度にも異状が見られないというから、これは愉快犯でしょう」

　やれやれ、まったくもってしょうもない話だ。ため息をついていると、外出先から上司が帰ってきて、こんどは強烈なのを報知した。

「ついに大企業が経営破綻したぞ」

「どこですか」

「レナウンだ」

　たしかにアパレル産業は、ユニクロ以外はどこも経営が苦しいと聞いている。そして、この新型ウイルスがトドメとなった。とにかく家にこもっているのだから、外出着《がいしゅつぎ》はいらない。インターネット経由でのミーティングにスーツを着る人はいないのだ。

「上場企業じゃ今年になって一発目の倒産だ」

「二発目三発目もあるぞって意味ですか、それは」

「そうだ。いま日本記者クラブに行ってたんだが、帝国データバンクの東京支社の情報部長がとんでもないことを言ってた」

「今年の倒産の見通しですね、どのくらいだと言ったんですか」

「一万のラインを突破するだろうってさ」

たしかに、ギョッとするような数字だが、驚きはしなかった。ありえますね、と吉良は言った。

「経済がほとんど停止している中で、国ができる財政的な支援も限られているとなると、体力のない中小企業からバタバタとつぶれていくでしょう」

三波はいくぶん驚いたように、

「意外と冷静に受け止めたな」と言った。

「いや、内心ではすごく怒っています」

「なんだ、政府が援助しないこととか」

「いや、なにに怒ってるのかもよくわかりません。とにかく腹立たしい」

そう言うと三波は笑った。フロアにいる他の部署からの視線を集めるのにじゅうぶん大きな声だった。

「じゃこれはどうだ。お前が大好きなバージョンアップの話だよ」三波の口ぶりには揶《や》揄《ゆ》するような調子が含まれていた。

日本をバージョンアップせよ、が吉良の口癖である。口にすれば、呆れられるか笑われるか、はたまた折を見て冷やかされたりもするのだが、吉良はいっこうに構わずこの文句をくり返している。

「さっきお前はこの状況下で、中小企業からバタバタつぶれていくと言ったよな」

「言いました」

「経産省の中にはこれを機に中小企業にはつぶれてもらおうという動きがあるそうだ」

これにも驚かなかった。そのような動きは出てくるだろうと予想はしていた。

「つまり、この機をとらえて構造改革をしようということですね」

「そうだ。日本は中小企業が多すぎる、それが日本の生産性が低迷している原因だと主張する連中が張り切っているらしいぞ」

彼らが論拠としているのは、生産性という指標である。この生産性において、日本はOECDに加盟する三十七ヶ国では下から数えたほうが早い位置にいる。

ここでいう生産性とはなにか。早い話がひとり当たりのGDPである。ひとり当たりのGDPというのは、個々がもらう給料と密接に関係している。逆にいうと、国民の給料が上がると生産性が向上し、懐事情がよくなって、金を使い、デフレから脱却できるというわけだ。

では、なぜ総じて日本人の給料は低いのか。労働者として質が悪いから賃金を低く抑えられているのかというと、そんなことはない。日本人の労働力は国際的に評価が高い。

しかし賃金は安い。なぜかというと、中小企業が多いからだ。いくら中小企業に賃金を上げろと言ってもそれはむずかしい。特に、製造業の場合、企業規模が大きくなると生産性は上がるのだから、中小企業は統合していったほうがいい。中小企業こそが諸悪の根源である。

――以上のような論が正しいとすれば、中小企業を無理に救済するよりも、これを好機と捉えて、放置して潰したほうがよいという残酷な結論が導かれることになる。あちこちの町工場で、社長が首を吊るだろうが、長い目で見れば、国力アップにつながるのだ、と。

「ゾンビ企業も潰すつもりだそうだ」

これは、すでに経営が破綻して実体としては死んでいるのに、銀行や政府機関の支援によってまだモゾモゾ動いている会社である。支援を止めれば簡単に死ぬ。こういう会社は五万社とも六万社とも言われている。年内に倒産する会社の数を帝国データバンクは一万社を超えると予想したが、もしこの方向に舵《かじ》を切ったら、そんなラインはあっという間に突破するだろう。

政治というのはある意味人気商売なので、首相は「なんとしてでも雇用を守り抜く」と言い続けるだろうが、しかし、その裏では官僚たちが、ピンチはチャンスとばかり、ここはいったん更地《さらち》にしようと方向転換の準備を始めている。

さて、これはバージョンアップなのか？

日本はこれまで、旧態依然とした産業をなんとか刷新《さっしん》しなければというかけ声とは裏腹に、廃業という事態には強い抵抗を示してきた。なぜか？　仕事を失った人が深く傷つくからだ。仲間を見捨てて平気な者など日本人の風上《かざかみ》にも置けない。あのカルロス・ゴーンと一緒だ。日本人の首を斬《き》りまくって高給を取り、日本の司法の手から逃れてレバノンでワインなんかを飲んでる馬鹿野郎。しかし、いま日本はそれをやろうとしている。

日本という船が傾きだした。座礁《ざしょう》し、外板《がいはん》にできた穴が大きくなり、船内に侵入してくる海水の量が一段と増したように思われた。

とにかく、一刻も早く経済を回さなくては。吉良はそう思った。

昼下がり、翳《かげ》りだした空の下を日比谷《ひびや》公園まで遅いランチに出かけた。あちこちの施設が利用できなくなっていたが、園内に立ち入ることはできた。雲形池《くもがたいけ》に向いたベンチに座り、長い首を縦に伸ばし、天に向かって白い飛沫《しぶき》を吹き上げている鶴の噴水を眺《なが》めながら、コンビニで買ったサンドウィッチと唐揚げを食べた。

濃緑の水面《みなも》を白鷺《しらさぎ》が滑《すべ》っている。鶴が吹き上げる白い水しぶきにまとわりつくように、名前も知らない小鳥が二羽飛んできて、しぶきのなかをくぐっては離れ、離れてはまた戻ってくる。水浴びでもしているのだろうか。

「おーい、飛沫《ひまつ》感染するぞ」

吉良はそんな冗談を小声で口にしながら、鳥が遊ぶのを眺めていた。

スマホが鳴った。水野玲子という文字がディスプレイに浮かんだので、頬張ったばかりのハムサンドをコーヒーで流し込んで、出た。

——いま、真行寺から電話で報告を受けました。進展があったそうです。

「ほう、進展ですか」

期待した吉良が明るい声を出すと水野は、いや、これを進展と言っていいのかどうか、とすこし口ごもるように、言った。

——浅倉マリが死にました。

昨日から「The POOL.com での賭けのことを考えていた吉良は思わず、

「殺しですか」と尋ねた。

——まさか。

水野は驚いていた。彼女にとっては藪《やぶ》から棒な切り返しだったにちがいない。だが、続く水野の言葉はこんどは吉良をまた驚かせた。

——新型コロナウイルスに感染して。

吉良は、わかっていることはすべて教えてください、と言った。

──真行寺が中止を相談するために彼女の自宅を訪れたところ、マンションの部屋はすでに封鎖され、消毒されていたそうです。その時点で彼女は搬送された病院ですでに亡くなっていた。ちょっと待って、真行寺に報告されて取ったメモがあるので、それを読み上げます。…………浅倉真理子《まりこ》──これは浅倉マリの本名ね。住所は東京都豊島区池袋1丁目＊番地＊号　飯島エステート七〇五号室──は本日の午前二時すぎに大塚《おおつか》病院で死亡が確認されました。次に、確認できている範囲で、死に至った経緯を述べます。五月十四日木曜日の午後五時二十七分頃、浅倉マリは体調の急な異変を感じて一一九番通報し、発熱と呼吸困難を訴えました。駆けつけた救急隊員が、彼女を大塚病院に搬送。重篤な状態だった浅倉マリには、人工呼吸器が必要でした。ところが大塚病院には一機しかなく、それも別の患者が使用していて、使用できるものはひとつもなかった。浅倉マリの容態はみるみるうちに悪化し、午後七時頃には意識不明の重篤な状態に至り、十五日午前二時十三分に死亡が確認されました。

吉良は唸《うな》った。都築が懸念していた通り、医療における平等が崩壊しはじめた。この国が保《たも》っていた見えない資産が失われかけている。

──PCR検査は陽性。浅倉マリには都内に身内がいなかったことから、仕事仲間であり、また同マンションのひとつおいて隣の部屋に住んでいる在日韓国人白沙蘭《ペクサラン》が、隔離室に安置されていた遺体を本人だと確認しました。この白沙蘭は今回のコンサートの運営母体であるワルキューレの代表です。

「感染ルートは」

――ただいま調査中。

「白沙蘭の線は？」

――浅倉マリとは電話やネット回線でのやりとりはしたけれども、ここしばらくは対面していないと言うので、保健所はいったん帰宅させました。とにかくいまPCR検査に割《さ》ける人手が少ないので、接触していないのなら受検の必要なしと判断したそうです。

「この時期に、大きなイベントを控えた仕事仲間が、同じマンションに住んでいて、二週間も顔を合わせていないのは不自然な気がしますが」

――たしかに不自然ですよね……。

水野の口ぶりからは、保健所の所員がそのように判断したのならそう受け取るしかない、というニュアンスが窺《うかが》えた。

「ほかに濃厚接触した者は」

――……警視正がそこをわざわざ確認する理由はなんでしょう。

水野の口調は訝《いぶか》しげだ。たしかに、警視正である吉良の立場からすれば、感染ルートの確認などは捜査一課に任せておけばいい。実は吉良の頭の片隅には The POOL.com の件がまたちらつきだしていたのであった。〝開催されない〟派が積極的に勝ちにいき、

ウイルスを仕掛けたという連想を完全に断ち切ることができないのだった。しかし水野には、

「いや、単に確認です」とだけ言った。

——そうですか。この件で、浅倉マリと濃厚接触したのでＰＣＲ検査を受けさせろと言ってきた者がひとりいました。

吉良はいぜんThe POOL.comへ意識を泳がせながら、誰ですかとぼんやり尋ねた。

——真行寺巡査長です。真行寺は二度にわたって浅倉マリと濃厚接触しており、マスクをつけないで会話しています。なので彼にはこれからＰＣＲ検査を受けさせます。

たしかに、警官が発病すると厄介である。水野だって、自分の部下が感染したなんて事態は回避したいだろう。わかりました、と答え、ほかになにか気になる点はありませんか、と尋ねた。

——あとは、数日前に、浅倉マリに路上でサインを求めた人間がいたそうです。

「サインを？　ファンですか」

——もちろんそうでしょう。

「そのファンの身元はわかっているんですか」

——いや、街で声をかけられ、サインを求められ、それに応じた。そういうことだそうです。

吉良は礼を言って切ろうとしたが、

「ちなみに浅倉マリがファンにサインをした場所と日付はわかっているんですか」と尋ねた。

紙をめくる音がした。

――あった。場所は池袋。十一日の月曜日ですね。

月曜はたしか都築と松の木で飲んだ。帰ってその夜、吉良は YouTube の動画で、浅倉マリが怪気炎を上げているのを見ている。

「つまり、テレビに出たあとだ」

――路上でサインをねだられるなんて、やっぱりテレビに出ると効果があるのかな。応援してます、なんて言われたみたいだけど。

応援してます、か……。サインと The POOL.com のふたつが融合しようとしたときに、水野の声がした。

――それにしても、こんな形で幕引きになるとは思わなかったね。

意識が遠くにさまよっていた吉良は、水野の言わんとするところを摑《つか》めなかった。

――これで中止よね、〝浅倉マリと愚か者の集い〟は。

ああ、と吉良は言った。そうだ、これで中止だ。浅倉マリが死んだのだからもうやれっこない。

そうですね、予想外の結末ですがと言い、もういちど礼を添《そ》えて、切った。

サンドウィッチの残りを平らげ、冷めたコーヒーを口に含んだ。そして、口から白い水を噴き上げている池の中の銅製の鶴を見た。

じっと見ているうちに、妙ちくりんな奇想にかき立てられた。たとえば、ボートに感染者を乗せて、あの鶴の銅像の近くまで連れて行く。そして鶴の口元に向かって咳をさせる。しわぶきの中に入ったウイルスがこんどは鶴が吐き出すしぶきと一体化し、勢いよく宙に舞い上がる。それはどこまで飛んでいくのだろうか。ウイルスを含んだ水滴のいくつかは、ディスタンスをものともせずに、この公園のベンチに座る誰かの頬を濡らし、その誰かがそれを手で拭《ぬぐ》い、その指で口に触れたりすれば感染する、そんなことはありえるのだろうか。自分の妄想に苦笑して、吉良はコーヒーの残りを飲み干した。そして深いため息をついた。

浅倉マリが死んだ。しかも新型コロナウイルスに感染して。

まるで、自分が目論んだことを先に、そして過激にやられた結果を見せられたような気がして、重く渋く苦い思いが胸の中《うち》にわだかまった。この感情はしばらく消せやしないだろう。

彼が目論んだのはもっと穏便なものだった。

The POOL.com に〝浅倉マリと愚か者の集い〟は開催されるか？　というスレッド

を立てる。

〝開催されない派〟の面々がSNS上で運動を起こす。その運動の波が拡がり、浅倉マリはコンサートの中止を余儀なくされる。以上のような手口が褒められたものでないことは認めざるを得ないが、工作というのは得てしてそういうものである。SNSでは、アメリカや中国やロシアの工作員が知日派を装って、投稿による工作を日々おこなっているのだ。

もっとも、吉良はその工作を自分の手で実行したわけではない。また、浅倉マリの死がその動きによってもたらされたという証拠もない。

自分は殺しを促した可能性のある行いをしようとはしたが、しなかった。中止したのは殺人の可能性に思い当たって決断したのではなく、その行為がすでに為されていたからである。そして、為された行為は殺しを促し、さらに殺しを成し遂げてしまった可能性がある。ただ、可能性があるというだけで、わかっていることはなにもない。

ややこしい話だ。ややこしすぎて、もっと単純な話にすがりつきたくなった。ふと、浅倉マリがインタビューで語った言葉が思い出された。

――人間、死ぬときは死ぬわけよ。死ぬかもしれないし死なないかもしれないけども、死ぬときは死ぬ。人間は神様じゃないんだからなにもかもコントロールできるわけじゃない。死なないことを祈りながらそれぞれ頑張っていくしかないのよね。

死ぬときは死ぬなんてのは、無内容なトートロジーだと馬鹿にしていたが、いまは硬くなった心に妙に染《し》みた。
それにしても、あっけない幕切れである。自分の人生も突然こういうふうに終わるのかもしれないな、とも思った。

夕方になって今日の東京の感染者の数字が入ってきた。九人。たしかに新型コロナウイルスの感染を普通の風邪といっしょにすることはできないだろうが、この数字の小ささと、一万件を超える倒産、GDP10％の下落のダメージとを比較して、とんでもなく間違った選択をしているのではないかと苛立《いらだ》った。しかし、一部の専門家はさかんに「なめてはいけない」とか「引き続き警戒が必要」などと言う。専門家に言われると、そうだろうなと思う。一方で、調べていくうちに、松の木で都築が語っていたのと似たような説を唱える学者もいることを知った。

新型コロナ恐るべし　と　新型コロナ恐るるに足りぬ
気を緩めずに自粛せよ　と　自粛などせず経済回せ

それぞれに専門家が控えていて、自説を訴えるためにSNS上で各々《おのおの》キャンペーンを張っている。

ただ〝恐るべし&自粛せよ派〟が説明を回避しているのが、東アジア一帯の死者数の少なさについてである。

つまり〝恐るるに足りぬ&経済回せ派〟はいちおう仮説によってこれに応《こた》えている。学者によって少しばらつきはあるが、彼らの解説では、東アジアはコロナ系列のウィルスにここ十年ほど曝《さら》されてきており、これによって自然免疫と獲得免疫ともに鍛えられ、耐性がついたと読み解かれる。さらに、推奨されれば素直にマスクをする律儀できれい好きな国民性や生活習慣なども相まって、うまく対応できているというわけだ。

この説が正しいとすれば、少なくとも日本においては、自粛することは愚の骨頂で、近隣諸国と連携して東アジア経済圏でも作って、さっさと経済を回したほうがよさそうである。

となると、アメリカの政治的影響圏から離脱して、もうすこし中国寄りの政策をとったほうがいいってことになるな、とも思った。しかしそんなことをしたら、アメリカは烈火のごとく怒るだろう。怒るくらいならいいが、アメリカがキレたら大変なことになる。軍事と金融というふたつの切り札を持つアメリカに対して、迂闊《うかつ》なことはできない。

これについては、また時間を見つけて、涼森とじっくり意見交換したいな、と吉良は思った。

突然、各種イベントの状況を確認していた秋山が、頓狂《とんきょう》な声を上げた。

「えー、ロック・イン・ジャパン・フェスティバル、やっぱり中止になっちゃったのか」と叫んでいた。

なんだショックだったのかと訊くと、夏休みを使って参加する予定だった、と言う。

中止といえば、〝浅倉マリと愚か者の集い〟も中止になったわけだが、あれはどうなっているのだろうかとふと思いつき、吉良はスマホを取りだした。


二〇二〇年〝浅倉マリと愚か者の集い〟は開催されるか？


The POOL.comのそのスレッドには、まだグリーンライトがついていた。

賭けはいぜん続行中である。浅倉マリの死がまだ公式発表に至っていないからだろう、と推察するだけでは満足できなかった吉良は、秋山に声をかけた。

「秋山、〝浅倉マリと愚か者の集い〟のホームページを確認して、更新されていないか確認してくれ」

了解しましたという声を聞きながら、吉良は緑色の点を見つめていた。

「更新されてますね」

意外だった。

「更新されているんだな」

吉良は確認した後で、では、The POOL.com のほうがまだ追いついていないのだ、と思い当てた。けれど、やはり納得はできなかった。

「更新っていうのは、浅倉マリが死んだことを告知しているんだよな」

「はい。ヘッドラインがREST IN PEACE《安らかに眠れ》ってなってます。『浅倉マリは本日未明に旅立ちました』とも書かれています」

ならば、このスレッドのグリーンライトもほどなく消えるだろう。そう思ったとき、秋山が思いがけないひと言を継いだ。

「更新といえば、コンサートの開催日も発表されていますね」

「ちょっと待て……それはおかしいぞ。それとも、開催日が発表された直後に急死した、もしくは開催日の発表と訃報《ふほう》が重なって、ホームページの整合性が取れていないんじゃないか」

「いや、ちがいます。『浅倉マリの遺志を継いでコンサートは開催いたします』と明記されていますから」

「なんだって。ということは、この状況でもあくまでコンサートはやるつもりなんだな」

「うーん、ここにそう書いてあるからそうなんじゃないですか」

「主演がいないのにどうやって芝居を上演できるんだ」

「浅倉マリは主演じゃないですね、主演はさよならばんどですよ。このラインナップじゃ、ほとんどの人がさよならばんど目当てでしょう」

「なんだ、詳しいのか、お前は」

「伝説のバンドですからね、再結成するなら俺も行きたいなと思ってました」

「馬鹿言うな。ただ、浅倉マリは主催者でもあったぞ。企画を牽引《けんいん》する者が死んだのに、誰が引っ張っているんだ」

「そういえば、主催の表記が変わってます」

吉良は、席を立って秋山の横からディスプレイを覗き込んだ。

主催者はワルキューレ。これまで同社は〝運営〟として記載されていたが、いつのまにか変更されている。

「で、いつなんだそのコンサートは」

「五月二十三日、来週の土曜日です」

「え、もうすぐじゃないか、どこでやるつもりだ」

「ここには、当日の発表になると書いてありますね」

「当日発表するだって⁉　ここでやるから来いとその日いきなり言うわけか」

いったいどうやってと驚きつつ、吉良は自分の席に戻り、〝浅倉マリと愚か者の集い〟のホームページを開いた。

浅倉マリは二〇二〇年五月十五日未明、息を引き取りました。死因はおそらく新型コロナウイルスの感染によるものと思われます。いま私は、故人に急《せ》かされるようにこの文章を書いています。次のことをみなさんにお伝えするために。

〝浅倉マリと愚か者の集い〟は開催いたします。

さよならばんどは出演します。

コンサート会場については当日の発表となります。入場希望者にメールで返信した通りです。それでは一週間後にお会いいたしましょう。

浅倉マリが旅立った日に

ワルキューレ代表　白石サラン

これで明確になった。白沙蘭は嘘をついた。彼女が浅倉マリと濃厚接触していないというのは虚偽の申告だ。事実を申告すれば、ＰＣＲ検査を受検させられる。もし、陽性の判定が出た場合、十四日間の隔離を余儀なくされ、コンサートは開催できなくなる。

これを回避するために、濃厚接触の事実はないと言い通したのだ。

ホームページには［入場申し込み］というタグがあった。クリックして、そこに飛んだ。こうなったら当日は臨場するしかない。

Eメールアドレスと名前を書く簡単な手続きだけで申し込みができると知った。ただし、スマートフォンを持っていること、そしてスマートフォンで受け取れるメールアドレスを記入することが条件である。

吉良はスマホから申し込んだ。すぐさまチンと鳴ってメールが送られてきた。

［はじめに］
〝浅倉マリと愚か者の集い〟コンサートについて、入場のお申し込みをいただき誠にありがとうございます。以下の注意点を必ずお読みになってご来場ください。会場のゲートを通過して入場された時点で、以下のことに同意したものと見なさせていただきます。

［感染のリスクについて］
●このコンサートの観客となることによって感染する可能性があります。その感染の確率は現在のところは算出できておりません。信頼できると思われる情報に接して

各自で判断し、来場されるかどうかをご決断ください。
●会場に医療スタッフは配置しておりません。
●会場には消毒液などは置いてございません。各自お持ちください。

〔会場・日付とその告知〕
●まず、入場を希望される方は、必ず次のサイトからアプリケーション freebird（以下フリーバードと表記）をダウンロードして、ご自分のスマホにインストールしてください（必ずです！）。このアプリが入場券となります。スマホをお持ちでない方、フリーバードをインストールされていない方はご入場できません。
https://walküre.com/application………/download
●入場時、フリーバードをインストールしたスマホを持っていれば、そのまま入場ゲートを通過することができます。センサーにスマホをかざす必要もございません。
●但し、危険物を持ち込むことはできません。入場ゲートのセンサーが危険物を感知することがございます。その際は指摘された危険物を取り除いてご入場ください。
●日程は決定し次第、フリーバードがお知らせいたします。
●会場の場所はフリーバードがご案内いたします。（当日のご案内になります）
●会場への道順については、フリーバードがご案内いたします。フリーバードの案内に従って会場までお越しください。会場は東京二十三区内を予定しております。

〔入場制限〕

●アプリのダウンロードとインストールの回数は主催者側が把握しています。フリーバードをダウンロードしインストールされた方の中から何%がご来場されるのかは、主催者側のほうが予測しておこないます。

●会場のキャパシティの都合によりフリーバードをインストールされていても入場制限をおこなうことがございます。

●入場制限のタイミングについては、当日フリーバードができる限り早く細かくお伝えいたします。

〔その他　注意事項〕

●マスク着用の義務はございません。

●声を上げる、叫ぶなどの行為は、演奏を妨げない限り、自由です。また、声を上げている人や叫んでいる人に対して、抑制するように注意を促す行為は、ステージの演奏者に限られます。

●モッシュ（演奏者の音楽に対して観客どうしで体をぶつけ合ったり揉みあいながら

歓喜や興奮を表現する行為、もしくはそのような行為をおこなうことによって、より一層ステージの演奏を楽しもうとすること）は禁止いたしません。これを望まない方、巻き込まれたくない方はその場から離れてください。
●その他、新型コロナウイルス対策前にコンサート会場で一般的に許されていたことがらについては禁止いたしません。自由にコンサートをお楽しみください。ただし、暴力行為、個人の名誉を傷つけるような言動が〈自由〉に入らないことは言うまでもありません。
●電話でのお問い合わせには一切お答えできません。
●質問はメールにて受け付けておりますが、内容によってはご返信いたしかねることがございます。

吉良は自分のスマホにフリーバードというアプリを入れるかどうか少し迷った。しかし、こいつがなければ入場できないようだ。また、自分のスマホはボビーによって、もろもろのウイルスに対して強固なプロテクションが施されているので、ここはボビーを信じてインストールすることにした。

それにしても、この強引で着実な動きはいったいなんだ。スマホのディスプレイ上に加わったフリーバードの鳥形アイコンを眺めていると、手にしていたスマホが振動した。

水野からの着信だった。

用件は出る前からわかっていた。水野もまた、〝浅倉マリと愚か者の集い〟のホームページを見たにちがいない。

七時過ぎにヴァイオリンを提げて内閣府本庁舎を後にし、六本木《ろっぽんぎ》に向かった。後藤邸のインターフォンを押すと、助手の音大生が玄関口に出てきて、どうぞと吉良を招き入れた。地下に降りてレッスン室に入った時、後藤先生はピアノの前に座って、郵便物の選別をしていた。

「ちゃんと練習してきた？」

そう声をかけられ、最近はなかなか公園に行けなくて、と弁解した。吉良の練習場はアパート近くにある中央公園なのは後藤先生にも伝えてある。

「こう雨が続くと」

吉良は言い訳した。もっとも晴れた日には変な刑事に声をかけられることもある。チューニングメーターを取り出しながら、それにしても、あの日あそこで自分たちはなにを話したのだろう、と思い出そうとして果たせず、吉良はしだいにそれが気になりだしていた。

「だめだよー、そんな言い訳しちゃあ」

後藤先生の口調は、たいして気にも留めていない軽いものだった。音大でも教え、受験生の指導もしている先生にとって、あくまでも趣味としてここに通ってくる吉良は、手間がかからず、月々きちんと月謝を運んできてくれる鳥にすぎない。「せっかくヴァイオリンが良くなったのに」と冷やかし気味に言う声にも、シリアスな調子はない。

「あ、それから吉良君宛にこんなもの来てるよ」

後藤先生は郵便物を差し出した。なんだろうと思って見ると、〈後藤ヴァイオリン教室気付　吉良大介様〉とある。手首を返して裏を見た。差出人の名前はない。封を裂《さ》こうと手をかけた時、壁掛け電話が鳴った。後藤先生は受話器を取って、ええ、ここにいるわよと言って、吉良のほうにそれを突き出した。

「僕にですか」

「みたいよ」

地下にこしらえたレッスン室には電波は届かない。届くよう細工するのは簡単なのに、稽古中に携帯電話が鳴るのが嫌だからと言って放置している。

「吉良君の仕事場から。急用だから回してくれって」

レッスンの日は職場に楽器を提げて行くので、ヴァイオリンを習っていることは周りに知られている。けれど、この住所は知らないはずだ。吉良は受話器を握り、もしもしと言った。

――そろそろ話がしたいんじゃないかと思ってな。

「そうだな。ボビーさん、お前いったいいくら稼いだんだ」

――食うには困らないくらいには稼いでるつもりだが、どの件の話だ。

「あの闇賭博サイトにオリンピックが開催されるかどうかのスレッドを立てたのはお前だろ」

――そいつはちがうね。

「嘘をつけ。いつどこで話せる?」

荒っぽい手つきで持っていた封筒を開けた。

羽田発北海道行きの航空券が出てきた。

――東京よりかなり冷えるからな、薄手のセーターくらい持ってきたほうがいいぞ。

5　北の国へ

背もたれを戻してくれと言われ、目をこすりながら丸窓の外に視線を投げると、北海道の空にも雲が垂れ込めていた。到着ロビーを抜けるとすぐスマホの電源を入れ、イヤフォンを耳の中に押し込んだ。

——吉良大介様、北海道にようこそ。それではこれから、ブルーロータス運輸研究所までご案内いたします。新千歳空港駅から快速エアポートで南千歳《みなみちとせ》駅まで出てください。

喋っているのは、昨日インストールしたフリーバードというアプリだ。朝起きたときからしつこいくらいに羽田空港までの道案内をしてくれた。うるさくてかなわない。

しかし、現在捜査中の件と関連がありそうなので、直進しろだの、右に曲がれだの、エスカレーターを使えだの、何時の便に乗れだのとうるさく指示するがままにしてある。言われた通り、南千歳駅で降りた。

——JR千歳線の上りにお乗りください。

乗り込むと同時に、こんどは苫小牧《とまこまい》で降りて室蘭《むろらん》本線の各駅停車に乗り換えろと言ってきた。東《ひがし》室蘭行きに乗車し、硬い座席の上で小一時間過ごしてから、鷲別《わしべつ》という小駅で降りた。跨線橋《こせんきょう》を渡って無人の駅舎を出ると、フリーバードに導かれるまま、駅の近くにある大きなスーパーの駐車場に歩いて行った。

――右斜め前方に進み、ロータスにご乗車ください。青くて丸い車がロータスです。

ずんぐりとした青黒い車体の車が、吉良が近づくと、ハザードランプを二回点滅させた。藍色《あいいろ》の横腹に〝ブルーロータス運輸研究所〟の日本語と Blue Lotus Research Institute of Transport という英語が赤く染め抜かれている。その下には、〝室蘭市内実験走行認可済〟という文字があり、この〝室蘭市〟の下に〝登別市《のぼりべつ》〟、〝白老町《しらおい》〟、〝苫小牧市〟のシールが追加で貼られていた。

――目の前の車両です。

ドアが自動でスライドしたので、迷うことなく乗りこんだが、運転席には誰もいない。いや運転席そのものがない。そのぶん車内は広々としていて、昔の遊園地で見かけたグルグル回るコーヒーカップのように中央に向かって円《まる》く座席が設《しつら》えてある。

〈吉良大介様ですね〉

天井に埋め込まれたスピーカーから声がして、そう尋ねられた。ビロードのような艶《つや》やかな女の声だった。

「そうです」

〈完全自動運転車ロータスでブルーロータス運輸研究所までお連れいたします。シートベルトをご着用くださいませ〉

吉良はこの案内に従った。

ロータスと呼ばれる丸い車は、静かで滑らかな動きを示しながら、室蘭線と交差する四車線の幹線道路に進入した。やがて、左右に雑木が茂る二車線道路に入ると、速度を上げた。スマホの地図アプリで確認して、内陸部に向かって走っていると知った。

〈まもなく研究所の敷地に入ります〉

突然、視界が開けて、草原が出現した。そこかしこに林が点在する緑の平原に、いくつもの二車線道路が絡《から》まりあってうねり、網の目のようになって広がっている。

〈研究所の敷地内に入りました。吉良大介様、ブルーロータス運輸研究所にようこそおいでくださいました〉

またスピードが上がる。交通量も増えた。右から左からロータスが、吉良が走っている車線に合流してきては、また出て行く。ここが、ソフト・キングダム、加えて日本とインドを代表する自動車メーカーが投資している完全自動運転の研究施設だということは、吉良も聞き及んでいた。

草原を縦に横に交差しながら伸びる車道の端《はし》を人が歩いている。ずいぶんと車道の内側を歩いている人もいる。これをロータスは器用に迂回《うかい》して追い抜いて行く。すれちがう人の顔はみな日に焼けている。彼らはインド人だ。ここは、人工のインド村である。村人に危険な横断や歩行、飛び出しなどをやらせ、完全自動運転車が事故を回避できるかどうかを実験しているらしい。通常ならば人権問題に発展しそうである。いや、するべきだろう。しかし、ここの住民はこの研究所に勤務する研究員であり、そして研究員として完全自動運転の研究に、納得ずくで参加しているのだそうだ。これもまた不思議な話である。

やがて、草原が背後に遠ざかると、市街地に入り、インドの繁華街が出現した。ただそれは、たとえば東京の小金井《こがねい》市にある江戸東京たてもの園のように、再現された模倣品のように見えた。

〈吉良様には、すこしお時間を頂戴《ちょうだい》して、施設内を見ていただきます〉

ロータスは減速し、吉良にこの街並みを観光させた。まるでツアーの車に乗っているような気分である。

街中《まちなか》にはインド人が大勢いた。マスクをしている者はひとりもいない。そして、道端《みちばた》に並べられたテーブルを挟《はさ》んで茶を飲んでいる男たちや、立ち話をしている女たち、揚げ物の屋台の前でおやつができるのを待っている子供たちらはみな、ディスタンスなどそ知らぬ顔で、親しげに身体を寄せ合っている。

「密だな」と吉良はひとりごちた。

日課として見ている国際ニュースのサイトの記事を思い出した。いまインドでは急激に感染者が増加しているはずだ。

大きな広場の前を通過した。コンクリートで固められていない地面の上に、木材でステージが組まれていた。その中央に鎮座《ちんざ》する像に吉良の視線は奪われた。蓮《はす》の上に胡坐《あぐら》をかいた女神の痩《や》せさらばえた胴から何本もの腕が左右上下に広がり、その周囲を火の輪のレリーフが囲っている。驚くべきはその表情で、吊り上がった眉の下の目はかっと見開かれ、真っ赤な口は歪《ゆが》み、歯は剝《む》き出されていた。この女神が体現しているのは、怒りと苦悩としか思えなかった。

「なんだこれは」

〈パドマーヤール。当研究所の研究員たちが信仰する女神です〉女の声がそう言った。

「ヒンドゥー教の？」

〈はいそうです〉

「この研究所にはヒンドゥー教徒しかいないんですか」

インドに住む人々の大多数がヒンドゥー教徒だということくらい吉良も知っている。そして、いまインドではヒンドゥー・ナショナリズムを掲げるインド人民党が与党になっていることも。そして、ヒンドゥー教にはカーストという悩ましい問題があることも。

〈通ってくる数名の日本人スタッフ以外はすべてヒンドゥー教徒です。この研究所内に

居住している者はすべてヒンドゥー教徒です〉

おそらく会話の相手はコンピュータの自動応答システムなのだろうが、受け答えの能力はすこぶる高いようだ。

太いベルトでしばったPA用の黒い大きなスピーカーを、男たちがステージの上から大人数で引っ張り上げている。

「密だな」と吉良はまた言った。

ロータスは広場を離れ、さらにその向こうへと進んだ。市街地を抜けると、ふたたび広々とした草原が現れた。

草地を左右に延びる道をロータスは進んで行く。緩《ゆる》やかに高低差のある平原を抜けると、こんどはかなり急勾配の草の斜面が目の前に現れた。この小高い丘を登りきったあたりで、ロータスは静かに停止した。

吉良は車窓越しにその先を見た。行く手には、なだらかな斜面が下り、平原の遠くに建築物が群立していた。プレハブのようである。遠い草原に固まって建つそれらは、象の群れのように見えた。

この敷地内に住んでいるインド人たちの住居なのだろうか。しかし、さっき通ってきた市街地にも住居らしきものは多々あった。もしかして工場？　このロータスのメンテナンス施設って可能性もある。ただ、それにしては規模がでかすぎると感じた。ひょっとしたら修理ではなく生産工場なのかもしれない。いま日本の自動車会社の多くは、中国に工場を置いたり、中国から部品供給を受けている。それが、今回のコロナ禍で、サプライチェーンが途切れ、生産ラインが停《と》まってしまった。かつてより「雇用のために も工場は日本に置くべし」が吉良の持論であった。だからサプライチェーンの寸断の報に接した彼は「ほらみろ言わんこっちゃない」という怒りにまた駆り立てられた。さいわい北海道は広い。そして中国なんかより断然近いじゃないか。

「もう少し近くまで行ってあの工場を見たいのですが」

工場だと決めつけて吉良は言った。吉良の願望がそう言わせた。

〈かしこまりました〉とロータスが応答し、車体が斜面を下り始めた時、声は男のものに切り替わった。

〈ブルーロータス運輸研究所にようこそ〉

ボビーだった。

〈悪いな。打ち合わせしてたんで、施設内を見学してもらってた。申し訳ないが、スケジュールが立て込んでいるから、これからすぐこちらに来てくれ〉

吉良の返事を待たずに、ロータスはかなり乱暴なUターンをしてふたたび丘を登り、いま来た道を引き返しはじめた。

吉良はすこし名残惜《なごりお》しそうに、坂の下の先にあるプレハブの群れを振り返った。

〈まもなくブルーロータス運輸研究所本部前に到着です〉

　声はまた柔らかな女のものに戻っている。

　車が停まったのは寺院の前だった。この極彩色の神々の社《やしろ》を吉良はかつて写真で見たことがあった。つまり、これもまた、実在を模したものなのである。壁一面にびっしりと彫り込まれた、さまざまなポーズを取る神様を見上げながら、車から降りた吉良は、

「密だな」とまた言った。

　まったくだよ。そう笑いかける声の主に視線を巡らせると、玄関口にボビーが立っていた。

「びっくりしただろ、カーパーレーシュワラっていう南インドのチェンナイにあるヒンドゥー寺院のレプリカなんだそうだ」

「だけどオフィスだろ、ここは。なんでこんな形をしてるんだ」

「ここにいる人たちはインドではこのお寺には入れなかった、もしくは非常に入りづらかったらしいな」とボビーは踵《きびす》を返した。「ただ、中はいたってモダンなつくりになってる」と断って、いま開いた自動ドアの向こうへと進んだ。

「今晩は泊まって行くだろ。祭《まつり》があるんだ。見てけよ」

白くて広い部屋の大きなテーブルにつくと、一族の問題児はそう言って笑った。祭？このご時世になに寝ぼけたこと言ってんだ。吉良は呆《あき》れた。

「この時期に密な状況を作るのは問題だろう。さっき、この敷地内をぐるりと案内してもらったが、なべて関係者は警戒心が足りないぞ。ここでは感染者が出てないのか」

「出てるよ。よそよりも多いんじゃないか、ここは」

こともなげにボビーが言ったので、吉良はまた驚いた。

「ちょっと待て。北海道は他府県と比べて、感染者が多いよな。ひょっとしてここが感染源なのか」

「ここの感染者の数字は、北海道の感染者のそれに含まれてない。言ってみればクルーズ船の数字と同じ扱いだ」

「そりゃどういうことだ。北海道の感染者数はただでさえ他の府県より多いのに、この研究所の数字も加味したら、余《よ》っ程《ぼど》でかいってことになっちまうぞ」

「そのへんは、責任者に聞いてくれ。まもなく来る」

「だいたい、お前はここでなにをしてるんだ」

「俺か。仕事を手伝っているんだ」

「仕事？　ここは豊島《とよしま》自動車とインドのTATAN《タタン》モーターズ、それにソフト・キングダムが投資してるところだよな」

「そうらしいな。あとは海運会社だ」

「海運？　船も自動運転化しようとしているのか」

「そうだと聞いてるよ」

「ふむ。ただ、お前に用があるとしたらソフト・キングダムだろう。なにをしてるんだ」

「プログラムを書いている」

「どんな」

「モットーは、速く・軽く、だ。これからはすさまじく大量のデータをリアルタイムで検索する必要が生じるからな」

「これからってのはいつから？」

「そこまで言わなきゃわかんないのかよ、俗に言う〝ウィズ・コロナ〟だ」

　吉良は軽い衝撃を受けた。やはりこれを契機に世界は変わるのだろうか。

「お前は変わらないと思ってるのか」見透《みす》かしたようにボビーが訊《き》いた。

「いや、変わるだろう」

「じゃあ、どう変わればいいと考えてるんだ。ていうか、お前はどう変えるつもりなんだ。ほら、日本をバージョンアップさせるんだろう」

「このウイルスでか」

「ああ、そうだ。ウイルスてのは進化の立て役者だからな」

ひとつの考えが頭をよぎった。しかし、それを口にするのはためらわれた。

「なし崩し的になにかが変わってしまうのはよくないと考えている」とりあえず吉良は言った。

「ほお。そう言えばお前は保守をもって自認していたんだったな」ボビーは鼻を鳴らして笑った。

吉良は無視した。こいつに笑われるのは慣れっこなので、別段気にしない。それよりも北海道までやってきたのは、確認したいことがいくつかあったからだ。

「お前が The POOL.com にスレッドを立てたのか」

「例のオリンピックの?」

「そうだ」

「立てちゃいないさ」

「まあ信じてやるとするか。けれど、賭けただろう」

「ああ、賭けた」

「どちらに?」

「〝開催されない〟に決まってるじゃないか」

怒りが沸《わ》いた。

「非国民だな、お前は！」

「オリンピックで頑張れニッポンって盛り上がることが愛国なのか。お前の愛国心もたいしたことないな」

「黙れ。そもそも去年の秋、どうしてお前は北海道まで呼びつけてあのスレッドを俺に教えたんだ。教えれば、俺は開催するほうに動くだろう。だったら、お前が負ける確率が上がるじゃないか」

　ボビーは笑った。

「ただ結果は、見ての通りだよな。俺は勝った。ただ、お前にすこしばかり心配りをしたんだよ」

「なんだそれは。蟹を食わせて慰《なぐさ》めようってことか」

「なに言ってんだ、お前は。いや、本当はもうわかってるはずだ。〝開催されない〟に賭けた人間がなんとしてでも勝とうとした場合、テロまがいの行為に及ぶやつが出てくる可能性がある。そうならないように注意しろって俺は伝えたかっただけさ」

　それは、まさしく吉良も考えたことであった。

「それに、そのくらいのことはしてやってもいいと思った。俺とお前の関係を考えれば、そのくらいの斟酌《しんしゃく》はするさ」

「そうしても差し支えないほど、勝ちを確信してたってことか」

「そうだな。これはもうまちがいないと思ったのは、ヨーロッパが汚染されてからだが。だいたいオリンピックなんてのは、開催国には多少うまみがあるが、参加する国にはなにもないんだよ。こんな時期に極東の島国まで職員と選手団を送り込んで運動会なんてやるわけないじゃないか」

「そもそも、この話はいつから始まってるんだ」

「この話ってのは？」

そう言われると吉良もわからなくなった。ウイルスとオリンピックそして自動運転、いったい、どこがどうつながるんだ。そして、それらがつながった時、いったいどんな絵が現れるんだ。

「とにかく、このウイルスのネタでお前が賭けをしたきっかけを話せ」

「じゃあ、そこからいこう。ちょうど俺は、ある技術の開発チームを指揮してもらえないかと言われて、中国に招かれてた。その打ち合わせで、去年の十一月初旬から下旬にかけて北京に滞在した。で、金はよかったんだが、結局あれこれ言い訳して、引き受けずに帰ってきた」

「なぜだ」

「お前は俺のことをグローバリストの守銭奴《しゅせんど》だと思ってるんだろうが、俺にだって良心ってものがあるんだよ」

「なにが気に入らなかったんだ」

「なにがってお前は香港や新疆《しんきょう》ウイグル自治区のニュースを見ていないのか」

答えるまでもないので、黙っていた。

「俺の最大のクライアントはアメリカだ。お前がアメリカが嫌いだってことは知っている。おっと、アメリカが嫌いなんじゃなくて、アメリカに媚《こび》を売る日本人が嫌いなんだったな。さて、俺がアメリカが好きかどうかはわからない。自由で民主的な国なんていうのは嘘っぱちだっていうことくらいは知っている。香港のデモに手を突っ込んでいることも。自国の人種問題が解消していないのに、新疆ウイグル自治区の圧政を政治利用しようとしていることも。けれど俺は、中国に手を貸すのはいまは止《よ》そうと思って引き上げた。自慢じゃないが俺の技術はなかなか強烈だからな、中国に置いてきたらとんでもないことになりそうだと思ったんだ」

「そんなこと行く前からわかってただろう」

「いやわからなかったね。期待していた部分もあった。いまも期待している。将来また組めるかもしれない。けれどそれはいまじゃない。そういうことだ。その後に The POOL.com を覗いて、このスレッドが立っているのを見た。そして、気をつけたほうがいいぞとお前に教えてやった。俺が賭けたのは年末だ。つまり、武漢で感染者が出たことが明らかになった時に、これは拡大するぞと睨《にら》んだってわけだ」

「ずいぶん良心的な答えだが、いま言ったことは、お前が日本が苦しむほうに金を張ってひと儲けしたことの言い訳にはならないな」

「日本がこうむった打撃で荒稼《あらかせ》ぎしたことに腹を立てるのは、お前の勝手だ。けれど、俺が賭けようが賭けまいが、どのみちオリンピックは中止になっていた。そうだろ」

「だとしても、賭けたお前のことは許せそうにないぞ」

「じゃあ、好きなだけ怒ってろ。だけど言っとくが、俺は俺でこの国を愛しているんだ。お前とはちがう方法でな」

「嘘つけ」吐き捨てるように吉良は言った。

ボビーの口元から薄笑いが消えた。

「いいか、さっきお前は俺を非国民と呼んだ。けれど、俺が今回、The POOL.com で稼いだ金は、お前がいつも言ってる〝日本のバージョンアップ〟に使ったんだぜ。あんまり馬鹿にするな」

「どういう意味だ」

ノックの音がしたので、ボビーの釈明は聞けなかった。ふりむくと入口のドアが、舞台の幕が引かれるようにスライドし、車椅子に乗ったインド人が現れた。電動の椅子は滑《すべ》るように近づき、そこに座っていたほっそりした青年が、手を差し伸べて握手を求めてきた。

「この研究所の所長、エッティラージだ」

ボビーに続き「エッティラージです。お会いできてうれしく思います」と相手が発した言葉は英語だった。吉良も名前だけを告げる挨拶《あいさつ》を返した。

「さて、まずは吉良の疑問にエッティラージから答えてもらおう」ボビーはそう言ったあとで英語に切り替えた。「ここにはコロナウイルスの感染がないのかと訊かれて、あると答えておいたんだが、施設内を見渡したところ、感染対策が取られてないじゃないかとミスター吉良に問い質《ただ》された。これはお国柄なのかな」

エッティラージは首を振った。

「いいえ、この研究所の方針です。なぜここではマスクの着用などが徹底されていないのか。アルコール消毒液はあちこちに置いてますが、使う者もいれば使わない者もいる。ここにいるほとんどの人間は手で食事をしますし、ディスタンスについてはまったく気にしていません。気にしないのなら、なぜもっと注意しないのかと吉良さんは聞きたいわけですね」

そうです、と吉良はうなずいた。

「彼らは日常に潜む望ましくない可能性を受け入れなければならないからです」

「日常に潜む望ましくない可能性というのはわかります。では、なぜ彼らはそれを受け入れなければならないんですか」

「受け入れることが彼らの務めだからです。吉良さんは、ここにいる研究員がどのような仕事をしているかはご存じですか」

この質問にはいささか驚いた。口にするのが憚《はばか》られるような内容が答えになるはずだ。わざわざこちらの口を割って言わせようとする料簡《りょうけん》がわからない。

「研究員と称している村人は、危険な横断や飛び出しなどの違反を故意にして、それでも無事でいられるかどうかを確認する役割を担《にな》っていると噂《うわさ》で聞きました」

「噂ではなく本当です」所長はあっさり認めた。「危険な横断、危険な歩行、突発的な動き、これらの行為が彼らに課せられた役割です。彼らの行為によって、完全自動運転車は、どこまでの違反なら事故を回避できるか、あるいはできないのかというデータを取ることができます。公道ではとうてい不可能な乱暴な走行をこの研究所の敷地内で試みているのは、そのぎりぎりのラインを見極《みきわ》めるためです。ですから、事故は起きます。事故が起きればそのデータを解析して、次には起きないようにプログラムを調整する。いまやどんどん、事故を回避する能力は高まっていますが、それでも完全にゼロにはなりません。ここにいる人間が事故に遭《あ》う確率はゼロにはならないのです」

これはもう明らかに人権無視の問題発言だ。しかし、似たような内容を最近どこかで聞いたことがある、と吉良は思った。浅倉マリが言っていた。いや、ライブハウスを襲った自粛警察を排除した真行寺巡査長の言葉を、彼女が紹介していたのだった。

——車を運転したって、加害者になる可能性はあるんだって……。つまりね、人間いくらきれいに生きようとしたってどこかで誰かを傷つける可能性はある。

エッティラージは車椅子の上で大腿部《だいたいぶ》を掌《てのひら》でポンと叩いた。

「実は私も、望ましくない可能性に捕まってしまいました」

吉良の視線は動かない細い腿《もも》に注がれた。どうやら彼が車椅子の世話になっているのは、ここでの事故が原因らしい。

「あなたはそれを受け入れたんですか」

「そのつもりです」

「なぜ」

「それが我々の務めだと思い定めたからです。もっとも、すこしは迷いましたが。つまり我々の誰かが事故に遭う。これは絶対に近い。事故に遭うのは私かもしれないし、私でないかもしれない。それは今日かもしれないし、明日かもしれないし、気にする必要がないほどずっと先の未来かもしれない。事故に遭ったら、場合によっては、死ぬ。そのような虞《おそ》れを抱え込んでこのコミュニティは成り立っているのです」

「そんな非人間的な実験が許されるのですか。見る人が見たらこれは動物実験だと言われますよ、人間を家畜扱いしていると」口調に批判の色が加わらないように注意しながら吉良は言った。

「でも、日本は黙認しています」

それは、インド人だからだ。そして、喉《のど》から手が出るほどそのデータが欲しいからだ。そんな非常識で非人道的な実験でギリギリまで肉薄しているのだから、完全自動運転の安全性は絶対に向上する。そして、その技術は大きな金《かね》を生むだろう。

「ただ、国家が国民を管理するということはどこだってやっています。家畜なんていう失礼な言葉を使わないだけで」とエッティラージは言った。

たしかにそうだ。国民が国家を作る。国民があって国家が成り立つ。これが国民国家だ。ここで国民と呼ばれているのはれっきとした人間である。

だが、できあがった国家は国民を人的資源として管理する。資源として良質なものにするために教育を施し、公衆衛生を整え、福祉を向上させる。これは生産性を上げるために、農場の牛舎や馬舎を清潔に保ち、牛や馬の健康状態に気を配るのとたいして変わりはない。

しかし、そんなことは口に出さないほうが賢明だ。国民があってこその国なのに、国民を家畜扱いするとはなにごとかという批判が飛んでくるのは火を見るよりも明らかだ。

昨今、人口減少が我が国の悩みの種だと言われる。実際、高齢化は様々な歪《ひず》みを社会にもたらす。経済に深刻な影を落としているデフレも、生産性が低いという問題も高齢化社会が持続させている面は無視できない。

とはいえ、人口を増やすために、政府が国民に「産め」と命令するのは御法度である。そんなことを言えば問題になるだろう。いや実際、ときどきついポロリとやって問題にされている。

「私の言うことはわかりますか」突然、エッティラージが念を押すように言った。

「わかります」

「しかし、ここにいる連中はそうは考えない」

えっと、俺はなんの話をしていたんだっけ、と吉良はここまでの会話の流れを整理する必要に迫られた。そうだ、研究員を事故の危険に故意に曝《さら》すなんて、家畜扱いして人権上問題があるのではないかと疑問を呈したのだ。

「彼らには神がいる」エッティラージは言った。

神？　なぜここで神が出てくるんだ。

「研究員の何人かはロータスに撥《は》ねられる。最悪の場合は命を落とす。そういう虞《おそ》れはある。これは偶然の一致ですが、その確率は実は新型コロナウイルスと同じように、高齢者のほうが高いんです、ここでは」

「なぜですか、高齢者は反射神経が鈍《にぶ》っているからでしょうか」

「いや、自動運転のプログラムをそのように設定しているからです」

驚いた吉良は、なぜと問い返さずにはいられなかった。

「人的資源として、老人よりも若者を大切にする方針でプログラムしているのです。もっともコロナウイルスには、そのような配慮はないので、ここが偶然の一致というわけです」

これは自動運転のプログラミングでよく俎上《そじょう》に載《の》せられる議題なので、吉良はすぐエッティラージが言わんとすることを理解した。

ブレーキの利《き》かないトロッコがレールの上を驀進《ばくしん》している。このまま直進すると五人を轢《ひ》き殺してしまう。その手前にレールの切り替えポイントがあり、分岐するレールの先には一人いる。この模様を安全地帯から見ているあなたの手元には、ポイントが切り替えられるレバーがある。あなたがレバーを引けば、五人は助かり一人が死ぬ。さてあなたはポイントを切り替えるか？　まずこのような問題提起がある。これをエッティラージが言わんとするところに翻訳すると、自動運転の車が直進すれば、前途有望な若者を撥ねる。とっさにハンドルを切れば八十歳の老人を撥ねる。もちろん実際の状況はもっと複雑であろうが、この場合は老人を撥ねるようプログラムを書いているということだ。

松の木で都築が言ったことを思い出した。

新型ウイルスに感染して重篤な状態で担ぎ込まれた人が三人いるとするじゃない。全員かなり危ない状態で人工呼吸器がないと生きていけない。でも病院には一台しかないとしたら？

冷酒のグラスを口に当て、都築はその先を口にしなかった。言いたくなかったからだろう。無粋な俺があえて言葉にすれば次のようになる。その三人はひとりが前途有望な若者、ひとりが高齢の政府高官、そしてもうひとりはラーメン屋を経営している中年、いったい誰に人工呼吸器を装着するべきなのか？　まず、ラーメン屋の店主が落とされる。そして若者が生き残れるかについては、彼の将来がどの程度約束されているかにかかわってくるだろう。

「不平等といえば不平等でしょう。しかし、〝大きなもの〟を前提にすれば、不平等は残るが、それもまた自分のダルマだと受け入れることができる。それがヒンドゥーです」

ダルマ？　ダンマとも聞こえたそれを吉良は問い返した。

「ダルマ」とエッティラージはゆっくりとはっきり言った。「この宇宙の真理や法則は、私や吉良さんや人それぞれの事情とはまったく無関係に、それとしてある、ということです」

鈍い痛みとともに、吉良はこの言葉を受け止めた。

平等などないのに医療という現場がその幻想を支えている日本。不平等から出発した宗教が、不平等から生じる虞《おそ》れを信仰の力で飼い慣らしているインド。この大きな差は、エッティラージの言うことをひとまず真に受ければ、〝大きなもの〟を信じているかどうかに由来するのだろう。

吉良にとって〝大きなもの〟は国家であった。だが時として彼は、国家はさほど大きくなく奥深くもないんじゃないか、という不安に苛《さいな》まれる。しかし、おぼつかなくなった彼の信念はグローバリズムの反作用によって、また国家へと引き戻されるのである。

「そういえばダルマを〝務め〟と訳して歌にしたのがいたね」ボビーが英語で口を挟んだ。

「あれか。あれはいい歌だった。ここにいる皆が気に入ってね、あれから祭のときはあの曲をかけてみんなで騒ぐ。大変な盛り上がりです。ぜひ聴いていってください」

そういえばさっき広場では、でっかいスピーカーがステージに引き上げられていた。あんな本格的な音響システムで曲をかけて騒ぐのなら、祭というよりもディスコパーティーだろう。その類《たぐい》の音楽に興味を持ち得ない吉良は、それにしてもこんな時節に祭をやって盛り上がってはいかんよな、とそちらを心配しはじめた。

いまや各地で野外ロックフェスが軒並み中止になっているのに、まるでここは特別区みたいじゃないか。自粛など止《や》めて経済を回そうと言っている吉良でさえ心配になってくる。北海道の感染者の割合は他県に比べてかなり多い。ここに居住するインド人はこの研究所内で暮らして、敷地の外には滅多に出ないとはいえ、誰ひとり一歩も出ないというわけはないだろう。ここに入ってくる日本人だっているにちがいない。食料品や家庭用品の仕込みなど、これだけの施設だと出入りする業者が必要だ。北海道における陽性者の割合の多さはこの研究所が関係しているのだろうか？　ひょっとしてここが発源地なのか？　吉良はボビーのほうを向いた。

「そろそろ本題に入ろうか」と吉良は日本語で言ってから「お前たちが俺をここに呼んだ理由はなんだ」と英語に切り替えた。

「俺がお前を呼んだ理由？　俺たちのバージョンアップについて、お前の意見を聞きたいと思ったからだよ」ボビーも英語で言った。

「バージョンアップの種類によってはお前をぶち込まなければならないぞ」と吉良は牽制した。

「それは困るな」ボビーは笑った。「少なくともいまはまだ」

「まずは聞かせてもらおう」

「話したあとで、すぐにお縄を頂戴してはたまらないんだけどな」

「それは賭けてみるしかないな。賭けは得意なんだろ」

ボビーは笑って隣のエッティラージを見た。エッティラージが口を開いた。

「私はエンジニアでありコンピュータプログラマーです。つまり、ボビーさんとはいわば同業です」

「どうやってこいつと知り合ったんですか」吉良は訊いた。

エッティラージはボビーを見た。ボビーがいいだろうと言うようにうなずいた。

「東京の刑事さんと一緒にこちらにお見えになりました」

ドキリとした。真行寺だ。真行寺にちがいない。

「ともあれ、ボビーと会って、私はボビーの考え方が気に入った。私に似ていると思った」

「似ている？　どういう点が？」

「すべては情報である」

エッティラージがそう言うと、隣でボビーが拍手した。

「そのように考えるほうがいい。そのほうがむしろディストピアを回避できるという点で、私とボビーは意見が一致しています」

「ボビーがそう考えているのは知っていますが、僕はそうは思っておりません。人間には魂《たましい》があり心がある。心は情報ではない。心が生み出す道徳も情報ではなく価値である。そもそもヒンドゥー教は宗教です。宗教とはなにかを信じることでしょう。信じるってことは心の営《いとな》みではないのですか」と吉良は反論してみた。

「ええ、仰《おっしゃ》っていることはわかります。では、ここの研究員がなぜこのような危険な実験に参加しているのか、そのことをお話ししたいんですが、よろしいでしょうか」

まさしくそれこそ聞きたいところであった。宗教の教えがあるとはいえ、命を惜しがる人がいてもおかしくないはずだ。

「たしかに、その問題はいずれ出てくるでしょう。ただ、いまはまだ大丈夫です」

吉良は俄然《がぜん》興味を持った。

「日本という国が、自動運転の走行実験についてどんなにリベラルで無責任な国であっても、日本企業がインドからひと抱えのインド人を拉致《らち》して、ロータスが毎日のように彼らを撥ね飛ばしていたら、これはいくらなんでも問題になるでしょう」

あまりに当たり前の話に、吉良は相づちを打つ気にさえなれなかった。

「しかし、ここの研究員らは自ら希望してここにやってきた者たちです。そして、喜んでこの実験に参加しています。もちろん、なかには、この研究所の外に出て、別の人生を歩みたいと言い出す者もいます。東京でインド料理店を出したり、日本の大学に進学したりする者も出てきている。そのようなパイオニアにも当施設は支援を惜しみません。もっとも、そのひとりは大変な事件を東京で起こしてしまいましたがね」

おそらく、その問題児は真行寺との接点があるのだろう。まったくなんて刑事なんだ。

ともあれ、ここで吉良は素朴な疑問を口にした。

「ここの研究員が自分の務めに不満を抱かないのはどうしてでしょう」

エッティラージは、そこなんです、とうなずいた。

「ミスター・キラ、あなたはヒンドゥー教についてどのような知識をお持ちですか」

そう言われて吉良は多少戸惑った。

「インドの古い多神教。バラモン教がルーツで、同じルーツを持つ仏教よりも古い。そのくらいしか知りません」そしてこれは言わないほうがいいのかなと思ったが、「あと、カーストという身分制度が特徴ですね」とつけ加えた。

「そうです。ミスター・キラ、あなたはカーストのおおよそのところを上位から順番に言うことができますか」

「ええ、それは高校の教科書に載っていたので覚えました。上から、バラモン、クシャトリヤ、ヴァイシャ、シュードラ。僧侶、武士、製造業者、その他の市民、だったかな」

エッティラージはうなずいた。

「そうです。この居住区にいる私たちはヒンドゥー教のカースト制度の最下層のさらに下にいる〝壊された者たち《Broken People》〟です」

アンタッチャブル……吉良はひとことつぶやいた。

「そう、我々は、ダリットと呼ばれるアウトカーストです。インドでは死体処理やトイレ掃除の仕事をしていました、それが私たちに運命《さだめ》として与えられた職業だったのです。ヒンドゥーでは職業は世襲制です。我々は医者にはなれません。我々は料理をして他のヴァルナの人間に供することができません。できないと決められているからです。しかし、コンピュータプログラムなどの新しい職業は規定がありません。だから、私はそこに突破口を見いだそうとしました。私はもともと数学が得意で世界数学コンクールで優勝した経験があります。村の人たちが支援をしてくれて、大学に進み、留学もさせてもらいました。アメリカから村に帰った私は、変わらぬ村の現状を見て、そしてある事件をきっかけに、やはりこれはなんとかせねばと決意しました。それには自分の技術を用いるほかにはないと思い定めました。私はソフト・キングダムの朴泰明社長に「Twitter」で話しかけ、自己紹介をした上で、移動や輸送に関する新しい技術開発について企画書を読んでくれないかと話しかけました。すると、驚いたことに、社長はぜひ読もうと言ってくれ、すぐに秘書のかたから連絡がありました」

移動に関する新しい技術といえば自動運転に関するものに決まっている。位置情報を取得する技術を持っている通信会社は自動運転のビジネスに乗り出したくてしようがない。おまけに声をかけてきたのは世界数学コンクールの優勝者だ。そんなやつが書いた企画書を読まない通信会社の社長はアホである。エッティラージにとっては、朴社長がフランクにTwitterに顔を出して気ままな投稿をしていたことも、有利に働いた。

「私のプランは朴社長の気に入りました。我々が危険に身を曝すことによって、ずばぬけた自動運転のプログラムを完成させるというプランに。そして私は、村人全員を引き連れて、インドを離れ、日本の商船で北海道のこの地にやってきたのです。私たちはヒンドゥー教徒ですが、ヒンドゥー教の世界観がインドでは私たちを苦しめてきたからです」

「では改宗すればいいじゃないですか」と吉良はあえて言ってみた。

「そういう人たちもいます。過去には仏教への改宗を促す運動もありました。ただ、私はインド社会を憎んではいますが、インドを愛しています。インドの大地が、インドの自然が、インドの神々が。私たちはヒンドゥーであることをやめようとは思っていません。私たちはヒンドゥーです。私は教義を根本から覆《くつがえ》すのではなく、プログラミングによってヒンドゥー教にフィードバックを与えようとしている。私はプログラミングによって我々にかけられた呪いをかけたほうへ向け直そうとしているのです」

なるほど。カースト最下層のさらに下の彼が自動運転のプログラムを書いていることを考えると、そのプログラムがどんなものなのかはおおよそ見当がついた。もちろん、このような過激な走行実験をくり返しているのだから、全体的に事故回避能力は高いだろう。これに加えて、彼がプログラミングしたロータスは、直進すればダリットを撥ねてしまう場合、勢いよくコースを変更して、最高位のバラモンを撥ねる、これが〝呪いのフィードバック〟だ。

ありかもな。吉良は、エッティラージのプログラムの過激さに対しては、さほど忌避《きひ》感《かん》を覚えなかった。それは、自分がヒンドゥー教の外で生きているということ、そして行政という場所から世界を見ているからだろう、と自己診断した。

「さて、いま私はインドの話をしました。情報技術によってディストピアを回避する例を、インドにおけるダリットを取り上げて説明させていただきました」

そうだった。思わず引き込まれて聞いてしまったが、つまりこれは「すべては情報である」と信じる根拠の一例なのだ。

「いま世界はコロナ禍《か》で苦しんでいます。しかし、日本はどうもおかしい。苦しまなくてもいい苦しみを好き好んで味わっているように見えるのです」とエッティラージは言った。

「苦しまなくていい苦しみとはなんでしょう」

「情報ネットワークの遅れです。感染者数を把握するのに、各保健所から送られたFAXを自治体がまとめているというではありませんか。いまどきどうして日本のような技術大国がこんなことをしているのでしょう。お隣の台湾は、優秀なプログラマーをIT推進大臣に据《す》えて、情報ネットワーク技術を駆使し、感染をみごとに封じ込め、死者数を一桁《ひとけた》に留《とど》めているというのに」

それは俺だって訊きたいところだ。吉良は叫び出したかった。そもそも台湾に防疫《ぼうえき》の重要さと技術をもたらしたのは日本だったと言うのに。それが、はんこ文化を守る議員連盟に名を連ねる八十手前の爺さんをＩＴ政策担当大臣にして、マスク二枚も満足に配れないでいる我が国の体たらくときたら！

むつかしい顔をして吉良が言い淀《よど》んでいると、お前が答えにくいなら俺が、とボビーが代打を買って出た。

「ひとつは、日本の官庁がアホだってことだ。自分と自分の部署のポジションばかり気にして、本気で公務をやる気のない連中ばかりだ。あと政治家もアホだ。ＩＴ大臣なんて、ご褒美で入閣の飴玉《あめだま》を与えるどうでもいいポジションだと思っている。こういうとお前は怒るだろうが、これがいちばん簡単な説明だ。文句があるなら後で聞いてやるからいまは黙ってろ」

お馴染みの決まり文句ではあるし、思い当たるところも多々あるので、吉良は口を閉じていた。

「問題は次だ。日本人は自由を欲しがるんだ」

「そうかな」とこちらには疑義を呈した。

本当に日本人は自由を欲しがっているのだろうか。

「ああ、俺の見立てではそうだ。すくなくとも自由は大事だ、この自由は侵《おか》されてはならないと言い続けることが大好きなんだ。〝自由を守れ〟ってハッシュタグがつけば、百万くらいはツイートされるんじゃないか。誰にも管理されない自由な個人の領域ってものがあり、そこに国家や公権力がちょっとでも干渉してくるのはファシズムへの第一歩だとして危機感を募《つの》らせる、それがあるべき感性だと思っている。いくら政府が呼びかけても、マイナンバーの手続きを完了したのはほんの一握《ひとにぎ》りだろ。厚労省が感染対策のアプリを作ってもほとんどインストールしてくれないさ。逆に、公権力が個人の領域に踏み込んでくるとたんに身構える。それも生きる姿勢のひとつかもしれない。けれど、気の毒なのは、自由と引き換えになにを失っているのかがよくわかっていないんだよ」

それはわかる、と吉良は同意した。

「ただ、失ったものを明瞭に示せば、そいつと自由とを天秤《てんびん》にかけて、正しい判断ができるかっていうと、これもまた難しいんだ。マインドハックだなんて騒がれて、きっと警戒されるさ」

かもしれない。詳細な個人情報を政府が吸い上げて、公的機関が厳重に管理すれば、支援のスピードも正確さも上がる。これはまちがいない。個人の状況に応じて濃淡をつけた丁寧な支援も可能になる。しかし、『だからいまこそマイナンバーを！』とキャンペーンを張れば、これに乗じて国民の監視を強めるつもりだ、と野党が張り切るだろう。あれじゃまるで、〝反体制プレイ〟でウケを狙う芸人じゃないか。

「じゃあ、どうしたらいいんだ、とお前は考えているんだろ」見透かしたようにボビーが笑った。

「ああ、それを思いつくなら苦労しないさ」

「じゃあ、俺が教えてやろうか」

「できるのかよ」

「『あなたは本当は自由なんか欲していない』なんて露骨に宣言してはかえって逆効果だ。ただ、合意を取り付ける必要はある。殴ってアプリをインストールさせるわけにもいかないからな」

ああ、と吉良はまた言った。

「だからなし崩し的にやる。これが一番現実的だ」そう言ってボビーはまた笑った。

眉をひそめて沈黙する吉良に、エッティラージが声をかけた。

「チャイでも飲みますか」

「そうだな、飲もう」

吉良の代わりにボビーが答えた。

部屋はけだるく物憂《ものう》い和音に満たされ、あてどなく漂う旋律が流れていた。ドヴィッシーの『牧神の午後への前奏曲』が低く鳴っている部屋の窓の向こうの冥暗《めいあん》も、しだいに濃くなりつつあった。

少し休んでろと言われ、ここに案内された。ボビーはゲストルームと呼んでいたが、見た目は立派なホテルの一室である。

窓のすぐ下に拵《こしら》えられたカウンターは、ふつうなら観葉植物の鉢でも置かれそうな場所だが、そこにあるのは小さなオーディオシステムだった。大きなお手玉のような布製の台座に、野球のボールくらいの丸いスピーカーが載っていて、これが小さな筐体《きょうたい》に似合わない大きな音像を描いていた。音を発するふたつの球体の間には、マッチ箱サイズのコンピュータボードがあり、ここに挿《さ》し込まれたUSBメモリーのデジタルファイルを、コンピュータボードに嚙《か》み合わせたコンバーターがアナログに変換してアンプに送り、これを受け取った煙草の箱くらいの小さなアンプは電気エネルギーを作って、スピーカーの振動板を動かしている。このボビーお手製のシステムは、音量も音質も申《もう》し分《ぶん》なかった。

長逗留《ながとうりゅう》になるので持ち込んだ、と言っていた。ボビーは世界各地に呼ばれて仕事をしているみたいだが、当地に赴《おもむ》く度《たび》に現地でこういうものを作っては、置いてくるらしい。因みに、吉良のアパートにあるのもボビーのお手製だ。

祭が始まるまですこし間《ま》があるから、部屋で休んでろ、なにか聴きたくなったらこいつを使えと言って、持ってきてくれた。USBメモリーに入っている曲はスマホで閲覧《えつらん》して選べるようにアレンジもしてくれた。

世界を解読する哲学では相容《あいい》れないふたりだが、音楽の趣味では恐ろしいほどの一致が見られた。好きな作曲家や演奏家も似通《にかよ》っている。

しかし、生きる姿勢は水と油だ。ボビーは、吉良の目には、時として鼻持ちならないグローバルエリートに映《うつ》る。故郷を捨て、国を捨て、その世界でトップクラスの連中と握手を交わし、金をたんまり稼ぐ、しかし故郷や国がどうなろうと、あとは野となれ山となれで静観しているろくでなしだ。

もっとも、そうとはっきり断定できるなら、絶交を申し渡せばすむのだが、今日みたいに、突如として、日本を愛してる、日本のバージョンアップに協力するなどと言われると、ついつい耳を傾けてしまう。

そして、日本人は自由という言葉が好きなだけで、自由の恐ろしさをわかっておらず、自由と引き換えになにを失っているのかも自覚していない、という講釈にしても、やつが口にしそうな言い草であって、にやにや笑いながら言われるとむしょうに腹が立つものの、腹の底では大いに同意させられる洞察なのであった。

『牧神の午後への前奏曲』が終わったので、マーラーの『交響曲第五番』の第四楽章「アダージェット」をかけた。ベッドから降りた吉良は、椅子を窓辺に持ってきて、外に向かって置き、Tシャツとトランクス姿でそこに腰かけた。窓下のカウンターに足を引っかけるようにして、背中をぐっと反らせ、後ろ足だけで椅子を立たせる不安定な状態で、足を挟《はさ》むふたつの球状のスピーカーから流れる物憂い旋律に心を漂わせながら、さきほどの会話を思い出した。

「浅倉マリが死んだな」

運ばれてきたインドのミルクティーを飲んでいると、突然ボビーが言った。聴くのはクラシック一辺倒のボビーの口からこの名前が出たことで、吉良の疑念は確信へと変わった。

「あのコンサートの後ろで糸を引いているのはお前だよな」

「その言いかたには語弊《ごへい》があるな、投資しているんだよ」

「投資？　この研究所に出させたのか」

ボビーは首を振って、「いや」と言った。

「あのあぶく銭をつぎ込んだんだ」

「……The POOL.comで儲けた金のことか」

「そうだ。会場費や音響や照明機材など、準備しなきゃならない金をそっくり渡した。一番かかったのは復活するバンドのギャラらしいけどな」

「なぜだ」

「なぜ？　ひとつは若い連中にチャンスをやりたかったからだ」

「それだけじゃないだろう」

「あとは日本をバージョンアップするためだ。つまり俺たちなりにお前を手伝いたいと思ったんだよ」

これを聞いて混乱した吉良は、いくつか質問を重ねなければならなかった。

「お前は『〝浅倉マリと愚か者の集い〟は開催されるか』というスレッドを立てたんだよな」と吉良は言った。

「ああ、立てた」

「矛盾してるじゃないか」

「なにが」

「お前はコンサートに投資している。コンサートを実施するための金を用意したわけだから、実施してもらわなければ都合が悪い」

「そうだな」

「けれど、あんなスレッドを立てたら、〝開催されない〟に賭けた者が、自分の利益になるように結果を動かそうと思って、馬鹿なことをする。そういう可能性については考えなかったのか」

「ああ、それについては俺の誤算があった」

「誤算、どんな誤算だよ」

「お前はもうちょっとシャープかと思ってたんだが、やっぱりボンクラだったってことだ。これがひとつ」

さすがにかっとなったが、最後まで言わせることにした。

「もうひとつは、意外とお前は悪党なんじゃないかって感心した」

ぎくりとした。たしかに浅倉が襲われてもいいとは思わなかったが、圧力が高じて開催を思いとどまってくれるなら、それに越したことはない、とは思った。その程度には悪辣《あくらつ》であることの自覚もあった。

「俺の誤算の一点目、お前は The POOL.com のコンサートのスレッドに気づくのがやけに遅かった。すすきので蟹を食った時、このサイトには注意しろと言っておいたのにな」

それを言われると、返す言葉がない。

「お前は俺が作ったアプリで閲覧しているから、お前の閲覧履歴は俺に筒抜けだ。お前がこのスレッドに気がついたのは、浅倉マリが死ぬ一日前。もうそのときすでに彼女は感染させられてたよ。さすがに俺はがっかりしたね」

なんだって、と思ったがボビーはなおも続けた。

「もうひとつ、お前はこのスレッドを見ても、浅倉マリの身辺の警護を厚くするなどの動きをすぐ見せなかった。これは俺の予想と逆だ。俺は〝開催される〟派だから、スレッドを見たお前が過激な自粛警察の類《たぐい》を警戒して浅倉マリを護衛するんじゃないかって期待したんだがな。しかしいま思うに、お前は逆にこの類の勢力を、コンサート中止に向けてのプレッシャーに使おうとしていたんじゃないかと思い直した。ちがうのか？もちろん、The POOL.com のスレッドに気がつかなかったことは、ボンクラだけどミスとまでは言えない。そして、スレッドを見ながらこれを放置したお前のダーティさに気づいてるのは、お前の行動履歴をウォッチしている俺だけだ。もっとも、俺はもっとえげつない工作をなんども目の当たりにしてるから、これなんかかわいいもんだと思うけどな」

ちょっと待て。吉良は遮《さえぎ》った。

「いま感染させられたって言ったよな」

ああ、とボビーはうなずいた。

「浅倉マリは意図的に新型コロナウイルスに感染させられて死んだって言うんだな、お前は」

「そうだ。犯人ももうわかっている。もっとも立件できるかどうかは別問題だが」

「なぜ、させられたってわかるんだ」

「それが、これから俺たちがやろうとしていることだ。祭のあとで話そう。少し時間があるから部屋で休んでろ」

「アダージェット」が終わろうとしている。

この曲は、『ベニスに死す』に使われてたな、と後ろ足だけで立たせた不安定な椅子の中で吉良は思い出した。イタリアの貴族だったヴィスコンティって監督が撮った映画で、名作として映画ファンの間ではやたらともてはやされている。作曲家マーラーをモデルにした中年のおっさんが、セーラー服を着た美少年に魅入られてとち狂う。――そんな話だったが、思い出されるのは、美少年の、気怠《けだる》そうでいて凛《りん》とした表情でも、小舟の浮かぶ風雅な運河でもなく、疫病《えきびょう》が蔓延《まんえん》し死臭が漂っていそうなヴェネチアの裏町である。病原菌の増殖に一役買っているにちがいない淀《よど》んだ水路や、消毒液とおぼしき白い液体を実に投げやりに地面にぶちまけている男……。この映画の記憶が重ったるい忌避《きひ》感に彩られて書き換えられつつある。

傑作の誉《ほま》れ高いこの映画をはじめて見たとき、美しい女にすぐ夢中になるヘテロセクシャルな青年であった吉良は、美少年に入れあげる中年男の気持ちをまったく理解できなかった。エロスへの陶酔によって誇示していた力が崩壊するという通常の解釈を読み取って、まあそういうことなのだろう、と納得していた。つまり、『ベニスに死す』は、吉良にさほど感動を与えた作品ではなかった。ところが、マーラーの「アダージェット」とともに記憶の彼方《かなた》から呼び戻された映像は、まったく別種の感情を彼に呼び覚ました。それは忌《い》む気持ちである。

吉良は、今回のコロナ禍では、あまり神経質になっていない部類の人間である。ただ、DASPAの自分の班から感染者を出したり、しかもそれが自分であったりすることは避けたいという警戒心はある。だから、手洗いなどはまめに実行している。そのうち、過去の映画を見直したり、また思い出したりすると、それらの映像のあちこちから刺激を受けて、不潔さを忌む感情が新たに生まれてきた。今回の新型コロナウイルスによって、自身の感受性が書き換えられつつあるのを吉良は自覚した。彼はアパートの畳に落ちた卵焼きを指でつまみ上げて口中に入れることにも頓着《とんちゃく》ない男である。そんな自分でさえこんな心理状態になるのなら、社会全体の感受性も書き換えられていると判断したほうがよさそうだ、と気を引き締めた。

ワクチンが開発されなければ、〝ウィズ・コロナ〟という新たな時代はおそらく来るだろう。つまりコロナとの共存が人々の意識を上書きしていく。そして、情報技術《IT》で道を整えてやれば、自由よりももっと大切なものがあるという方向へ、人々の意識も書き換えられていくのだろうか。

「アダージェット」はすでに終わり、窓の外の夕闇は漆黒《しっこく》に溶け、入れ替わるようにオレンジ色の火が灯り始めていた。祭のための松明《たいまつ》だろう。スマホが鳴った。

——そろそろ部屋を出て飯を食いに行こう。

ボビーにそう言われ、空腹に気づいた吉良は、ジーンズに足を入れ、Tシャツの上に薄手のパーカーを羽織《はお》って部屋を出た。

エレベーターの扉が開いて吉良が降りると、一階ロビーのソファに寝そべっていたボビーが彼を認めてむくりと起き上がり、ひとりで外に出た。

「お前はワルキューレとかかわりがあるのか」

ボビーに追いつくと、吉良は言った。

「まあな」とボビーは認めた。「非公式ではあるが」

「だとしたら、真行寺弘道という巡査長は知っているんだな」

「あまり言いたくないが、そういうことになる」

「なぜ言いたくないんだ」

「危ない橋を渡ったからだよ、お前にやってやったように」

つまり、捜査に協力したってことだ。そう問い質《ただ》そうとすると、

「あまり突っ込まないほうがいいぞ、そのあたりは」と釘を刺してきた。

そして歩を進めながら、これだけは言っとこうか、と語りはじめた。

「お前らふたりはまったく似てないよな。あの刑事は自由が大好きで、個人の自由がなにものにも優先されると信じているらしい。警察官にあるまじき愚かさだけど、かわいらしいところがある。お前はお前で、国民国家なんてものを信じている。俺に言わせり

ゃそんなものはもうすぐ絶滅する恐竜みたいなものだ。ただ、その愚かさはお前に似合っている」

ふたりが歩くにつれ、道の向こうで朱色にゆれる松明の炎は大きくなっていった。

「つまり似てないようで、お前らふたりは似ている。どちらも馬鹿だってことだ、信じてもしょうがないものを信じてるって点で……。だけど馬鹿は面白いんだよ」

広場に続く道には、昼間ひっきりなしに走っていたロータスの姿はなく、どこからか湧《わ》いたように現れたインド人らが車道を占拠して同じ方向に歩いていた。

目の前にゲートが現れ、人々が吸い込まれていく。広場の入口にまるで仁王像のように右と左に分かれて立っている二枚のセンサーボードの間を抜けて、内部へと進む。人が通過する度、ゲートの上のセンサーが反応し、MARI MUTHV や MUTHU KUMAR や **P.ETHIRAJ** などのローマ字がそこに表示されて、その隣には 36.5　35.9　36.2 などの数字が次々に並記される。目の前でボビーが通過するときには、BOBY BOBY 36.7 と出た。ここではその名前で通しているらしい。吉良も DAISUKE KIRA　36.8 と表示させて、広場へと踏み入った。

ステージの上には、パドマーヤールだと昼間に教えられた巨大な神像が、蓮を模した台座の上に胡坐《あぐら》をかき、口を歪めて目をぎょろつかせ、松明のゆれる炎に照らし出されて座っていた。

それから、白い襟付きのシャツを着た男が現れて、マイクを摑んで話し始めた。なにを言ってるのかさっぱりわからない。ボビーに訊いても、

「タミール語だぜ、わかるわけないだろ。注意事項かなにかを喋《しゃべ》ってるんじゃないのか」と言って相手にしてくれない。しかし、司会者が喋ると、会場からうぉーという歓喜の声が上がり、拍手がこれにまじった。

吉良は、近くにいた利発そうな顔をした若者の肩を叩いて、いまなんて言ってたんだと英語で訊いた。きれいに手入れされた髭《ひげ》を生やしたほっそりした顔の男は、

「今日は特別な日だ。シュリヤーが来るんだよ」と言った。

スピーカーからエレクトリックなポップミュージックが聞こえてきて、若い連中がステージのほうへと流れ出し、身体をゆすり始めた。

「シュリヤーって誰だ」と吉良はなおも訊いた。

「俺たちのアイドルだ」

そう言って男は、屋台のブースの前面に貼り付けられたインド映画のポスターを指さした。髭面のオッサンが美女をはべらせてガッツポーズを決めている。この顔はどこかで見たぞ、と吉良は思った。アイドルと言うよりも、インド映画界の大スターではなかったか。しかし、旅回りの演歌歌手じゃあるまいし、大スターがこんな辺鄙《へんぴ》なところまでやって来るはずがない。

ステージの上のブースでは、ヘッドフォンを被《かぶ》った若い女が、うつむいて計器のつまみをいじっている。スピーカーから放射されるサウンドは、インドの太鼓を模した機械じかけの電子ビートの上に、なにやらインド風の音階と、これもまたタミール語だと思われる、声明《しょうみょう》のような歌が載っかったダンスミュージックだった。大衆音楽に疎《うと》い吉良は、ブースの女はDJと呼ばれる音響を操作する人間で、流れているのはインド風のクラブミュージックなんだろうと理解し、それで満足した。

ボビーが寄ってきて、なにか食おうぜと言った。どこかのレストランか食堂でご馳走してくれるのかと思っていたが、縁日《えんにち》の屋台で食わせようという腹だと知れた。吉良のほうも食い物にうるさく注文をつけるような種族ではない。大学の同期の民間企業就職組には、それなりに出世して、会社の経費で豪奢《ごうしゃ》なレストランで打ち合わせしているうちに、舌が肥《こ》えてしまった連中がいる。しかし、警察官僚はそのあたりは潔癖《けっぺき》で、民間企業との会食でも相手に払わせてはならないことになっているから、そんな機会もなく、彼の舌は大衆食堂の味覚に順応するようにできあがった。

「これがなかなかうまいんだ」

ボビーがそう言って連れて行ってくれたのは、椀《わん》によそった料理を出している店の前だった。行列ができている。こちらの屋台にはインド人の似顔絵が貼ってあり、英語でARIVARASAN SPECIALと書かれている。アリバラサン・スペシャル？ これからありつく椀物《わんもの》をそう呼ぶようだ。

　ボビーは人さし指と中指を立ててふたつくれと英語で言って、屋台の柱に取り付けられた、白い磁器で枠取りされた名刺大くらいのセンサーに、ぴっとスマホをかざして会計した。

　突き出されたプラスチックの椀には、カレー風味の豚の煮込みがあった。

「悪くないな」ひと匙《さじ》頬張って吉良が言った。

「だろ。ここにいたコックが作ったんだそうだ。インド人はふつうは食べない豚肉を使った料理で、これは珍しいらしいぜ」

「ヒンドゥー教が食わないのは豚じゃなくて牛だろ」と吉良は反問した。

「牛はもちろんだが、豚もイノシシも羊も山羊《やぎ》も食わないらしい。ヒンドゥーってのは基本的に菜食なんだってさ」

「じゃあなんでこんなもん出してるんだ」

　来客用かと言おうとしたが、屋台の前にできているインド人の列を見て、それはないなと思って口をつぐんだ。

「ここの人たちは食うんだよ。ダリットと呼ばれる人たちは豚肉を食べることがあるんだ。それでここにいたコックのひとりがこういう料理を考案したんだって。ある意味ダリットのソウルフードだな。在日韓国人のホルモン焼きみたいなもんだ。あの白い内臓の肉は半島のコリアンは食べないらしいからな」

これはいくらだと訊くと、ここはみんな食事はフリーなんだと言われた。じゃあなぜスマホをかざして読み取らせる必要があったんだと訊くと、誰がどこでなにを食べたかだけは履歴を残すんだと言ってボビーは笑った。

あっという間に食べ終わった。まだ腹は張っていなかった。空になった椀を返し、別の露店を見て回ろうと移動した。先程の映画のポスターが貼ってある屋台では、米を炒めて出していた。なじんだ言葉で言えば炒飯《チャーハン》である。人さし指を立ててひとつ注文した時、柱にぶら下げられた白いセンサーを指さされた。果たして自分のスマホで大丈夫なのかと思ってまごついていると、フリーバードはインストールしてあるのかと英語で訊かれた。してあるよと言って、アイコンを見せると、オーケーだとうなずくので、かざしたところ、ぴっと鳴ってそのあとなにも言われなかったから、無事処理がされたのだろう。

作ってもらっている間に、露店の台の前面《まえっつら》に貼られたポスターを指して、彼は本当に来るのか？　と英語で訊くと、大きな鍋の中でジュウジュウいってる米をお玉で返しながらコックは言った。

「来るのは、彼女のほうだ」

彼女？　来るのはおっさんじゃなくてヒロインのほうか。たしかに、シュリヤーなんて名前だったな、とポスターの文字を読もうとかがみ込んだが、タミール語なのでさっぱりわからない。なんて読むんだと尋ねたら、シュリヤー・サランだという。有名なのかと訊くと、とても有名だ、と男はどこかいたずらっぽく笑って、銀色のアルミの皿に炒飯を盛って差し出した。日本人には必要なんだろうと言って、プラスチック製のスプーンも添えて出してくれた。

アルミの皿を持って、四つの椅子が囲むテーブルにかけて食べた。ボビーはいつの間にか見えなくなっている。空いている席に、幼い男女ふたりの子を連れた母親がやって来て、豆のカレーを食べさせはじめた。歳《とし》のころなら十歳くらいの女の子に思い切って「日本語が話せる?」と訊くと、うなずいた。水がないと辛いものが食えない舌を持つ吉良は「水をもらえる場所を知らないか」と訊いた。女の子は母親に通訳し、母親が弟のほうになにか言い、その弟が席を離れると、ペットボトルのミネラルウォーターを持って戻ってきた。

カレーを食べ終わると、姉と弟は空いた皿を持って立ち上がった。そのついでに、吉良が空にした皿も下げてくれた。ややあって、姉弟《きょうだい》は巨大なプレッツェルのような菓子が入った紙箱を三つ持って戻ってきて、そのひとつを吉良にくれた。金を払おうとしたが、無料《ただ》なので払えない。小遣《こづか》いをあげるのも失礼だと思い、せめて礼を言いたかったが、タミール語はありがとうさえ知らなかったので、日本語で言うと、どういたしまして、と流暢《りゅうちょう》に返された。くれた菓子は、ひとつつまんで口に入れたが、やたらと甘い。いくらなんでも甘すぎると思ったが、目の前の姉弟はむしゃむしゃ食べている。これはなんて言うのかなと訊くと、声を合わせてジャレビーだと言った。

食べ終わると、親子三人は行ってしまった。ミネラルウォーターを飲んで、甘みでシビれる口の中を落ち着かせた。

そうしてまた水を飲みながらステージの前を見ていた。いつの間にか人数が膨れ上がり、踊る人影も増えている。体の動かしかたも威勢よくなった。そして明らかに、スピーカーから流れる音量が上がり、ビートの勢いも増していた。

ふたたびステージに司会者が現れた。ズン・ズン・ズン・ズンと一小節に四拍打つ電子ドラムの重低音に、民族楽器の太鼓が裏の拍にもぐりこんだり表に出たりしながら重なり、細かい電子音のパッセージがどこかインド風の旋律を奏《かな》でる中、マイクを握った。なにを言ってるかわからないが、彼が口を開く度に、観客が湧き、若い連中を中心に次々と前方に人波が押し寄せていく。

最後に司会者は、ステージの上手袖《かみてそで》を手で示しながら、シュリイシー・サラン！と叫んだ。ステージの下手《しもて》後方に陣取っていたＤＪの女が、操作盤を叩くと、拍の速さはそのままにリズムの構成が変質した。

とたんに、広場が熱狂に包まれ、歓喜の声が上がった。

ロングヘアーを風になびかせながら女が現れた。ポスターで見たよりもずいぶん若いなと思った。そして華奢《きゃしゃ》だ。肌も白い。まちがいなく日本人である。マイクを摑むと女は歌い始めた。それは英語で歌うインドのディスコ歌謡のようだった。

私はあなたを愛していたの
あなたは私のもの　そう思っていたわ
けれど、あの満月の夜に
あいつらは突然あらわれた

私はあなたを愛してた
あなたこそは私の愛のターゲット　そう信じていたわ
だけど　あの満月の夜に
あいつらはあなたを奪った
私はひとりで　私の道を行く
私はひとりで　私のダルマを果たすだけ

ダルマを果たせ
ダルマを果たせ
ダルマを果たすのよ

恋人よ　あなたはすべてのダルマを捨てて
いたわってもらえばいい　あいつらに

曲が間奏に入る。
彼らの興奮がはたしてなにに由来するのかわからないまま、吉良は呆然と聴いている。
二番の歌詞を歌い出すと観客はさらにエキサイトした。

私もあなたもダリットよ
私たちは強い絆《きずな》で結ばれてる　嘘じゃない
だから、あの満月の夜
私があいつを殺したの

私もあなたもダリット
あなたに私は希望を託した　私たちの希望を
だから　あの満月の夜に
あいつの耳と口にわたしは油を注いだ

あなたは　あなたのダルマをやって
私はひとりで　私のダルマを果たすだけ

ダルマを果たせ
ダルマを果たせ
ダルマを果たせ
ダルマを果たすのよ

恋人よ古いダルマはみんな捨てて
新しいダルマに庇護《ひご》を求めよ

また、短い間奏を挟んで、女は今度は吉良にはわからない言葉で歌い始めた。すぐに観客が熱狂的に唱和した。タミール語なんだろう。

とくに展開部では、すわだるま、すわだるま、と唱和して熱狂はピークに達した。女が歌い終わったとたん、会場には激しい拍手の嵐が吹き荒れた。熱狂の渦の中で、吉良は歯噛《はが》みした。俺はなんて鈍いんだ、シュリヤー・サランってのは洒落だ！　歌ったのはシュリイシー・サラン、つまり白石サラン、ワルキューレの代表にして〝浅倉マリと愚か者の集い〟の主催者、白沙蘭《ペクサラン》だ。

しかし、なぜ彼女が、インドの女優と同じ名を持つにせよ、北海道に移民してきたインド人たちをここまでエキサイトさせることができるのだろうか？

白沙蘭は在日韓国人だ。彼らもまたこの日本で差別されてきた。ここに住むインド人たちは被差別どうしの連帯を感じて、沙蘭が「ダリットだ」と歌うのを歓迎しているのだろうか。

白沙蘭は、彼らの女神であるパドマーヤールに背後から見守られながら、長い拍手を送る聴衆に手を振っていた。

ちん。スマホが鳴った。

〈いいもの見たな。じゃあそろそろ本題に入ろう。ゲートを出たところにロータスが停まってるからそれに乗れ〉

広場を出るとすぐ目の前に、青い車が扉を開けて停まっていた。乗り込むと、吉良大介さんですねと誰何《すいか》された。わざと黙っていると、確認しましたと言ってそのまま走り出した。おそらく、フリーバードの情報を読み取って当人だと認識したんだろう。

カーパーレーシュワラ寺院の姿を浮かび上がらせた本部の前で停止したロータスから降りてエントランスロビーに入った時、そこにボビーの姿はなく、フリーバードに導かれるままに、吉良はひとりでエレベーターに乗り、三階で降りると長い通路を歩き、ある部屋の前に立つと自然と開いた扉を抜けて、躊躇《ちゅうちょ》なく中へ入っていった。

そこはこの研究所に来たときに最初にエッティラージとボビーと三人で話した部屋だった。殺風景だった壁には映像が映し出されていた。さっきまでいた広場が映っている。テーブルにはエッティラージがもうついていた。

「ボビーは?」と吉良が訊いた。

エッティラージは手を伸ばし、天板に切り込まれた蓋《ふた》を指で突《つつ》いてひっくり返すと、その下にあるスイッチを押した。すると壁一杯に映し出された広場の映像は、上空から俯瞰《ふかん》する地図に替わった。地図の上にぎっしりとオレンジ色の点が虫のように蠢《うごめ》いている。その点のひとつひとつは広場に集まっている人たちだ、と吉良は見当をつけた。

「ボビーボビーの位置」とエッティラージが英語で言った。

自分に訊かれたのかと思ってびっくりしたが、地図がある一所《ひとところ》に急接近した。そこにはひときわ濃く朱色《しゅいろ》に染まった点があった。やがてその点は動き出した。

「なんだよあの野郎、自分はまだこんなところにいたのかよ」

吉良が不服そうにつぶやいた。朱《あか》い点は広場を出て、青い円の中に収まり、青い円《ロータス》は異様な速さで動き出した。

「間もなく着くでしょう」とエッティラージが言った。

中に朱色《しゅいろ》の点を容れた青い円は、車道に散らばるオレンジの点を巧みに避けながらするすると進み、あっという間に本部前までやって来て停まった。朱《あか》い点は青い円から出て、本部構内へと入った。すると、ほどなく部屋の扉がノックされた。顔を出したボビーの手は皿を摑んでいて、その上には大きな春巻きのようなパンが載っている。

「いや、すまない。ドーサが焼き上がるのが遅くてさ。もうちょっと早くできるかと思って注文しちゃったんだけど。ああ、そこで見てたのか」

そう言って席につくなり、壁に広がる地図を指さしてボビーは言った。そして、巨大な春巻きをスプーンで潰《つぶ》して中に入っているカレー色の具を食いはじめた。

「言い訳にもならないぜ」呆《あき》れて吉良は言った。

「これはうまいんだ。ここにきて大好物になった。お前も食うといい。でも、俺が遅れたおかげで、やりたいことがわかったんじゃないか」ボビーは英語に切り替えてそう言った。

たしかに、これで大体のところが把握できた。インストールしたフリーバードが曲者《くせもの》だ。こいつが各人の位置情報を常に発信し続け、それはここで一望できるってわけだ。

エッティラージはうなずき、壁の上の地図を本部からもういちどどこかへ移動させた。そこが広場だと一見して判断できたのは、ステージとパドマーヤールの神像がそれとわかるように図示されてあったからだ。

ひとりひとりの観客を示すオレンジの光がまばゆくひしめき合っている。それから画面はズームバックし、研究所全体を捉えた。所内に暮らすインド人全員とロータスなどの交通機関の位置が一目瞭然で把握できた。

また画面がさらに引いて、研究所のある北海道の胆振《いぶり》地方から道全域《どうぜんいき》をその中に収めると、まばゆいばかりの光を放っていたオレンジ色の点の集合体はしだいに小さく収斂《しゅうれん》していった。画面は引き続け、ついに日本列島の全景が浮かび上がった。その全域に点が光っている。北海道以外の点は皆、グリーンの光を放っている。そして、グリーンの粒子の多くが東京に集中していた。

「グリーンとオレンジの光のちがいがわかりますか」とエッティラージが尋ねた。

「グリーンは〝浅倉マリと愚か者の集い〟のホームページからフリーバードをダウンロードし、インストールした人間じゃないんですか。つまりこのコンサートに来る意思がある。少なくとも興味を持っている人間の位置情報を教えているのでは」と吉良は答えた。

　エッティラージがうなずいたのを見て、こんどは吉良が尋ねた。

「となると、コンサートに行く意思のある者、行くかどうか迷ってる者、冷やかしでインストールした者も含めて、その総数は把握できているわけだ。そして個々の位置も掌握しているわけですね」

　エッティラージはうなずいた。

「フリーバードをインストールしたこれらのスマホから吸い上げているのは位置情報だけですか、その他の個人情報には手をつけていないんですか」

　エッティラージはすました顔のまま、地図をズームインさせた。

　画面は東京に寄って、荒川区《あらかわ》あたりのグリーンの点のひとつに迫っていった。それはコンビニを出てゆっくりと移動し始めたところだった。

「例えばこの人のスマートフォンの中からはこういうものが取得できます」

　エッティラージはふたたび制御盤の中に手を入れた。パチンとスイッチが切り替わったような音が鳴ったと同時に、きわめてプライベートな写真が壁面にバラバラと現れた。スマホの中に入っていたらしき写真から察するに、スマホの持ち主は中年男で、ラーメン屋を営んでいると知れた。妻らしき同年配の女と収まっているものが多かった。そして、意外にも自宅のリビングにはなかなか立派なオーディオセットがあった。なにを聴いているのだろうと興味を持ったが、古いロックのようだったので少しがっかりした。

これらの写真の群にオーヴァーラップして文字が現れた。日本語だった。

鳥海慎治《とりうみしんじ》　四十三歳　電話番号　0905326＊＊＊
住所　東京都北区赤羽《あかばね》1丁目＊＊-＊＊
ダウンロード：二〇二〇年五月十五日　午後八時十五分
インストール：二〇二〇年五月十五日　午後八時十七分

日本語と英語で表記された文字列と数々の写真を、吉良は見つめて、驚いた。

鳥海慎治。浅倉マリのライブ会場に自粛警察を装って押しかけた中華料理店店主。

エッティラージが数多くのサンプルの中からこの人物を選択したのは、なにを物語《ものがた》っているのだろうか。とりあえず吉良は気になる点を質問することにした。

「この鳥海さんは昨晩フリーバードをインストールしてるわけですが、当然その時点から現在に至るまでの移動の履歴はたどれるわけですよね」

「もちろん」とエッティラージは言った。

「では、インストールする前に遡《さかのぼ》って、位置情報を追うこともできるんですか」

エッティラージはうなずいて、

「それを可能にしたのはボビーさんの技術です」

なるほど、各通信会社にハッキングし、過去に遡行《そこう》して移動の履歴を調べるなんてこともボビーなら可能だろう。とにかくこいつは、日本の主要な通信会社のシステムはすべてハックしたことがあると言っていた。

「逆に個人情報を入力して検索をかけ、当人がいまどこにいるのかも追跡できるんですよね」吉良はさらに尋ねた。

「当然できます。もっとも、フリーバードをインストールしていればの話ですが」

しているにちがいないと思われる名を吉良はひとり挙げた。目の前のふたりは薄く笑った。その憫笑《びんしょう》めいた笑いが、予感が的中していることを示唆《しさ》していた。ふたたび地図は荒川から動いて池袋へと移動した。すこしばかり心が躍った。

「ここにいます。少なくともスマホの位置は昨日の時点からは動いていませんね」

そこは池袋署だった。つまり浅倉マリのスマホは池袋署の総務課証拠品係に保管されたままということだ。主催者自身にもフリーバードをインストールさせるというのは念が入っている。その狙いも吉良には理解できた。

「では、次に彼女の位置情報の履歴を見せていただけますか？　ここ一週間ほどの移動履歴を出して欲しいんですが」

ラジャーとエッティラージが言って、こんどは池袋の地図の上にごちゃごちゃとした水色の線が引かれた。これが浅倉マリの移動履歴らしい。なんだ池袋から出ていないじゃないか。池袋が好きなのか、それとも外出を控えるようにという呼びかけに、意外にも素直に応じていたのだろうか……。

「では次にいきましょう。同じように、鳥海慎治のトラッキング・レコードを見せてください」

鋭いですね、とエッティラージが言い、そうなんですよ、馬鹿なんですが、勘はいいほうなんです、そのへんも真行寺と似てますね、などとボビーが冷やかした。エッティラージは、色を変えたほうがわかりやすいでしょうと言って、新しいトラックは黄色い線で表示してくれた。

水色と黄色のふたつのごちゃごちゃした線は、二度、同じ場所で接近していた。

「履歴の古いほうですが、ふたりの位置が接触しているのはいつですか」

「浅倉マリは何度かこの場所を訪れていますが、鳥海のほうは一度きりです。五月七日の木曜日ですね」

「五月七日の木曜日に浅倉マリがここにいた形跡はありますか」

「ありますね」

「互いにそこにいた時間帯を調べて、重なっているかどうかを確認できますか」

「重なっています。鳥海がいた時間に浅倉マリもそこにいました。ただ、位置情報についてもうすこし正確に言えば、ふたりは接触はしていませんね。かなり近いところにいたということは言えますが」

「では、そのニアミスした場所にズームしてもらえますか」

東池袋一丁目。さらにズームしてもらうと、映画館があった。しかし、吉良にはわかっていた。ふたりがニアミスした場所は映画館ではない。

「位置情報は高低も検出できるんですか」

「いい質問だ」とボビーが口を挟んだ。「そこは俺が頑張ったんだ。地磁気測位《ちじきそくい》ってのを使えば出せるんだよ。ニアミスしたのはおよそ地下二階部分だ」

「ならばそこは、浅倉マリが自粛警察に押しかけられたライブハウスだろう。日付を確認するからちょっと待ってくれ」

そう言って、吉良はスマホを取り出して、メモを見た。たしかに、ライブハウスに自粛警察が押しかけたのは五月七日だ。

「鳥海がここに滞在した日付と時間帯を知りたい」

「五月七日木曜日午後八時十分から二十分ほど滞在しています。その後は池袋のポリスステーションまで移動しました」エッティラージは言った。

このときは真行寺が防波堤となって鳥海をライブ会場内に入れなかった。つまり、このとき鳥海と浅倉マリは接近はしたが接触はしていない。ただ、もういちどコンタクトが試みられているならば、それについては注意を要する。

「次に移動が重なってるのはどこですか」

「この日は、池袋から互いにかなり近い距離を保って移動しています」とエッティラージは言った。

「かなり近い距離を保って移動してるというのは？」

「少し距離を開けて、同じ道筋を同じ方角に向かって移動してるんです」

「それは尾行でしょう。浅倉マリのあとを鳥海慎治が追尾しているのではないですか」

と吉良が言った。

「そう見えますね。そして、ふたりの距離が縮まり、ほとんど重なるようになるのが駅の前あたりです」

「池袋駅前のどのあたりですか」

確か池袋署が白石サランに取った調書では、ただ池袋としか聞いていないと供述していた。

「駅前から延びて日の出通りにつながるグリーン大通り。ビックカメラの東口館の前だ」とボビーが口を挟んだ。

「日付は」

「五月十一日月曜日です」エッティラージが言った。

「ふたりともに、なんですよね」と吉良は念を押した。

「そうです」

「時刻は」

「午後三時十五分から二十一分まで」

「ふたりは同じ時刻に池袋駅前にあるビックカメラの東口館の前にいたと」

「そういうことです」

「白沙蘭が保健所の職員に語ったところによると、浅倉マリは池袋の路上で誰かにサインをねだられたそうだ」

「それはいつだ」薄い笑いを口元に浮かべ、ボビーが言った。

　都築と松の木で飲んだ日付を思い出し、

「五月十一日の月曜日」と吉良は答えた。

「つまりこの日だよ」楽しそうにボビーが言った。「つまりこの水色と黄色い線は、浅倉マリの後を鳥海が尾行し、池袋駅前で声をかけ、サインを求めたことを物語っているわけだ」

「まあ、そのように無理なく解釈できるよな」吉良がうなずく。「ただ、不自然な点がある。鳥海が浅倉とライブハウスでニアミスした時、これはいつだったっけ？　さっき教えてもらったんだよな、七日の木曜日だ。この日の鳥海は自粛しないことについて浅倉マリが出演しているライブハウスに抗議に出かけた。おまけにそれがもとで池袋署にしょっ引かれてもいる。それが四日後にはファンになってサインを求める。これはどう考えてもおかしいな」

「じゃあ、辻褄《つじつま》を合わせてくれ」とボビーは言った。

リクエストに応え、吉良は即座に粗《あら》い筋を組み立て披露した。

「店を閉めざるを得なくなっていた鳥海はいろいろと溜まっていた。そして営業をしているライブハウスに抗議をしに行った。わざわざここを目がけて出かけたのか、それとも通りすがりに、営業中のサインボードが目に入って、けしからんと思ったのか、そこはよくわからない。とにかく、抗議しようとして階段を降りていったんだ。しかし、中には入れず、そして署に連行された。正直言って、ここに居合わせた刑事はやりすぎている。手口も褒められたものではない。連れて行かれた鳥海は当然ムカついた。ひょっとしたら、悲しくなったのかもしれないが」

「まあ、すんなりと耳に馴染むストーリーではあるな」とボビーは言った。

「一方の浅倉マリは、鳥海の抗議など知らん顔で、テレビで大口を叩いた。これを鳥海が見たかどうかはわからない。ただ、見た可能性は高い。モザイクはかかっているが自分が写っているのだから」

「そこもまあよしとしよう」

「当然面白くない。仲間やファンと交わってそこから感染されて死ぬんだとしたら、それは本望だとまで浅倉マリは言った。じゃあ、死んでもらおうと鳥海は思った」

「どうやって？」とボビーは笑った。

吉良はすこし自分の推理が飛躍し始めていることに気がついたが、そのまま進めることにした。

「浅倉マリはこうも言っている。人間、死ぬときは死ぬ、死ぬかもしれないし死なないかもしれないと。その言葉どおりに死なせてやれと鳥海が思ったとしたら……」

目の前のふたりはなにも言わなかった。ただ黙って、吉良がさらにその先に進むのを待っている。

「SARS-CoV-2という新しいウイルスがはびこる中を生きている我々は、死ぬかもしれないし死なないかもしれないという、死の確率がいままでよりもすこし上がった世間で暮らしている。そして、浅倉マリは、死の確率に捉えられ、四日後の十五日の未明、新型コロナウイルスの感染症で死んだ」

目の前のふたりの男はうなずいた。

「おそらく浅倉マリを感染させたのは鳥海だ。ライブハウスではニアミスだったから、ふたりは顔を合わせてない。つまり、浅倉は鳥海の顔を見ていない。だから、鳥海からサインを求められたときの浅倉は、まさかこの男が、数日前にライブ会場に抗議に押しかけた自粛警察だとは夢にも思わず、安心しきっていた。だから鳥海はやすやすと浅倉マリに近づき、彼女をウイルスに曝《さら》すことができた」

「ちょっと待て」とボビーが言った。「その筋書きは鳥海が感染者でないと成り立たないぞ。無症状だが感染しているという例はあるにせよ、鳥海がそれに該当《がいとう》してるかは検査を受けさせないとわからないじゃないか」

「妻だ」と吉良は言った。「たしか彼の奥さんは感染していたはずだ」

「なるほどそういうことか」とボビーは言った。「鳥海の通話履歴を調べたら、なんども保健所に電話している。おそらく、妻の熱が下がらないので、心配になって相談してたんだろう」

「たぶんな」と吉良は言った。

「ただ、鳥海の妻が感染者だとしても、どうして彼女のウイルスが遠く離れた浅倉マリに感染するんですか」エッティラージが訊いた。

「なにかを媒介させたんでしょう。例えば妻が使っていたサインペン。もっと露骨な方法を取れば、妻に咳をさせてそこに意図的にウイルスを付着させるということもやったかもしれません」

「そんな面倒な手を使うかな。鳥海自身は無症状の感染者じゃないのか」逆にボビーが訊いた。

「いや、報告を受けたときに聞きそびれたので、そこはわからない。ただ、感染させることを目的で浅倉マリに近づいたと考えるならば、自粛警察からファンへの転身は無理なく理解できるんだ。肝腎《かんじん》なのはここだ」

三人は黙った。やがて、もういちど吉良が口を開いた。

「とにかく、浅倉マリに抗議に出かけた鳥海が、四日後に路上で、浅倉マリにサインを求めている。この乖離《かいり》を埋められるストーリーはそんなに多くない」

いま飲食店は、相当に困窮《こんきゅう》している。鳥海は池袋に中華料理店を出しているようだが、妻が店に出ていたんだとしたら、妻の感染によるダメージは大きい。当然しばらく店は閉めなければならないだろう。

そんなときに、自分の店から歩いて数分のところで、キレイゴトを抜かして、ギターを抱えて暢気《のんき》に歌っている愚物《ぐぶつ》には天誅《てんちゅう》を下さねば、という気になっても不思議はない。

しかし、ムカついてライブハウスを襲ったものの、真行寺という妙ちくりんな刑事が居合わせて、悪どいやり方で署に引っ張られ、逆に自分が悪者にされる結果となった。面白いわけがない。正義の鉄拳をお見舞いしてやる、いや、同じ目に遭わせてやれば目が覚めるだろう、そう思って、咳をしている妻の口元に油性ペンを持っていき、その軸にウイルスを付着させた。実に粗雑《そざつ》な仮説的推論ではあるが、すぐに捨てる気にはなれなかった。

もちろん、鳥海自身が感染している可能性もある。浅倉にしてみれば近くに寄られ、「ファンです」と語りかけられるのも、かなりリスキーだ。

ライブハウスで鳥海と押し問答をした真行寺は、別の理由でPCR検査を受けたが、その後どうなったんだろうか。陽性だったとしたら、鳥海からのルートも考えなければならない。ともあれ、と吉良は言った。

「浅倉マリの感染ルートのかなり疑わしいところが抽出できた」

「ただしそれを立証するのは至難の業だな」とボビーが言った。

たしかに、と吉良は認めた。そして、ふと思いついて、

「鳥海はフリーバードを昨晩インストールしているんだよな。これはなにを意味してるんだ」

そう言いながら、吉良は捉えどころなく一気に湧き上がる想念《そうねん》を整理した。

「まず、フリーバードはホームページからしかダウンロードできない。例外は、ここの研究員だけれど、それはさきほどの地図上ではオレンジに色分けされていた。あとはすべてグリーンだ。グリーンのやつらは〝愚か者の集い〟のサイトからダウンロードしている。鳥海も当然そうだ。つまり鳥海は〝浅倉マリと愚か者の集い〟のホームページを見たってことだ。そこには、浅倉マリの死が報知されていた。死因は新型コロナウイルスの感染によるものだろうとも言っている。もし鳥海が浅倉マリを感染させようとした

のなら、自分が首尾よく目的を達成したことをそこで知ったことになる」

「それで」

焦《じ》れったそうにボビーが言った。こいつの脳みそだと俺の思考の速度はあまりにも遅すぎるのだろう、と吉良は思った。

「ところがそのホームページには、〝浅倉マリと愚か者の集い〟は予定通り開催されると告知されていた。当初の目的は達成したのに、浅倉マリの遺志はしぶとく生き残り、なお前進を続けている。これをなんとかしなければと鳥海は思い、ダウンロードして自分のスマホにインストールした」

「なんとかしなければと思って、いったいなにをするんだ」ボビーが訊いた。

「そりゃあ、フリーバードをダウンロードしたんだから、〝愚か者の集い〟に行くつもりなんだろう」

「だよな。で、行ってなにをする」

「おそらくもっと派手なことだ……」

そこまで言って吉良は口をつぐんだ。このまま推理を発展させれば、とんでもないことを喋らなきゃならなくなる。この心中を見透かしたように、ボビーが後を引き取った。

「鳥海はスーパー・スプレッダーとしてコンサートに突入し、新型コロナウイルスをまきちらす……」

「そう考えるのが筋でしょう」とエッティラージが言った。

「で、どうする」とボビーが訊いた。「この時点で、鳥海を拘束することはできるのか」

「警視庁の生活安全部には難しい。証拠としてはかなり薄い。それに、いま俺が見せてもらったこの証拠の獲得手段は完全に非合法だ。説明がつかない」

目の前のふたりはまた薄く笑った。吉良は、自分の思考がこのふたりに導かれるままに発展していることを自覚した。

「ただ、DASPAならやれるだろう。鳥海が目論《もくろ》んでいることをテロだと強弁すれば、少なくともコンサートが終わるまで彼の身柄を拘束することは難しくはないと思う」と吉良が言った。

「ふむ。だけど、彼がやろうとしていることはテロだと認定できるのか」とボビーが尋ねた。

「おそらくできないだろうな。ただ、テロというのは、テロかテロでないのか、行動するか行動しないかをじっくり吟味していたら手遅れになることがある。実際、予兆を感知していたにもかかわらずのんびり構えていたから、9・11は起きたというのがアメリカ当局が出した結論だ。あれ以降、インテリジェンス業界では、ヤバいと思ったら迅速に動け、がモットーになっている。だから、これはヤバいんだと騒げば、別件逮捕で鳥海をどこかに隔離することはおそらくできるだろう」

そうだろうな、とボビーは笑って言った。

「で、お前はそうするつもりなのか」

吉良は黙って、ボビーとエッティラージがこちらの心中を見通《みとお》しているように、ふたりの企《たくら》みを嗅ぎ取ろうとした。さらにこのふたりは、吉良が自分たちのプランを探知することを期待している。吉良はそう推察した。そして、ふたりのプランは、吉良が目論んでいることと合致している、と。

二日前、警視庁で水野に面会した時、吉良はこう言った。

「むしろこの開催を逆に利用できないかとも思うんですが……」

もっとも、その時の吉良の胸中には、ぼんやりした企《くわだ》てが居座っているだけで明瞭なものはなにもなかった。しかしいま、猛烈な勢いで、具体的なストーリーが吉良の頭の中を走り始めた。

水野が言ったように、コンサートが開催されれば、感染者は出る。そう考えると、鳥海が来ようが来まいが大差ないと腹を括《くく》ることはできる。感染は発生してもいい。いや、もっと言えば、したほうがいい。そして、フリーバードの追跡機能を使って感染ルートを完全に可視化する。いましがた浅倉マリの感染ルートを把握したように。もう「二百六十五人中、百五十八人の感染ルートが不明」などということはなくなる。そしてクラスターをあぶり出して徹底的に潰していく。

もし、愚か者の集いでこれが成功すれば、これからのモデルとして発展させられるだろう。一方で厚労省も来月には誰と誰とが接触したかということを確認できるアプリを開発して、利用の推奨をはじめる方針だ。しかし、政府が作ったものとなると、自由を標榜《ひょうぼう》する人たちは決してダウンロードしようとはしないだろう。となると、マイナンバーとおなじ道を辿る可能性が高い。

　しかし、今回は無料コンサートなのでフリーバードという形を取っているが、これと同じものをコンサートやイベント、観劇のチケットに仕込んでやればさしたる抵抗は起きないのではないか。

　これからは、省庁だけでなく、あらゆる部門でデジタル化が進む。エンターテイメント界隈《かいわい》は特にそうだ。総務省をたきつけて、電子チケットのシステムの構築を急がせる。映画館や劇場からはチケットカウンターをなくす。コンサートも演劇も映画もインターネットで予約し、観客はスマホをかざして入場ゲートを通過する。さきほど俺が祭の広場に入る時、二枚のセンサーボードの間を通過したようにだ。この時、センサーに、危険物を感知するものも実装すれば、防犯の強力なツールになるだろう。

　センサーを通過した入場者の位置情報はすべて、管理者が見ようと思えばいつでも見られる。誰が席を立ってどこの売店でなにを買ったかもわかる。これら購買履歴のパッケージは価値ある商品となるだろう。また、火事などの災害が発生したとしても、館内に誰がどこにまだ残っているのかも瞬時に把握できるはずだ。

そして、催し物が終わり、劇場やホールをあとにするため、もういちどセンサーボードの間を通って退場した時、ここで追跡をやめるという建前にしておいて、実はいざとなったらキャッチアップできるようにしておくのはどうか。

そして、これが利便と快適と安心をもたらすことが知れ渡れば、やがて人々の間に個人情報を手渡すことの合意ができあがるだろう。つまり、なし崩しの合意がここに形成されるのである。

マスクをつけてコンサート会場や映画館や劇場に行き、鑑賞したら、まっすぐ帰れなどというのはどだい無理な話だ。

アーティストの中には、コンテンツこそが重要であると説き、コンテンツを守るためにそのように行動して欲しいと訴える者もいるようだが、それはアーティストの傲慢《ごうまん》だ。劇場やコンサート会場の周辺に店を構えている飲食店はたまったもんじゃない。もしコンテンツ、つまり表現されたものだけが大事ならば、インターネット空間で表現する方法をアーティスト側が模索するべきだ。

しかし、芸術に接する行為にはそこに生じる場の体験も含まれるとはいえ、鑑賞したあとで居酒屋に寄って感想を語り合っていたりすれば感染リスクは、さっさと家に帰るのに比べて、当然のことながら高まる。ならば、感染したらすぐさま火消しできるようなシステムを構築することこそがむしろ現実的なのではないか。

しかし、このシステムをつまびらかにすれば、真行寺みたいな、監視がどうの、自由がどうのと騒ぎ立てる面倒な連中が出てくるだろう。だったらこっそりやっちまえばいい。追跡機能を、電子チケットに同梱《どうこん》させる。それによって、コンサート会場に行き、ブラボーと叫び、帰りにレストランで「あの人はベートーヴェンを振らせたら最高だ」などと仲間と品評会がやれる自由が手に入るのだから、つべこべ言うな。

そして吉良は考えた。ここまでならさほど驚くには値しない。ボビーならもう二手三手先まで考えているはずだ。

そしてその実験を、〝浅倉マリと愚か者の集い〟でやろうとしている。

──むしろこの開催を逆に利用できないか？

水野にこう語った時にはなんのアイディアも持ってなかった吉良を、ボビーとエッティラージは北海道に呼び、彼らのプランを披露したというわけだ。

よし、〝浅倉マリと愚か者の集い〟は開催させよう。

吉良は決心した。生前、浅倉マリは自由のためにコンサートを開催し、自由のために歌うと宣言した。それを後押しするかのように、ボビーはThe POOL.comで儲けた金をこのコンサートにつぎ込んだ。

新型コロナというウイルスの奇襲を食らって、オリンピックの年内開催は断念を余儀なくされた。オリンピックが開催されるはずだった都市《まち》で、ウイルスに抗《あらが》うために、自由の歌を歌い、それを聴くために人々が自由に集う。

さらに、自由を謳歌《おうか》するこの歌の祭典から、ITを使った巧妙な管理社会への道が敷かれる。そして情報技術のネットワークが移動と集会の自由をサポートする一方で、匿名の自由は知らないうちに剥奪されている。

なんともややこしく、皮肉な話ではある。

でも、それでいい、と吉良は思った。すべてを求めることはできない。自由になるために日本にやってきたここのインド人たちがそれぞれの務め《ダルマ》を果たしているように。

経済は回さなければならない。

そして、人は人と肉体を介して会うべきだ。どのみち、人はやがて人と会い、人は人を求めて集まる。そういうものだ。それをなるべく早く可能にしよう。

いいだろう。やろうじゃないか。


「俺たちはヒンドゥー教徒じゃないからビールを呑んでもいいみたいだ」

ゲストハウスに着くと、寝る前に一杯やろう、とボビーが言いだして、売店に連れて行かれた。すこし呑みたい気分でもあったから、吉良はこの提案に乗った。売店では、先程ステージで歌った白沙蘭が男たち四人と一緒に買い物をしていた。沙蘭はボビーを認めるとすぐに寄ってきた。

「お疲れ様でした」とボビーは言って「あの人たちが……」と四人の男たちを見た。

「ええ、さよならばんどの……。ちょっと待ってください」

メンバーのほうに歩み寄ろうとしたサランに、「僕のことは紹介しなくていいから」とボビーが注意した。

「でも、スポンサーですよ」

「いいんだ。僕はあの人たちに投資したわけじゃないから」

そうですか、と言ったサランはすこしかたづかない面持ちになった。

「さっきは盛り上がってたね」とボビーは話題を変えた。

「見てたんですか」

「もちろん」

「どうでした」

「うーん、僕はクラシックしか聴かないからよくわからないけど、よかったんじゃないかな」

白石サランは、もの足りないような表情で続きを待った。

「森園《もりぞの》くんはいつ来るの」また話題を変えようとするように、ボビーは尋ねた。

「明日です。夕方に到着する予定です」

気を取り直してサランがそう答えた時、買い物を済ませた四人の男たちは、出口で立ちどまって、こちらを見ていた。

「じゃあ、今日はここで」と言ってサランは出て行った。

それを見送ったボビーのそばに吉良は寄っていった。

「近くで見るとまた華奢だな。世間の恨みを買ってでもこんなイベントを強行しようとするんだから、姐御肌《あねごはだ》なんだろうって想像してたけど」と吉良が言った。

「想像していたけど、なんだ」

「可憐《かれん》な少女って感じじゃないか」

そう言うとボビーは、薄笑いを浮かべ、

「また問題起こすなよ、お前」

とニヤニヤしながら、ビールを籠《かご》に入れはじめた。

「さよならばんどはどうしてここにいるんだ」

「警察が、時期や会場などについて連絡を取ってくるので、ごまかすのも面倒だからコンサート当日までこちらに待機してるんだそうだ」

要するに雲隠れを決め込んでるってことだ。マネージャーがバンドのメンバーに連絡が取れないと言ったが、要はそういうことだったのだ。

「それに、バンドとしてもずいぶん長い間、四人で音を出していないので、合宿して昔の曲をさらうんだとさ」

「ここに練習スタジオがあるのか」

「それがないんだって。——もう腹は減ってないか」

「チーズとナッツがあればいい。でも、クレームは出ないのか、トップクラスのミュージシャンなんだろ」

「スタジオの件か。さっきの祭のステージでやってもらうことにしたようだ」

「あのダリットの女神の前でか」

吉良は驚いた。

「ああ、それでいいですかと尋ねたら、面白がっていたんだってさ。東京であの四人が集まっているとなにかと騒がれるけど、インド人は自分たちのことをまったく知らないからかえって気楽だとか言って。さ、もういいだろ。お前の部屋に行こうぜ、まともな音楽を聴きに」

部屋に入ると、ボビーはベッドの上に遠慮なく乗っかって、そこで缶のタブを引いた。そして、吉良が引くのを見計らって、

「なにかに乾杯しようぜ」と言った。

「どうせならでかいものにしよう」

「いいだろう。ちゃんとでかいものにしてくれよ。お前は口はでかいが、国民国家とかいうちんけなものをデカいと思いがちだからな」

黙れ、と吉良は言った。そして、しばし考えて、

「人間が人間であることに」と言って缶を捧げ持った。

含みを持たせた笑みを浮かべて、

「人間が人間であることに」とボビーも言った。

ひと口呑んで、吉良は前から抱いていた疑問を投げかけた。

「さよならばんどはどうして出演をオーケーしたんだ。この時期に大人数を集めたイベントへの出演は、リスキーな上になんの得にもならないじゃないか。浅倉マリに伴奏をつけていたそうだが、そんな義理だって、彼女が死んだいまとなってはないようなものだろう」

「さあ、そのあたりは、白石さんに訊いてもらわないと俺にはよくわからない。ただあの世代は、ヒッピームーブメントの真っ最中に青春期を迎えて、『ミー・アンド・ボビー・マギー』なんか聴いてた世代なんだろ」

「お前のボビーってのはそこから取ったんだったよな」

「そうだ。『自由でなきゃ始まらない』って歌うカントリーロックさ。聴きたきゃそこに入ってるぞ」

ボビーは吉良の部屋に持ち込まれた小さなオーディオ装置を指さした。いや遠慮する、と吉良は言った。心地よくハイドンの弦楽四重奏曲が鳴っているのに、なんでそんなものを聴かなきゃいけないんだ。

「ふむ。『自由でなきゃはじまらない』か」と吉良はその言葉を噛みしめるようにつぶやいてまたひと口呑んだ。

「あと、出演料は弾んだからな、しかも前金で。それも大きいんじゃないか」

金の力は偉大だ、とつけ足してボビーは笑った。そうだな、自由も買えるってわけだ、と吉良も笑うことにした。

「ところで、白沙蘭はどうしてインドのディスコ歌謡みたいなのをここで歌って、あんなにウケてるんだ」

「ああ、あれな」とボビーは愉快そうに口元を弛《ゆる》めた。「それもまた別の長い話があるんだよ」

「かいつまんで話せ」

「彼女が歌った曲は、元はダリットたちに人気の歌謡曲だったらしい。それをあの真行寺がディスコ風にアレンジさせて、自分で二番の歌詞を書いて、サランに英語で歌わせて録音したんだよ」

また真行寺か。いったいなにをやっているんだ。まったくもって妙な刑事である。

「なんでそんなことするんだ」

「それを話すと面倒だから割愛させろ。ともかく、そのヘンテコなディスコバージョンをCD‐Rに焼いてここに持ち込んで、二年前の秋祭に、あの広場でかけたらバカウケしたんだ。その時、真行寺がそのCD‐Rを残していったんで、それがウイルスみたいに一気に広まってこの研究所では誰もが知るスタンダードナンバーになった。ここにいるインド人はみなダリットと呼ばれる被差別民だってことは聞いたよな。あの曲は、『インターナショナル』が世界共産主義運動のテーマ曲だったように、ダリット解放運動のそれみたいになってるんだよ。といっても、この研究所に限定した話なんだが」

なんだかやたらとややこしいことになっているが、似たような話を聞いたことがある。安保闘争で、運動の成果がまったく得られず、倦怠感《けんたいかん》だけが募《つの》っていく中、学生たちが自分たちの心情と重ね合わせるように、『アカシアの雨がやむとき』という歌謡曲を口ずさんだらしいが、それと似ているのかもしれない。

「それで、この歌姫は誰だってことが話題になった。俺が去年の秋に、ここに来た時の祭でもかかっていて、エッティラージにこの歌手はだれか知らないかと聞かれたから、白石サランだよと教えてやったら、シライシって苗字を覚えるのが面倒くさかったらしく、タミル語映画圏の人気女優シュリヤー・サランで覚えちゃったというわけだ。そして、ついにご本人が登場した。盛り上がらないわけないだろう」

ボビーは愉快そうに笑ってビールを呷り、空になった缶をサイドボードに置いた。

「さてと。今日はもう遅いから、最後のピースを見に行くのは明日にしよう」

「最後のピース？　なんだそれは」

ボビーは、ベッドから降りて立ち、吉良を見下ろした。

「あれだけじゃ足りないんだ。システムの完成にはあともうひとつ要《い》るんだよ。詳しいことは明日にしよう」

そうだな。盛りだくさんな一日を過ごして疲れていた吉良も賛成した。お前は午後には帰るのだろうから、朝がいいだろう。八時にここを出られるよう支度しといてくれ。じゃあ、俺はもう寝るよ。ボビーはそう言い残すと、出て行った。


吉良はあくる朝、ロータスに乗ってボビーと一緒に研究所の外れに出かけた。昨夜《ゆうべ》見たのは、言うなれば〝暴《あば》くオペレーション〟だ。封じ込めるのではなく、状況を可視化することで感染の爆発に備えようとする戦略だった。そしてこの朝、草の上に立って最後のワンピースを遠目に眺めた吉良は、頭の中で描いていたシステムの見取り図にそれを埋め込み、ようやく全貌を掌握した。

ロータスで本部に戻ると、ボビーとエッティラージと三人で、当日の体勢について軽く打ち合わせをした。

ところで、とミーティングの最後に吉良はエッティラージに向かって言った。

「できれば所長に協力していただきたいことがあります」

「なんだ。省庁に強固な通信システムを構築して欲しいってことか」ボビーがまぜ返した。

「それもあるな。特に警察。もうお前にハッキングされないように」と吉良は答えた。

エッティラージは笑いもせずに黙って吉良の質問を待っていた。

「ソフト・キングダムの朴社長と話がしたいんです」と吉良は言った。

「どのような内容でしょうか」とエッティラージは訊いた。「このシステムと関係がありますか」

「いや、これとはまた別の話になります」

そう言いながらも、まったく別の話というわけでもないな、と吉良は迷った。

「朴社長にご提案したいことがあるのです。内容は帰りの飛行機の中で書いて、企画書にしてすぐお送りします」

エッティラージはうなずいた。

「私もそうして朴社長にこの研究所の提案をして日本に来ることになりました。いいでしょう、企画書は私のほうから社長にお渡しします」

鷲別駅まで送ってもらうため、ゲストハウスの前でロータスを待っている時、別の車両が二台連ねてやって来て、中から若者が四人降りてきた。後ろに停まったロータスに駆け寄り、そこから黒い円筒型の包みを取り出したりしている。おそらくあれはドラムだろう。「森園、これはお前が持てよ」などと言い合っている。それを尻目に、吉良は迎えに来たロータスに乗った。

新千歳空港に着くと、日曜日だというのに、空港の構内はずいぶん閑散としていた。羽田に降りても同様だった。吉良は到着ロビーから、すぐに三波に電話を入れ、そのまま、三波が住む千歳船橋《ちとせふなばし》に直行し、駅前の喫茶店で落ち合った。

「危ないこと考えるなお前は。それって意図的に感染を拡大させるってことじゃないか」

そう言ってマスクをずり下げてコーヒーをすすると、三波は断定した。

「そんなの通りっこないぞ」

「意図的にというよりも実験的にと言ってもらいたいんですよ」

「同じだ。せっかく収束に向かってるのになんてこと言うんだ」

「意図的にという部分は表面化しないので大丈夫です」

「ん？　どういうことだ」

「つまり、どのみちコンサートは開催されてしまうんです。法律では止められないので、主催者がどうしてもやると言ったら、やるでしょう」

「安全配慮義務違反を使えないのか」

「終了後にその観点から主催者を訴えることはできるかもしれませんが、この時点で中止にしろとは言えないんじゃないですか」

「だけど、お前はどこの会場でやるのかの情報は入手したんだろ。どういう経緯でそいつを手に入れたのかは訊くなってことだろうが――」

北海道のブルーロータス運輸研究所を訪れたことは知らせたが、ボビーが絡《から》んでいるところはごっそりと割愛していたので自然と話は粗造《あらづく》りなものになっていた。

「――会場さえ分かっていれば、潰せるだろう」

三波さん――。渋る上司に吉良は身を乗り出した。

「いいですか、潰したってたいして得にはならないんですよ」

うーんと三波は唸った。

「潰さないと損するんじゃないかって心配しているんだ。ここで下手《へた》を打ちたくないんだよ」

打ちませんよ、と返しながら、吉良は心中で舌打ちした。この上司は、好きに動き回らせてくれるのはありがたいが、保身を重んじて、ときどき急に手綱を引くのが困る。

「そもそも、お前が手に入れたその情報は確かなのか、そのコンサートの後ろにソフキンが控えてるってのは」

「まちがいありません。昨日は北海道に行ってソフキンが投資している研究所のチーフエンジニアに会ってきました。完全自動運転の技術を開発していて、これを公共交通のほうにも役立てようとしていた矢先に、このコロナ禍が起こり、この技術が感染拡大防止に使えないかということで協力してるんだそうです」

偶然を装うことで、今回の企みがまるで無害であるかのような言い回しをした。

技術を駆使し、被害が出ないコンサートを開催しよう。そんな技術をブルーロータス運輸研究所が開発していると偶然に知り、話を聞きに行った、という風に。

「しかし、おかしいな」

「なにがです」

「ソフキンにしたらこの賭けは危険すぎやしないか。感染が抑止できずに爆発してしまったら、会社のイメージは大打撃をこうむることになるぞ」

「コンサートの主催者はあくまでもワルキューレという音楽制作事務所ですから。ソフキンの名前は出ていません」

三波は黙ってコーヒーカップに手を伸ばした。

「そして、DASPAのせいにもなりません。DASPAの名前はどこにも出てないんですから」

「じゃあ、売り上げも立たないじゃないかよ」

「首尾よく感染を封じ込められれば、世間が称賛する空気ができあがった頃合いを見計らって、ソフキンはさりげなく情報開示します。実はうちが投資するブルーロータス運輸研究所の技術が感染を食い止めていましたという風に。そのときは、うちもさらりと実はと名乗り出て、点を稼げばいいじゃないですか」

カップを置いて三波は腕組みをした。

「しかし、そんなにうまくいくのかね」

「可能だと思います。感染がある程度発生しても、ルートは可視化できる。そこを潰していけばいいわけですから」

「ただ、急に感染ルート不明の数がゼロになったらおかしいじゃないか。実はこっそり追跡してました、なんてことがバレたら、プライバシーの侵害だとかなんとか言われて大変な問題になるぞ」

「人々は安心を求めているわけですから、その方向に数字が向かっていれば、なぜだということは追究しないはずです。心配だったら、その数をじょじょに減らしていけばいいんですよ」

「うーん、お前はなかなかの悪党だな」

「いいですか。ウイルスはなくならない。経済は回さなければならない。と同時にパンデミックは起こしてはならない。こういう社会にシフトチェンジしていかざるをえないのなら、情報技術をふんだんに使うしかないんです」

ふむ。そう言って三波はかすかにうなずいた。

「これがうまくいけば、DASPAの、しかも公衆衛生防衛班ではなく、インテリジェンス班の、さらに言ってみれば三波チェアマンの手柄になりますよ」

なるほど、とだけ言って三波は腕組みをして黙っている。やらないとは言っていない。

「要するに、とにかくあえて止めないってことだよな」

「そういうことです」と吉良はうなずいた。

ケセラセラ、か。そうつぶやいて、上司は腕組みをほどき、またコーヒーカップに手を伸ばした。

やってよしというサインである。ただ、吉良はいちおう念を押した。

「情報官から刑事部長のほうに、非公式ながらこういう動きをしているのでという一報だけ入れておいていただけますか」

やっておく、と三波は言い、

「ただし、わかってるだろうな」とつけ加えた。

そこには、失敗した場合、こちらに火の粉が飛んでこないようにしろよ、という含意があった。

「もちろんです」と吉良はうなずいた。

明けて月曜日、こんどは警視庁刑事部捜査第一課の水野玲子課長に電話を入れて、会いたい旨《むね》を告げた。

こちらから出向いてもよかったが、水野のほうが来ると言った。一瞬不思議に思ったが、真行寺と吉良が搗《か》ち合うのを回避したいのだと察した。あの刑事は、やたらと勘が鋭いので、こちらの動きを勘づかないとも限らない。

「じゃあ日比谷公園にしましょうか」

内調を嫌い、内閣府本庁舎に近づきたがらない水野の心中を慮《おもんぱか》って吉良は言った。

——かなり曇ってるけど。

「雨になるのは午後になってからなので、まだ大丈夫でしょう。十分後に噴水の前で」

黒いスーツに身を包んだ水野は、タンブラーを片手に噴水の前に立っていた。彼女の背後で白い水柱が高く上がると、黒く細い身体が映えた。

「歩きながら話しましょう」

吉良はそう言って、日比谷花壇のほうに肩先を向けた。話しながらときどき横を窺うと、水野の横顔はどんどん硬くなっていった。

「それじゃあ、いくら問い合わせても会場がわからないはずだよね」

ひと通り話し終えると水野はため息を漏らした。

次に、追及の矛先は、なぜ吉良が北海道でそのような計略が進行中であることを突き止められたのかという捜査の手順に向けられた。このあたりは一課の課長を張っているだけに、上司の三波よりもしつこい。

「実はそれは言えないんです」

ボビーのことを伏せておかなければならない吉良は、そう言わざるを得なかった。

「インテリジェンスの協力者からの情報から手繰《たぐ》っていったと思ってください」

「公安の外には出せない情報ってことか」

曇り空を見上げながら、そうつぶやく水野の口吻《こうふん》には不満がにじんでいた。

申しわけありません、と吉良は頭を下げた。そして、〝実験〟がもたらす効用へと水野の意識が向くように試みた。新しい技術が新しい社会を作る、そのことを明らかにする機会としてこのコンサートを利用したほうがむしろよいのだ、と。

「ということは、白石サランもある意味利用されてるってわけか」

水野の口から思わず漏れた感想は、吉良が広げて見せたマクロな俯瞰図から、点として動いている個人へと急速に近づき、その哀れさに注がれた。

「かもしれません」

そう言って吉良は、その感慨を味わう時間を与えた。水野は歩きながらタンブラーに口をつけたあとで、

「つまり、路線変更したわけね」と言った。「コンサートを中止させる必要はもうなくなったんだと」

「そういうことです。つまり、真行寺巡査長にも中止に向けての行動を止めてもらわなければなりません」

ここでようやく吉良は本題に入ることができた。

「危険だなそれは」

そう言って水野は、いまにも降ってきそうな灰色の空を見つめた。

「なにが」

「白石サランへの説得はもう必要ないと言って、真行寺への指示を撤回するわけだよね」

「ええ。でも、巡査長にしてみれば、そもそもあまり気乗りのしない任務だったわけでしょう」

「そのへんがあいつの扱いにくいところです。まず、なぜだと追及してくる。そこをごまかすと、さらにねちっこく絡んでくる」

「じゃあ、ありのままを話して、実はこうなったから説得の必要はもうないんだと説明

するのはどうですか」

「ありのままっていうのはなに？　私もおそらく全体像を話してもらってないと思うんだけど」

うつむき加減に歩いていた水野がこちらに顔を向け、ちらと恨みがましい視線を寄こす。三波に拵えたものと同じ説明では、彼女を満足させられなかった。

「勘所《かんどころ》としては、説得はもう無理だからやらなくていい。その代わり、感染者が発生した場合のフォローアップはしているから大丈夫だ、というのでは？」

水野は足元を見つめながら首を振った。

「それがいちばんまずい」

「どうして」

「そのフォローアップっていうのはいったいなんだと掘り返してくる。場合によっては勝手に捜査して、嗅ぎつけるかもしれない」

「では、実はこういうことだとネタばらししてしまうのは？」

「つまり、匿名の自由を奪うことで経済を回すってことですか」

「ええ、たとえばそういう表現をした場合は？」

「これはどのくらい筋の通った話なんだと詰め寄ってくるでしょうね。場合によっては、こちらの動きを暴露《ばくろ》することだってしかねない」

それは困るな、と吉良は思った。

「普段はそんなに堅物《かたぶつ》ではないんだけどね。すぐさぼるし、私に隠れてかなり荒っぽい捜査もやってるみたいだけど、大局的《たいきょくてき》なところではやたらとうるさい」

「大局的なところってなんですか」

「ときどき、自由がどうのこうのって騒ぎ出す」

「面倒くさい野郎だな」ついに吉良は言葉に出して愚痴《ぐち》垂れた。

「だけどまちがっているわけじゃないでしょう。個々の市民の自由を守るのも警察の仕事だから」

急に上司は部下を擁護しだした。彼女の指導のいたらなさを批判していると受け取られたのかもしれないと思い、

「ええ、たしかにそうですね。真行寺巡査長がまちがってるとは思いません。失礼しました」と吉良は融和《ゆうわ》外交に舵《かじ》を切った。

天に向かって伸びる白い飛沫《しぶき》が眼に入った。銅製の鶴が仰向けた口から威勢よく水を吐き出していた。いつのまにかふたりは雲形池《くもがたいけ》の近くまで来ていた。

「座りましょうか」

吉良はそばのベンチに誘い、相手のスーツが汚れないように、座部を軽く手で払った。そこに黙って腰を下ろした水野は、白い飛沫を吐き出す鶴を見つめていた。

「確かなのは、白石サランはまだコンサートを実行しようとしているってことね」沈黙の後で水野が口を開いた。

「やる気満々ですよ。もう資金調達もすんで会場も押さえてあります」

「だとしたら、真行寺は白石サランの説得に失敗したわけだ」

「そう断定できますか？」

「九分九厘。土曜日の午前中に真行寺から電話をもらったとき、どうやら白石サランに着拒《ちゃっきょ》されたみたいだと嘆いてた。それで同じ日の夜、吉良君は北海道でサランを見ている。つまり彼女は真行寺からの連絡を断《た》って北海道に飛んだってことでしょ。これだと打つ手はないんじゃないかな」

「まあ、それはそうですね」

「となると、真行寺は説得の失敗を私に報告しに来るはずです。早ければ今日。ひょっとしたらもう来ているのかもしれません」

自然な流れである。

「もし来なければ、私のほうから現状報告を求めます。そのときに、『それでは致し方ない』と評価し、彼の任を解くことにしましょう。こちらから呼びつけて、『この事案はクローズした』と宣言すれば怪しまれますが、これだと不自然さはさほど目立たないでしょう」

吉良は賛成の意を表明した。しかし水野は、タンブラーからひと口飲んで、

「それで素直に引き下がってくれればいいけれど」と独り言のようにつぶやいた。


水野と吉良は霞門《かすみもん》を出て、祝田通《いわいだどお》りで右と左に別れた。

DASPAに戻った吉良は、机の上に肘をつきながら考えた。

自分のやってることははたして正しいのだろうか？

正しさを測る物差しは、ひとつではない。吉良はそれを結果とプロセスにわけた。結果に関しては自信がある。このプランは、多くの人間、ひいては国の苦境から脱する道を整えるだろう。ただし、犠牲者は出る。感染が発生したら、一定の割合で死ぬ。死ぬのはたいてい老人だ。そして、それは致し方ないと自分では思っている。ここは経済と自由とのトレードオフだ。しかし、そのことは口に出せない。そして結果をもたらすその手法においても公開はしていない。結果よければすべてよし、そう割り切ってやっているものの、はたして本当にそれでいいのか、という迷いがないわけではない。

肩を叩かれて、振り向くと孫崎が立っていた。いいですかと言って、吉良の返事も待たず、空いている隣の椅子を引いてかけた。

「昨日発表されたアメリカが取った禁輪措置なんですが……」

そう言われて吉良は面食らった。一昨日と昨日は、北海道での見聞の整理と今後の根

回しについてのプラン作成に忙殺され、国際ニュースを充分フォローできていなかったのだ。アメリカが禁輸措置を取っただって？

「まだ詳しい状況は僕も摑みきれてないんですが、華威に対して半導体関連の禁輸措置を強化するそうです」

それを聞いた時に、吉良は正直、なんだそんなことか、と思った。

「いままでもアメリカはその手の脅しはしょっちゅうやってただろ」

「そうなんですが、中国が慌てているところを見ると本気のようです」

孫崎は中国ウォッチャーなので、中国の動きを観察してアメリカの意向を読み取ることが多い。中国が慌てている？　つまり、〝アメリカは〝抜け穴〟を塞《ふさ》ぎはじめたってことか。

「本気だとするとどうなる？」

「華威は端末を作れなくなるでしょう」

これは大問題である。華威はスマートフォンの出荷台数ですでにアップル社を抜いている。中国は看過できないはずだ。

「中国はどう出る？」

「当然、黙ってはいないでしょう。航空機の購入を取りやめる、アメリカ企業への規制を強化するぞ、とすでにチラつかせています」

孫崎を下がらせて、経産省の知人に何本か電話を入れたが、あいにく全員ふさがっていた。

……どうもアメリカがキレかかっている。

先日、涼森がそう言ったのを思い出し、吉良はふたたび受話器を取り上げ〝サイバーテロ対策班〟の内線番号をプッシュした。ところが、こちらも出てくれない。呼び出し音が鳴ってる最中に、ポケットのスマホが震えた。ディスプレイに魅力的な名前が浮かんでいたので、ついふらふらと、受話器を戻して、出てしまった。

——どう、松の木に行かない？

めずらしいことに、都築のほうから誘ってきた。出た甲斐《かい》があったと喜んだが、「ごめん。滅多にないお申し出なので是非受けたいところなんだが」と言わざるを得なかった。

——ああ、忙しいんだ。

「そうなんだ、ちょっといろいろ立て込んでいて、今日は無理そうだ」

——そうか、残念だな。バッチリ奢ってもらおうと思ったのに。

「奢る？」

——なんだ知らないの、いま流れたよ。

「流れたって？」

――正確に言えば、いま開かれている国会では断念したってことだけど、これは私の勝ちってことでいいよね。

「ひょっとして、検察庁法改正案のことか？」

――え、いま気がついたの？

ああ、と吉良は言って、すこし離れたところに座っている秋山に、検察庁法案、流れたのかと声をかけると、ええ、ついさきほど、という返事が返ってきた。

強引に押し切るかと思ったが、政権側はこれはまずいと思っていったん退《しりぞ》いたようだ。これにはやはり、あの〝#検察庁法改正案に抗議します〟の一群が影響しているのだろうか。

――してるに決まってるじゃない。完全に読み違えたね、君は。

「そうだな。それと、俺は賭けごとはもうよしたほうがよさそうだ」

勘が鋭いとよく言われる吉良だが、The POOL.comでのオリンピックといい、〝愚か者の集い〟といい、さらにはこの法案といい、みごとにハズしまくっている。賭博となると勘が狂うのだ、学生時代に麻雀《マージャン》もパチンコも覚えなかったのは、これをどこかで自覚していたからだ、と吉良は決めつけた。

――とにかく、吉良君はＳＮＳのパワーをすこし甘く見積もりすぎている気がするな。

〝アラブの春〟がどうして起きたか思い出した方がいいよ。

そんな風に都築に忠告された時、卓上の電話が内線の着信音を鳴らした。液晶の窓には〝サイバーテロ対策班〟と表示されていたので、〝アラブの春〟のSNSにおけるCIAの誘導工作については話す余裕がなくなった。勉強させていただきます、と言ってスマホを置き、受話器を取った。

——いや、どうやら本気らしい、アメリカは。

用件を伝えると、涼森はまずそう言った。声の調子はいたって深刻だった。

たしかに、日本だって韓国相手に半導体の製造に必要な超高純度のフッ化水素の輸出について、ちょいとばかり厳しい態度を示したことはある。とはいえ、これなど、韓国の取り扱いが杜撰《ずさん》だとして、輸出相手国としてのランキングをグループAからワンランク下げただけだったが。

——今回のアメリカは、あんなもんじゃない、本気なんだよ。

「本気というのは?」

——外国製の半導体にも規制をかけだしている。

「よその国にも中国には半導体を売るなと言い出してるのか」

——そういうことだ。アメリカの製造機械やソフトを使って華威に輸出する半導体を作るのを禁止する、つまり、中国に輸出するなら半導体を作るのに必要な機械もソフトも使わせない、と脅しをかけてるんだ。

「そんな勝手なルールを決められるのかよ」

――アメリカならな。さらに抜け穴も塞ごうとしている。外国経由、特に台湾からの調達もできないように手を回しはじめた。

次の一手を打ってきたな、と吉良は思った。アメリカは、IEEPA（国際緊急経済権限法）を振り回して、つまりはドルを使えなくすることで、華威を欧米の大手銀行から締め出すという荒業にすでに乗り出している。そして今回は半導体。そのなりふりかまわぬ強引なやり口からはアメリカの怒りと焦りが垣間《かいま》見《み》える。

スマホが鳴った。水野からだった。割り込み電話があったことを知らない涼森は、喋り続けた。

――つまり、これからはもうお目こぼしはないってことだ。さらに、禁輸リストに華威の関連会社三十八社を加えた。アメリカでは、共和党も民主党も右も左も関係なく、中国に対する怒りが沸々《ふつふつ》と湧き上がっている。

「ただ、それで中国が音を上げるかというとそういうことにはならないだろう」

電話は鳴っていたが、吉良は続けた。

――だろうな。てことは、米中対立は収まりがつきそうにない。つまり、制裁は半永久化するってことだ。

また話そう。そう言って受話器を置き、さっきから鳴り続けているスマホに出た。

「お待たせしました」

——ご報告です。さきほど真行寺巡査長が私のところに来て、白石サランの説得に失敗した旨を報告しました。

そうですか、と吉良はとりあえず言った。

——これを受けて私のほうから、了解した旨を伝えました。つまり、これ以上の説得は不要であると伝え、任務を解きました。

「それについて真行寺巡査長の反応は？」

会話を沈黙が遮ったと思われた瞬間《とき》、水野の声がした。

——やはり疑っていました。

「なにを」

——不自然なものを嗅ぎつけたようです。とにかく勘が鋭い男なので。

面倒くさいやつを起用してしまったな、と吉良は自分の人選ミスを悔やんだ。

——まあ私の演技力の問題もあってバレたのかも知れませんが。

「演技力とは？」

——「しかたがないわね、お疲れさま」とねぎらったら、いつもとちがって優しすぎると怪しんだみたいです。

吉良は思わず笑った。その声はフロアの視線を集めるのに充分なくらいに大きかった。

「物足りなかったんでしょうね。叱られてこそ充実感が得られているのでしょう」

冗談で慰労したつもりだったが、水野の笑いを聞くことはできなかった。

――それで、今週の土曜日なんだけど。

「〝愚か者の集い〟の当日ですね」

――真行寺は臨場すると言ってます。

「任務を解かれたのに、ですか」

――ええ、休日に個人的に出向くそうです。さよならばんどが見たいだなんて言ってました。

しつこい野郎だな、と吉良は思った。

――警視正は当日は？

「ええ、臨場するつもりです」

――私もしようと思います。

水野の臨場は意外だった。

――ただ、真行寺の視線は避けたいので、バックヤードに直接入れるように手配願えませんか。

「了解しました。スタッフ用のフリーバードがあるので、それをダウンロードしてスマホに入れてください。あとでＵＲＬを送ります」

五月十八日月曜日から五月二十二日金曜日までの五日間はゆっくりと過ぎた。

WHOは台湾のオブザーバーでの参加を見送った。今回の新型コロナウイルスの封じ込めにもっとも賢明《けんめい》に対処《たいしょ》し、死者をほとんど出さず、マスクの品切れさえ起こさなかったこの国の取り組みを共有することよりも、覇権国家中国のご機嫌を配慮したわけである。WHOは中国の操り人形だと怒りを露《あら》わにし、拠出金《きょしゅつきん》を一時的に停止することにしたアメリカ大統領の怒りの火に油を注ぐ結果になった。

案の定、すぐにアメリカ大統領はWHOに警告を発した。一時的ではなくずっと資金を止めてやる、そして脱退も辞さないぞ、と。

これに呼吸を合わせたかのように、あの中国叩きの急先鋒とも言えるアメリカ国家経済会議委員長のクドローがテレビ番組に出演し、「中国企業には透明性がないことがわかってきた。基本的な規範や規制、州の証券法を守らない」と発言した。新型コロナウイルスに関する訴訟や制裁の可能性を指摘した上で、「こうした問題が片付かない限り、誰も自信を持って中国に投資することは不可能だ」と述べた。

吉良はこの発言に「いつまでたっても中国は自分たちが世界で築いてきた普遍的な価値観を共有しないならずものだ」というニュアンスを読み取った。

二十日水曜日、アメリカ上院はアリババ・グループ・ホールディングや百度《バイドゥ》などの中国企業がアメリカの証券取引所で株式上場をできなくすることができる法案を全会一致で可決した。

「ついに伝家の宝刀を抜いたってことだよ」

テレビ会議用のアプリ越しに対面した平岩が言った。

「ニューヨークで上場できなければ、その企業は一流とはいえない。信用力が段違いにちがうからな。ここから締め出すっていうことで中国を痛めつけようって腹だ。ソフキンの朴さんもさすがに慌ててるって話だぞ」

「朴さんが……？　なぜ？」

「あの人は中国の企業に出資してるだろう。たしか、ビットダンスっていま流行《はやり》の動画サービスの会社だ」

「あの TikTak のか。スパイに使っているって噂がありましたよね」

「──っていうか使ってるだろ、当然。もっとも朴さんはアメリカの通信会社も買ってそこはバランスをとっているんだろうが、これでビットダンスのアメリカでの上場は難しくなるな」

二十一日木曜日、全国人民代表大会《ぜんこくじんみんだいひょうたいかい》の開催前夜、張業遂《ちょうぎょうすい》報道官は、香港で国家分裂や中央政府の転覆などの行為を禁じる国家安全法の香港版を議題にする、と述べた。

これに対してアメリカでは、中国当局者への制裁法案が提出された。中国政府が香港を対象に国家安全法を導入すれば、香港の独立性を侵害したとして、中国当局者に制裁を課す法案を提出することを発表した。

二十二日金曜日、北京で全人代が開催され、国家安全法の香港への導入を検討する議案が提出された。するとアメリカは、こんどは新疆ウイグル自治区における中国政府の人権侵害を取り上げ、これを理由にＩＴに加えて繊維《せんい》企業なども加えた三十三の企業や団体について輸出規制の対象に加えると発表した。

また、これとは別に、ソフト・キングダムが支援してきたロボット開発企業クラウドスピリッツなども、軍事に転用される恐れがあるとして中国への輸出に規制をかける方針を明らかにした。

――アメリカは本気だ。

涼森の言葉が脳裏によみがえった。

6　愚か者の集い

二十三日土曜日。午前七時三十分。

新宿の中央公園にほどちかいアパートのサッシ窓を開けると、雨が降っていた。

吉良はビニール傘をさして、西新宿五丁目《にししんじゅくごちょうめ》駅まで歩き、駅前のすき家《や》のさば朝食で腹をこしらえた後《あと》、地下に下りて、大江戸《おおえど》線に乗った。

地上に上がると、開場を待つ人がすでにちらほらいた。会場を取り巻いている人の間を、入場ゲートに向かって真っ直《す》ぐ進むと、四方から、「本当にここなのか」とか「フリーバードがそう言ってるんだからまちがいないんだろ」とか「いやーびっくりした。ここTATSU・MAKIが解散コンサートするはずだったところじゃん」といった声が聞こえた……。吉良は足を止めて、〝浅倉マリと愚か者の集い〟が開催される会場を目の前に見た。


十七日の日曜日。北海道での二日目の朝。ブルーロータス運輸研究所の車道には大勢の人影があった。彼らはみな歩いていた。どこに出勤するんだろうと思ったが、こうして歩くことそのものがこの人たちの〝務め〟であることを思い出した。中には堂々と車道の真ん中を歩いている者もいて、ロータスは器用にこれらを避けながら先へ進んで行く。

「ところで、コンサート会場はどこだ。調べたんだがわからなかったぞ」

最後のピースを埋めるべく、ロータスで目的地に向かっていた吉良は、ボビーに尋ねた。

「ワルキューレの名前では借りなかったからな」そう言ってボビーはあくびを嚙み殺した。

「借主の名義はなんだ」

「キングダム・エンターテイメント。つまり、ソフキンのイベント企画会社だ。いつもはソフキンがスポンサーになるイベントを企画している」

吉良はため息をついた。まんまと一杯食わされた。

「もっとも、今回はそれも台帳上のことだけで、実費はワルキューレが負担している」

「しかし、さっき聞いた話だとソフキン側にも魅力的な話なんだから、ソフキンが出すのが筋だろう。これからのソフキンのビジネスモデルにもなるんだから」

「まあそうだよな。このコンサートをテストケースにして国にプレゼンしようってのがソフキンの狙いだ。だから、ソフキンが出してやればいいと俺も思う。ただ、いくらプランが魅力的でも、二十歳を過ぎたばかりでまだ実績のない女子大生には、企業はビタ一文出さないんだよ」

そんなものか、と思って黙っていると、

「そりゃお前にはわからないだろう」と言ってボビーは笑った。「いつも後ろに国家の威光を背負《しょ》ってるお前にはな」

この挑発には乗るまいと思い、吉良は口を閉じていた。

「本郷の家を出た後、といっても俺が寝起きしていたのは庭の隅っこに建てられた掘っ立て小屋だったけどな、とりあえずあそこを出て、三畳一間のアパートを借りて、プログラムを書いてたんだ。そしてそれを企業に売り込みに行ってた。ところが、鑑定するのは東大卒のエンジニアたち、学歴だけはたいそうご立派だが俺の目から見ればただのボンクラどもが、『こんなもの自分たちでもできる』とか、『基礎がなっていない』とか、『最新の論文では』などとえらそうなことをさんざん抜かした挙げ句の果てに、俺のプログラムが動くのは、細工がしてあるんだろう、録画した動画を見せているんだろうとまで言いやがった。結局、中卒のガキの俺の技術を買う企業は日本には一社もなかったよ。内容よりも看板が大事なんだ、この国では。――おっと、話が脱線してるな、元に戻そう」

吉良はその先を猛烈に聞きたかったが、黙っていることにした。

「つまり、白石サランが単独でプレゼンすれば金は出ない、プロジェクトも進まない、そうなると俺は睨《にら》んだ。そこでまず、俺が The POOL.com で稼《かせ》いだあぶく銭《ぜに》を仮想通貨で白石サランに送り、それを日本円に換金して、ワルキューレの口座に移動させたんだ。これによって、ワルキューレにはコンサートを最後までやり遂げられる資金力があると証明できた。これとビジネスプラン。それからブルーロータス運輸研究所の技術的な企画書と、さらにエッティラージ所長の推薦文を添《そ》えて、ブルーロータス運輸研究所のほうからソフト・キングダムの朴社長にあげた。こういうまどろっこしいやりかたは個人的には嫌なんだが、そうしたほうがことが速いと提案したのはエッティラージだ」

いや、それでもショートカットでめっちゃ早いプレゼンだよ、と官職にある吉良は思った。

「エッティラージの予見は的中し、朴社長はこれに乗った。社長は子会社のキングダム・エンターテイメントに、ブルーロータス運輸研究所に協力させるよう秘書に指示した。キングダム・エンターテイメントは、このコロナ禍でコンサートなんかできないと言ってゴネていたが、社長命令だと秘書に怒鳴られ、しかたがないと覚悟を決めた。キングダム・エンターテイメントは、中止になったコンサートの中で協賛に名を連ねているものの中から、言われた通りいちばん大きなイベントを選び、その主催者の事務所にブッキングした会場の使用権を買い取る話を持ちかけた。それがＴＡＴＳＵ・ＭＡＫＩの解散コンサートだ」

そのアイドルグループの名には聞き覚えがあった。たしか水野が教えてくれた。解散コンサートがなくなって、心残りのファンがコンサート会場前に大量に溜まって密な状態になっていたので原宿署が駆けつけたあの件だ——。

「交渉はスムーズにいったようだ。ＴＡＴＳＵ・ＭＡＫＩはずっとソフキンのＣＭに出ていたし、実際、このコロナ禍で解散コンサートが流れたってのは事務所にとってはそうとう痛かったらしい。これでこのアイドルグループの最後の収支決算が行われることになっていて、ここでガッツリ稼ごうとしていたんだってさ。おまけに中止となると会場のキャンセル料が発生する。そこにソフキンが声をかけ、会場費は満額支払うので使用権を譲渡してくれ、と言った。事務所にとっては渡りに船、沈むタイタニックに救命ボートみたいなもんだ。おまけに、救いの手を差し伸べてくれているのは、日頃から世話になっているソフキンだからな、今後のことも考えると無下《むげ》には断れないさ」

原宿署。

ＣＭに出るほどの人気アイドル。

原宿署が駆けつけなければならないほどの大会場と言えば——、

「国立競技場か」

「ずいぶん時間がかかったな」と言ってボビーが笑った。

今年の夏、東京オリンピックが開催されるはずだった国立競技場に向かって、吉良は足を踏み出した。入場ゲートまで進んだ吉良は、あの祭の広場でも目にした二枚のセンサーボードの間を通過した。ノーティスと呼ばれるこのセンサーは、境界線を通過させるかどうかの判断の際に、氏名、顔認証、体温、さらに危険物を所持していないかも瞬時に認識し、さらに、もし入場を制限すべきだと判断すれば、遮断バーを下ろして直《ただ》ちに進路を塞《ふさ》いでしまう、とエッティラージから聞かされた。名前を読み上げられ、体温は36・4度だと告げられて、開場前のスタジアムに入った。

いちどスタンドに出て競技場全体を見渡した。楕円形《だえんけい》のフィールドの端にステージが組まれ、その両端に野外用のスピーカーの塔が聳《そび》えている。最初に出るバンドのものらしき楽器や機材がステージの上に運び込まれていた。観客が降り立つはずの芝生の上には、椅子は見当たらない。クラシックのコンサートにしか行ったことのない吉良には、椅子のない音楽会というものが理解できない。音楽を聴くのになぜ立つのだろう。ロックは踊りながら聴くものだと言われても、こんな長丁場をずっと踊るのは不可能なのではと思ってしまう。

踵《きびす》を返してスタンドを後にし、裏のコンコースを奥へと進んで、まずモニタールームに顔を出した。

テニスコート一枚分くらいはあるフロアに、インド人たちがひしめいている。彼らは長テーブルに載せられたディスプレイを見ながらキーボードを叩いたりマウスを動かしたりしていた。正面の壁に張り巡らされたスクリーンに、ステージの模様が映し出され、この映像を挟むようにして立つ縦長のスピーカーから、ステージで現在《いま》おこなわれている音響チェックの音声が流れている。

褐色の肌のインド人に交じってアジア人がひとりいた。もちろんボビーである。吉良の姿を認めると、寄ってきて、朝飯は食ったかと訊いてきた。牛丼屋で朝定《あさてい》を腹に入れてきた、と答えると、じゃあ昼はフィールドに出ている屋台で食べるといい、俺もそうするつもりだと言った。

突然、スクリーンの映像が、国立競技場全体を俯瞰する地図に替わった。緑色の点はフィールドの周辺に偏《かたよ》り、それらは移動することなくその場でふらふらしている。

「出店準備中の飲食関係者かな」

お祭しの通りだ、とボビーが言った。

「ついでにつけ足すと、スタジアムの周辺で光っているのは開場待ちの連中だ、十時になると彼らがどんどん中に入ってくる」

「少ないな」

吉良は心配になった。入場者数が少なすぎると、この〝実験〟は成り立たない。

「まだ開場前だぜ。とりあえずエッティラージに挨拶《あいさつ》しろ。お前に話があるそうだ」

ボビーにそう言われ、奥のデスクでモニター画面を見ている所長のところに連れて行かれた。

「今日はよろしくお願いします」そう英語で言って吉良は手を差し出した。「調子はいかがですか」

エッティラージは車椅子の上でその手を握り返し、

「ここまでのところは順調です」と言った。

それはいい、と吉良はうなずいた。

「それから、あなたの提案をボスに伝えましたよ」

「朴社長に？」

「ええ、あなたが送ってくれたドキュメントもすぐ転送しておきました。ボスはいちどお会いして話を聞きたいそうです」

そう言われた吉良は、名刺の裏に、私用で使っている電子メールを手書きし、この件での連絡はこちらに、と言って手渡した。

「入場者の足取りはみな追いかけられているのですか」と吉良は訊いた。

「ええ、フリーバードをインストールした者はすべて一メートル以内の誤差で追跡できています」とエッティラージは言った。

あと五分でオープンだ。誰かが部屋の端から英語で声を張り上げた。

モニタールームを出て、すこし離れたところに設けてもらった控え室に行った。ノックをすると、どうぞと返事があった。すでに来ているらしい。ノブを回して入った。壁沿いにカウンターと鏡があり、部屋の中央に応接セットが置かれている。胡蝶《こちょう》蘭《らん》こそないものの、大女優が使う豪華な控え室といった趣である。先に来たスーツ姿の水野がソファーに座っていた。

「おはようございます。迷いませんでしたか」

「おはよう。いや、フリーバードにここまで詳しく説明されたら、迷いようがないね」

水野は、タブレット端末をキーボードスタンドにセットしていた。隣に座って覗くと、さきほどモニタールームで見たスクリーンと同じステージの映像が映っていた。

「地図のモードにすると、人の位置が緑のドットで示されるようです」

吉良の言葉に、水野は「そうそう」とうなずきながらキーボードを操作し、地図モードに切り替えた。

「さっきインド人の男の子がここにきて説明してくれた。コントロールキーとシフトキーとMを同時に押せば地図モード。コントロール、シフト、Lの同時押しでライブ映像。

地図モードでズームしてからライブに切り替えると、その範囲内の一番近い防犯カメラの映像が出るんだって。ステージの映像は同じ要領でSを同時に押せばいいみたい」

「じゃあ監視カメラの映像は俺のに出しましょうか」

吉良はバッグの中からノートPCを取り出すと、水野に教わって会場内の映像に接続した。

「開場した」と水野は言い、「すごい、一目瞭然だ」と感嘆の声を上げた。

地図モードにした水野のタブレットを覗くと、緑の点が虫のようにじわじわと会場の内側に侵入してくるのが一望できた。まださほど混み合っていない時間だからだろうが、緑の点と点の間隔が比較的大きいように感じられた。

「みんな、密にならないように気を遣っているのがわかるな」と吉良は感心した。

そしてしばらく、外から内へと流れ込んでくる緑の粒子の流れを見つめていた。

突然、水野のスマホが鳴った。

「真行寺からだ」

水野はスマホをテーブルの上に置くと、スピーカーモードにして、「出るよ」と断って応答ボタンを押した。

――真行寺です。ただいま臨場しました。

「お疲れ様です」

――原宿署の刑事から私の身元確認の電話が入ったかもしれませんが……。

水野は吉良と顔を見合わせた。原宿署と接触したようだ。原宿署が身元確認を本庁にするというのはどういうことだろう。

「そうなの？　今日は土曜日で私は署にいないからわからないけれど」

――いないんですか。てっきり出ておられるのかと思いました。

「誰かが受けて応対はしていると思います。ご心配なく」

――そうですか。

「ところで、国立競技場っていうのは、盲点だったわね」多少はぐらかすように水野は言った。

――どこでお知りになりました。

「ネットで騒いでる。それにホームページでもいまはそう告知されているから。どんな感じ？」

突然、吉良のノートＰＣの画面に真行寺が現れた。スタンドに腰かけてスマホを耳に当てている。

液晶画面の上で人さし指と親指を近づけてそれを広げる、いわゆるピンチアウトという動作で、これらの画面は拡大できることがわかった。この逆も可能だ。水野がテーブルに置いたスマホからは、会場の様子をレポートする真行寺の声が流れている。その姿は吉良のノートPCに映っている。ずいぶんとラフな格好だ。髪の長いミュージシャンがギターを抱えた黒いTシャツを着て、白いパーカーを羽織っている。

「原宿署から誰か臨場してるんですか?」隣で水野が尋ねた。

──さきほど私服と制服がふたりずつ来てましたが、制服の銃がセンサーに引っかかって中に入れずに、いったん引き返しました。いやその前に、入場チケットに相当するアプリをインストールしていなかったことも原因ですが。

「そのときに会場の警備とひと悶着《もんちゃく》あったんですか?」

──いや、完全に自動化されていて揉める相手がいないんですよ。

「警備がいないってこと? 警備体制はどうなってるんですか?」

水野はわかっていることをあえて訊いている。

──それらしき人間は見かけませんね、少なくとも制服を着た警備員は見当たりません。つまり制服やバッヂじゃ臨場できないってことです。

「それだと、なにかあったときの対応はどうするのかしら」

──自己責任でしょうかね。

水野はため息をついた。吉良はそれが殊更《ことさら》らしく感じて、かえって危ういような気がした。そして、物音を立てないようにそっと部屋を出て、先程いたモニタールームに舞い戻った。

「いま俺のＰＣに真行寺の映像を出してくれたよな」吉良はボビーを捕まえて言った。

「ああ、気を利かしたつもりだったんだが、なんかあるのか」

「いや、あれはありがたい。ついでに真行寺の動きがわかるよう、地図上のドットの色を彼だけ別の色に変えてくれないかな」

「ああ、そうか。じゃあ、青く表示してやるよ。真行寺の位置を知りたければ、お前のＰＣに出している映像を地図モードに切り替えれば、どんな縮尺であっても、フレーム内に青い点が入るようにしよう。そこからピンチアウトすれば、真行寺がいる場所にズームインできるようにしておく」

「ところで、マルタイは？」吉良はボビーに訊いた。

警察は対象者すべてをこう呼ぶ。ここでは、ライブハウスに自粛警察として押しかけた男、池袋駅前で浅倉マリを感染させ、さらにこの会場でウイルスをばらまこうとしているのではと目されている鳥海のことを指していた。

「まだ赤羽の自宅だ」

「来るのかな」

「さあ。ただ大丈夫だよ。鳥海が来なくても多少の感染者は出るだろうから」

さすがにこの冗談は笑えなかった。

「あえて不慣れな推理をさせてもらえば、もし鳥海が感染爆発を狙っているのなら、さよならばんどが出る直前の、入場者数がマックスとなった時を狙うんじゃないのかね」

説得力のある推測だったので、そうだなと言って控え室に戻ろうとした時、ボビーの座るテーブルの上に置かれた小さなスピーカーから、水野の声が聞こえた。

〈……でも、どこかがそのお金を出してるわけだよね。じゃあどこが？　ワルキューレ？〉

――そうです。ただしバックに控えている金主《きんしゅ》が金を渡しているわけです。

真行寺が鋭くそう切り込んだとき、テーブルの上のスピーカーについた音量調整のつまみをいじっているボビーが愉快そうに笑った。

「笑い事じゃないぞ」と吉良は注意した。「お前のことだ」

〈それはどこ？〉

――調べてみます。

「調べなくていい！」吐き捨てるように思わず言った。

ボビーはいたって平気な様子で、自分の隣の椅子を蹴るようにして、吉良のほうへ押し出した。会話の続きが気になる吉良はそこに座らざるを得なかった。

〈つまりワルキューレは傀儡政権《かいらいせいけん》みたいなもの？〉

――いや、そうとも言いきれない。白石サランはただ金をもらって操られているわけじゃないでしょう。スポンサーと利害が合致しているから進んでいるんです。結託しているんですよ、ワルキューレと金主は。

ボビーはニヤニヤ笑ってうなずいて、紙皿の上からプレッツェルをつまんでいる。

〈いつの間にか、このコンサートの開催の首謀者は浅倉マリから白石サランに代わっているみたいだけど〉

――そういうことです。浅倉マリが推進していたのはごく一部で、白石サランがこの企画の首謀者のひとりなんです。

〈では、白石サランがこの企画で求める利益ってなに〉

――利益ですか？　まあ金が欲しくないはずはないんですが。

〈金だけじゃない、ってこと？〉

勘は鋭いな、このおじさん、とボビーがまた笑った。呆《あき》れて吉良はもう注意する気も失せていた。

〈では白石サランはなにを求めているの〉

――なめんなよ。――そう言いたいんじゃないですか。

なめんなよ。まるで自分に向かって発せられた台詞《せりふ》のような気がした。

――結局、年寄りのために自粛させられているという気持ちが濃厚なのでしょう。いまの若い連中は、物心ついたときから上の世代から『昔はよかった』とさんざん聞かされて、自分たちには景気がよかった記憶はまったくないわけです。大学に合格したはいいけれど卒業する頃には奨学金で借金まみれ。年金は崩壊することまちがいなしで、高齢化社会のツケを払わされているわけですから。

「これはお前ら行政官僚の責任でもあるだろう」と冷やかすようにボビーが言った。

「ちょっとは反省しろよ」

「面目ない」と吉良は言った。

その簡単な返事には弁解も外連《けれん》も含まれていなかった。ボビーは愉快そうに笑った。

笑っているうちに真行寺は結論めいたことを口にしていた。

――つまり、サランを突き動かしてるのはロック魂《だましい》じゃないですかね。

「ロック魂か」と吉良が言った。なんなんだ、ロック魂って。

――『ミー・アンド・ボビー・マギー』って曲があったでしょう。

出た。小声でボビーが言った。

――自由ってのは失うものがなにもないってことだ。だけど自由がなければ始まらないって歌ですよ。自由ですよ、白石サランが求めているのは。

〈ふーん。じゃあ、その白石サランと利害が一致している金主の狙いはなんなの？〉

「そいつも自由だ」吉良はそう言って腰を上げた。

そして、部屋を出た。

控え室の扉をそっと開けて中に入ると、水野はソファーにもたれかかっていた。疲労困憊《こんぱい》した様子だったが、真行寺との会話はひとまず終わったらしい。

テーブルの上にはペットボトルの水やらお茶やらコーラやらがいくつも載っている。

「いまインド人の男の子が持ってきてくれた」と背もたれにけだるく半身を預けたまま、水野が言った。

吉良はコーラのボトルを取ってキャップを捻《ひね》ってひと口飲むと、ノートパソコンにかがみ込んだ。

「お疲れ様でした。しかし、ああいう部下がひとりいると、面倒ではあるけれど……」

吉良がそう言ってからあとに継ぎ足す言葉を探していると、

「疲れるね」と水野が結んだ。

吉良は笑いながら、地図モードにして、真行寺を示す青い点を探した。それがいつのまにかステージにほど近いところまで移動していたので吉良は驚いた。青い点はステージの脇からこちらのバックヤードのほうに近づいて来て、しかし入口付近までくると急に足止めを食らったように停止し、やがて引き返していった。

「こっちに入ろうとしてノーティスに拒否られて帰って行きました」と吉良は言った。

「そう。ただ、結局は入ってくる気がするけどね、真行寺は」

「へえ。ある意味それはたいした評価だな。疲れても面倒でも、そういうのはいたほうがいいんじゃないですか、一課の課長としては」

「空模様で言うと、面倒のち疲労、ときどき頼もしいってやつかな」

部屋の天井の隅を見ながら水野は、笑いもせずにそうつぶやいた。


そのあと、真行寺の青い点は、フィールドの縁《ふち》に沿って並んでいる屋台の列づたいに移動し、とある位置でストップした。画面をライブ映像に切り替えてみると、ブルーロータス運輸研究所が出店している屋台の前で、刑事はあのアリババラサン・スペシャルという煮込み料理を食っていた。数ある店の中からここを選んだのは、インド料理が好きだからか、はたまたなにかを嗅ぎ取ってそこで足を止めたのか、そのへんは見当がつかない。なんにせよ、薄気味悪い動きである。さっき水野が口にした、やがて真行寺はここに入ってくるという言葉も、俄然《がぜん》気になりだした。

行政官僚がなによりも重んじなければならないのは、手続きの正統性だ。それこそが正義である。しかし自分は、大局的な視野に立ってと言い訳して、手続きを踏み外し、塹壕《ざんごう》に隠れて敵の動きを見張っている。しかし、やがて、敵と相まみえる時が来るにちがいない。そうでなければ、戦いは終わらないだろう。

十時になった。最初の奏者らが登場すると、ノートPCの小さなスピーカーからステージの音が聞こえてきた。うるさいなと思い、すかさず消音した。

「吉良君って、まったく聴かないんだっけ、こういう音楽は」

　水野は世間話のような話題を持ち出した。

「聴きませんね。これは世俗の音楽でしょう」

「世俗って？」

「音楽はどこかで宇宙とつながっていないとつまらないんですよ」

「それはどうかな。吉良君はおそらく、聖なるものというか、宗教的な領域につながっていなければならないと言いたいのだろうけど、こういう音楽だってそういう可能性を孕《はら》んでいる気がするけどな」

「そうかも知れませんが……。で、水野先輩は聴くんでしたっけ？」

「私は音楽全般が駄目なんだ。というか、特にポピュラーミュージックの定式が嫌なんだよね。あと聴かれかたも苦手だな。音楽を聴いているというよりも、心を慰撫《いぶ》する道具として使われている気がして。それとポピュラーミュージックってのは、作り手と演奏者が一緒でしょ。だから、音楽と一緒に作り手とか演奏者が出しゃばってくるんだよね。しまいには、音楽が好きなのかアーティストが好きなのかよくわからなくなっている」

「だったら、僕とほとんど同意見じゃないですか」

「そうなの？　いや、ちがうと思うな」

「どこがですか?」

「私は思うんだけど、音楽を聴くのも才能がいるんじゃないのかな。たとえば同じ環境で同じ曲を聴いても、聴ける人と聴けない人がいる。耳に届くまでの空気の振動は同じでも、鼓膜の震えかたが微妙にちがうのか、脳の中の神経の情報の伝えかたの精度がちがうのか、それとも音を受け取る心そのものがちがうのかはよくわからないけれど。ただ、私が思うに、本当に音楽が聴ける人なんて、そんなに多くはいないと思うけどね。おそらく吉良君は聴ける人なんだと思う。けれど、私はちがう」

そう宣言され、そうでないとも言いきれず、

「真行寺巡査長はどうなんですかね、水野先輩の診断では」と訊いた。

「どうかなあ。確信はないけど、彼はちゃんと聴いてるんじゃないかな」

その口ぶりから、問題含みではあるけれど、あの部下への評価はなんだかんだ言って高いんだな、と吉良は察した。

「吉良君の新しい彼女はどんな音楽聴いているの」

水野に突然そう言われ、狼狽《ろうばい》が顔に出ていないか吉良は気になった。

「新しい彼女って?」

「ああ、なんか元厚労省の医系技官とつきあってるって聞いたけど」

「誰から」

水野は笑った。

「なに言ってんのよ。猛アタックかけたって話題になってたよ。秘密でもなんでもないでしょ。一課に来てくれたときに、DASPAの同僚から無症状の感染者がかなりいることを教えてもらったって言ってたけど、それって彼女のことだよね」

図星を指され、吉良は二の句が継げなかった。

「まあ、吉良君は音楽が聴ける人とつきあったほうがいいよ」

ただ、水野のこの言葉は、都築瑠璃でなく、アンナ・ノヴァコフスカヤを思い出させた。聴けるどころではなく、このロシアの若き女性ヴァイオリニストは素晴らしいバッハを弾いた。音楽が好きなどうしで心が通じ合えばよい関係が保てるだろうと水野は言いたいのだろうが、彼女の音楽に魅せられたおかげで、吉良は大失態をやらかしている。

水野は、真行寺がスタンド席でおとなしく聴いていることを確認し、疲れたのですこし眠ると言った。ソファーで横になったらいいでしょうと声をかけ、電話をしてきます、と吉良は腰を上げて部屋を出た。

ステージの音がかすかに低く届く廊下でスマホを取り出した。

——どうだ順調か。

「これまでのところは。お休みのところすいません」

——うん。で、なんだ？　急用か。

「いちおう確認ですが、私がお願いした例の件は、どうなりましたか？」

——例の件ってのは、どの件だ。こら、美香《みか》ちゃん、そんなところに置いちゃ駄目だ。ちゃんと元のところに戻しなさい。

三波の後《うし》ろで幼子《おさなご》の声がする。

「一応、情報官から刑事部長のほうに、非公式ながらこういう動きをしているのでと一報を入れておいてくださいとチェアマンにお願いした件です」

——ああ、北島《きたじま》さんには言っといたぞ。

「北島さんは部長に言ってくれたんですかね」

——うん？　それはどうなっていたかな。

確認してないのか、と吉良は苦り切った。いまからだと三波は情報官に電話を入れてくれないだろう。土日や祝日の電話を北島が嫌うからだ。北島が嫌うことを三波がやるのはきわめて稀《まれ》である。

——なんかあるのか。

「いや、本庁刑事部の一課を巻き込んでるんで、そちらに迷惑をかけるようなことがあったらまずいと思いまして」

水野を見ていると、大局的には賛成だが、正式に筋を通していないことと、自分の部下を欺《あざむ》いているジレンマの中で、疲労を蓄積させているらしく思われた。

——まあ、月曜日に確認するよ。——美香ちゃん、学校に行けなくても勉強はしなくちゃいけないよ——それでな吉良、俺はむしろあっちのほうが、気になってるんだけどな。

「ああ、さきほど反応がありました。興味があるので話を聞きたいとのことです」

——脈はあると思うか。

「さあ、わかりませんが、ソフキンなら可能性はあると思いますよ」

——そこなんだが、総務省の方面には軽く話したところ、アイディアそのものはいいが、ソフト・キングダムってのは危険な匂いがすると言っていた。

「だけど、この話に興味を持つのはソフキン以外にないんですよ」

——だよな。……まあ、とりあえずまた進捗《しんちょく》があったら教えてくれ。

わかりました、と言って切って部屋に戻ると、水野は寝息を立てていた。起こさないように静かに腰を下ろそうとしたとき、けたたましい着信音が鳴った。それはテーブルの上に置かれた水野のスマホからだった。

瞬時に水野は上体を起こし、スマホのディスプレイで発信者を確認した。またしても真行寺弘道であった。水野はテーブルの上のミネラルウォーターを取ると、栓を切ってひと口飲んでから、スピーカーモードで出た。

「ご苦労様」まずそう言って水野は顔に落ちてくる髪をけだるそうに掻《か》きあげた。ねぎらいの言葉に対しての反応はなかった。

「予報によると雨は午後には止むらしいけど」と水野は言葉を継いだ。

――止んで欲しいですね、さよならばんどは近くで見たいので。

「なにかありましたか？」

――金主の話です。

またか。しつこいな、と吉良は思った。

――おそらくこのコンサートにはソフト・キングダムが絡《から》んでいますね。

水野が吉良を見た。吉良は手帳を取り出し、母親からもらった万年筆で、〃理由〃と書いて水野に見せた。

「そう思う理由は？」

――昨日と今日、この国立競技場はTATSU・MAKIというアイドルグループが解散コンサートをやる予定になっていました。

「そう言ってたわね」

――TATSU・MAKIはソフキンのCMに出てます、それもずいぶん長い間。

吉良はメモにこんどは〃スキップ〃と書いた。

「だから浅倉マリやサランに金を出していると結論づけるのは飛躍がありすぎるな」

――それだけなら。さらに、ソフト・キングダムはブルーロータス運輸研究所という完全自動運転の実験施設にも投資しています。そこの連中がこの会場に来ています、俺が見たのはカレー屋の屋台ですが。

くそ、カレーを食ったぐらいでよくもそこまで、と歯噛《はが》みしながら、吉良はもういちど〝スキップ〟の文字を指で押さえた。

「うーん。それも論理がスキップしているよ。カレー屋の屋台でブルーロータス運輸研究所をたぐり寄せ、そこから投資元のソフキンを引っ張り出すのは無理があります。それに、その屋台が件《くだん》の研究所が出した店だとしても、それはなんの問題もないような気がするけど」

吉良はうなずいた。正論である。

――たしかにそうですが。

すぐ真行寺は反応した。そうして、あとに笑いをつけた。どこか意図的な、こちらを嘲笑《ちょうしょう》していることをはっきり示すためのものらしく聞こえた。吉良と水野は笑いが立ち上る卓上のスマホを見ていた。吉良は下に向けていた視線を水野に振り向けた。

「笑うところじゃないんだけど」吉良の視線を受けて水野は言った。

――すいません。

しかし、笑声《しょうせい》は完全には消えず、くつくつと薄くたなびいた。

「先程の質問に戻るけど」そう言って水野は笑いを断ち切った。「ソフト・キングダムがこのコンサートを仕掛けているんだとして、彼らが狙っているのはなにになるわけ?」

――宣伝でしょう。

声の調子は急に真面目になった。

「さっきもそう言ってたわね、なんの宣伝？」

宣伝という言葉を聞くのは初めてである。さきほど吉良が席を外していた隙《すき》に、この話題になったんだろう。

――技術ですよ、ブルーロータスが絡んでいるとしたら。

「じゃあどんな技術だと思っているの、真行寺さんは」

卓上のスマホは沈黙した。意図的な無言だと受け取れた。やがて、思わぬ一言が聞こえた。

――課長なにかおかしいですね、これは？

なにが？　と吉良が書き、

「なにが？」と水野が訊いた。

――ソフト・キングダム、そして自動運転の研究所とくれば、彼らの狙いは読めるはずでしょう。

吉良は舌を巻いた。こいつは〝実験〟の狙いを見抜いている。

――読めなければおかしいんですよ、聡明《そうめい》な水野玲子課長ならば。

水野は即座に否定しなかった。この沈黙はここが急所だという自信を相手に与えるだろうと吉良は危惧《きぐ》した。

「そんな持って回ったような言い方されると心外だな」

――心外なのはこちらもです。そもそも、月曜日からしておかしかった。

「月曜日?」

白い水しぶきと、それを吐き出す鶴の銅像が吉良の脳裏《のうり》によみがえった。月曜日と言えば、この厄介な刑事の任をどう解くかを雲形池のベンチで水野と相談した日だ。そして、真行寺が登庁したときに、口説き落とせなかったことは責めず、その場で任務から解放してしまおうと打ち合わせたのだった。

――私が、白石サランの説得に失敗しましたと報告しに行ったときも、課長はどうも歯切れが悪かった。

「どういうふうに?」

――もう捜査を放棄してもいいと考えておられるのでは、という印象を受けました。

水野は、頬杖《ほおづえ》をついたまま、やれやれと頭を振った。自分の演技力の拙《つたな》さを悔《く》いているのだろう。

「それは誤解です」かろうじて水野は言った。

――いや誤解ではありません。しかし、ここはいったん切ります。

いきなり切れた。ふたりはテーブルの上でツーツーと鳴り続けるスマホを見つめていたが、ほどなく水野は人さし指を伸ばし、スピーカーをオフにした。

「感づいているな」と水野は言った。

否定はできないので吉良は、

「大丈夫ですよ」ととりあえず請けあった。

吉良はノートPCを手元に寄せて、ディスプレイに映る真行寺を見た。スタンド席に座ってステージのほうを注視し、その足はリズムを取っている。おまけに頭も揺れている。本当にこの手の音楽が好きらしい。体裁としては、休暇にこのコンサートを楽しみにここに来ていることになっている。それならそれでいいのだが、急に思い出したように、動き出し、あちこち嗅ぎ回られるのが煩わしい。しかも、その鼻がやたらと利くのがまた困る。

「いったん落ち着いてコンサートを楽しんでるようなので、休んでいていいですよ。おそらくこれ以上のことは彼にはできないでしょう」

水野はふふふと笑ってまたソファーに寝そべった。

「トラッキングのほうは順調ですか」と仰向けになって天井を見つめている水野が訊いた。

「さっき、モニタールームに行って技術者と話してきたら、いまのところは万事快調のようです」

「観客は増えてる?」

吉良は地図モードに切り替えて、画面の上の入場者数を読んだ。

「いま五千人を超えましたね」

現状では五千人を超えるイベントは自粛を強く呼びかけられているので、〝浅倉マリと愚か者の集い〟はそのラインを超えたことになる。これで後始末《あとしまつ》がうまくできなかったら、激しい非難に曝《さら》されることは決定的となった。ただこうなったら、あのふたりの技術を信頼するしかない、吉良はそう決心した。


コンサートはつつがなく進行していった。

観客はすこしずつ増えていった。

真行寺はほとんどスタンドに座って動かない。

折りにふれて吉良は、地図モードから防犯カメラのライブ映像に切り替え、この風変わりな刑事を観察した。ファスナーを下ろしたパーカーの下から黒いTシャツが覗《のぞ》いている。ぐいとピンチアウトしてTシャツに添えられている文字を読んだ。KEEP ON ROCKIN'と一部が読めた。年甲斐もなくよくそんなTシャツが着られるな、と吉良は呆れた。

しばらくすると、水野が目を覚ました。起き上がって、顔を洗ってくると言って部屋を出ていった。吉良は地図モードに戻してノートを覗き込むと、真行寺も移動していた。どこだろうと思ってその場所を確認すると、スタンド裏のコンコースだとわかった。カチャリ、とドアが開いて、化粧を直した水野が現れた。

「昼飯を食いませんか」ソファーに座った水野に吉良が尋ねた。

「あまりお腹《なか》すいてないけど」

「食べたほうがいいですよ。サンドウィッチくらいは食べられるでしょう。それに俺は腹が減りました。食いましょうよ」

「売店あるんだっけ」

「フェンス沿いに屋台の列が並んでいます。いろいろありますよ」

「フィールドに出て行くの？　真行寺に見つかったらまずくない？」

吉良は、青い点を確認し、ライブ映像に切り替えた。コンコースの広くなったところに長テーブルを置いて、ステージを降りたミュージシャンがCDの即売会をやっている。真行寺は女の楽団員ばかりが並ぶテーブルの前にできた列の後ろに並んでいた。女のサインをもらうためにCDを買うなんて、ロックもアイドルもあまり変わらないんだな、と吉良は勝手な解釈をした。

「巡査長は、サイン会に並んでいます。いま行けば、見つかることはないでしょう」

じゃあ吉良君の見立てでなにか軽いもの買ってきて、と言われたので、承知して、出た。

長い廊下を進んで、演奏者が奏《かな》でる音がじょじょに大きくなるのを耳にしながら、出演者の溜まり場になっている大きな楽屋の横を通り、ステージ脇の出入口からフィールドに抜けた。騒音としか聞こえない絶え間のない炸裂音《さくれつおん》が、吉良の耳を襲った。

濡れた芝生の上を歩きながら、いつの間にか雨があがったのを知った。

屋台の列を見て回った。思った以上にいろいろある。とりあえず水野にショートメールを送って、ホットドッグとタコスとケバブとバーガーならどれがいいかと尋ねたら、バーガーをと返事があった。支払いはオプトという電子マネーでのみ受け付けているという。面倒だなと一瞬思ったが、クレジットカードさえ持っていれば、その場でフリーバード経由で購入できると言われたので、一万円ぶんを買って、北海道でやったように、屋台の柱にくっつけてあるセンサーにスマホをかざして支払った。オプトはソフト・キングダムが猛烈にプッシュして利用者を増やそうとしている電子マネーだ。ここにもソフキンの影を感じた。

それから、自分はなにを食おうかといろいろ迷ったが、チャーハンなら控え室に持ち帰りやすいだろうと思い、DAIGOという幟《のぼり》の店でひとつ求めた。同じ値段で大盛りにできると言われたから、そうしてもらった。

控え室に戻ると、水野がコーヒーを飲んでいて、彼女の手が摑《つか》んでいたのは、テーブルの上にあったペットボトルではなく、店のロゴが印刷された紙コップだった。これを見た吉良は、バーガーを選んだのだから、コーヒー好きの水野には言われなくても買って来るべきだったと反省した。と同時に、どこからこれを調達したのかが気になった。

「ああ、さっきお手洗いに立った時、廊下ですれ違った男性に、コーヒー飲みたくないですかと訊かれたので、あるんですかって訊いたら、あとで届けますって言って、さっき持ってきてくれたのよ。吉良君のぶんも欲しければあるって言ってた」

驚いた。

「それはインド人？」思わず吉良は尋ねた。

バーガーの包装紙を剝《む》きながら、水野は首を振った。

「あれはどう見ても日本人だね。年格好で言えば私たちと同じくらいかな。髪が長くて肩まであった。なんかどこかで見かけたような気がするんだけど……」

やつじゃないか！　こっちは水野と鉢合わせしないように気を配ってるっていうのに、廊下で会って自分から声をかけるとはなにごとだ。かつてあいつが警察庁のお偉方を前に堂々とハッキングをやったあとで（もっとも、これは吉良のために一肌脱いでくれたのだが）、警察大学校の教授が警視庁を案内したことがあった。そのときに刑事部捜査第一課のフロアも入口からチラリと覗いている。

「最初見たときは、髪型から出演者なのかなと思ったんだけど……」

水野が記憶の糸を手繰り寄せることができないようなので、吉良は安堵《あんど》の息を吐いた。しかし、それもつかの間、「吉良君の知り合いなんだね」と言われたので、また驚いた。

「その人が俺のことを知ってると、そう言ったんですか」

「そうは言わなかったけど。そういう口ぶりではあったよ。ここにこれを運んでくれた時、私は吉良君がてっきり部下を連れてきてるんだと思ったけど、『あいつのぶんはまた持ってきますよ』なんて言ってたから、部下とはちがうんだな、と」

誰だろう、などと言ってごまかしながら、炒飯のプラスチックの容器の蓋を取ると、ひと匙すくって口に入れ、

「おお、あっさり味で結構うまいな」と話題を逸《そ》らせた。「どうですか、バーガーいけますか。屋台には佐世保《させぼ》バーガーって書いてありましたけど」

「うん、おいしいね。ひと口食べたら逆にお腹が減りだした」

佐世保バーガーの佐世保ってどういう意味なんですかね、などと言って、もういちど明後日《あさって》の方向に話題を押し込んでから、ノートPCを地図モードにして、吉良は真行寺の居場所を確認した。青い点は先程のコンコースにまだ留《とど》まっていて、しかしいまは緑の点に包囲されていた。ライブ映像に切り替えると、スーツを着た十人近い男たちに取り囲まれて立っている。

さあ、佐世保っていうぐらいだから米軍基地向けのボリューミーなバーガーなんじゃ

ないの。そんなことをつぶやいてからかぶりついた水野に、吉良は手元のノートを向けた。

「巡査長は誰かと打ち合わせしてますね」

「たぶん原宿署の刑事だね」画面を見ながら水野は言った。「真行寺のほうから指示を出しているみたいに見えるな」

　吉良の目にもそう映った。巡査長が警部補クラスに指示を出す。真行寺と一緒に署で働いた短い期間にも、こんな場面《シーン》は何度かあった。ありうる。吉良は、ある種の懐かしさとともに、そう思った。

　ちんとスマホが鳴った。

〈鳥海が赤羽の自宅を出ました。千駄ヶ谷《せんだがや》に到着したらまた知らせます〉

　吉良は〈了解〉とだけボビーに返した。

「なに？」PCの画面を見ながら水野が尋ねた。

「浅倉マリのライブハウスに自粛警察をしかけた鳥海という男が自宅を出たそうです」

「浅倉マリを感染させた疑いのある？」

「そうです。この会場にくればスーパー・スプレッダーになる可能性もあります」

「でも、鳥海が感染者だとは明確には言えないわけだよね」

「ええ、彼はいちどPCR検査を受けていて、そのときは陰性でした。けれど、それもいまはわかりません」

鳥海について「無症状の感染者じゃないのか」と北海道でボビーに訊かれて答えられなかった吉良は、帰京後すぐに池袋署から調書を取り寄せ、鳥海が一度ＰＣＲ検査を受けて陰性の判定をもらっていることを確認していた。

「そうなんだよねえ」感慨深げに水野が言った。

なにがです、と吉良は訊かないではいられなかった。

「とにかく、なにもかもわからないんだよ」

いまさらそんなことをしみじみ言われても困る。

「けれど、鳥海の場合、なにかに媒介させてウイルスをばらまく可能性もあるので」

「だけど、そういう可能性があるのは鳥海だけとは限らないわよね」

「まあ、そうです」

「それに吉良君の作戦では、鳥海が来ても放置するってことになってる」

「ええ、そもそも来たからと言って逮捕はできないので。ただ、北海道のチームと協議して、監視はオンタイムですることになりました」

水野は黙ってライブ映像を見つめていた。そして、ややあってから、いま真行寺は原宿署の刑事らと別れたよ、と告知したあとで、

「指示の内容が気になるな」と言った。

「どんなふうに気になるんですか」

「そもそも、真行寺がここにいる目的がわからない。いやわからないわけではないんだけど、いろいろとごっちゃになってる気がする」

「ごっちゃっていうのは？」

「建前では、休暇を利用してプライベートでコンサートに参加したことになっている。自分が自粛を求めていたコンサートをエンジョイするという神経がまずヘンテコなんだけど、私が公務としての臨場を許さなかったからそういう体裁をとってるとも解釈できる」

そうですね、と吉良は応じた。

「だから、会場に入るなり臨場しましたと電話を入れてきた。つまり、私に対するあてつけよね、これは。説得の失敗をいいことに彼を任務から外しちゃった私に対して、たとえ外されても俺はやるぜって宣言してるのよ。だけど、これまでの経緯を踏まえれば、余計なことをするなとは言いにくい。言ってもいい気もしないではないけれど、これからも真行寺には活躍してもらわなければならないから、あんまり信頼を失うようなこともしたくないわけ」

「わかります」と吉良はうなずいた。

「で、彼がなにをしてるのかというと、とにかく闇雲《やみくも》に会場をうろつき、そこらへんを

嗅ぎ回って、この〝実験〟の目的を探ろうとしている、そんな気がするんだよね。また
これが私たちにとってはいちばん困ることなんだ」
「まさしく」
「そして、これは鳥海のことにも関連するんだけど、このコンサートでなにかよからぬ
ことが起こりそうだったら、真行寺はそれを阻止しようと動くでしょう。さて、真行寺
はいま鳥海のことをどの程度把握しているのかしら」
「浅倉マリが何者かにサインを求められたことは知っています。ただ、それがライブハ
ウスにクレームをつけに来た鳥海だとまでは摑んでいないはずです」
「いまのところは」と水野は言った。「ただ、原宿署の刑事に指示を出したってことは、
なにか端緒《たんしょ》を握ったから動いたってことも考えられるんじゃないかな」
「どういう指示ですか?」
「さあ、わからない。ただ、鳥海が池袋でサインを求めた人間と同一人物だと察知して、
彼がこの会場で鳥海を見かけたら……」
水野が言い淀んだその先に、吉良は思いを巡らせた。どうするんだろう。いきなり逮
捕でもするっていうのか。コンサートにやってきた人間をいきなりふん捕まえるなんて、
いくらなんでもそんなことはできない。
水野は、バーガーを包んでいた包装紙をきれいに折りたたみ、容れてきたビニール袋

をゴミ箱代わりに、そこに入れた。

「ひょっとしたら私は真行寺を買いかぶりすぎてるのかもしれない」

これほどまでに部下を有能だと認め、その有能さに怯《おび》えなければならないのは皮肉である。吉良は炒飯を平らげ、空《から》になった容器をビニール袋に入れて、

「ちょっとこれを捨てて、コーヒーを調達してきます」と言って立ち上がった。

部屋を出るとモニタールームに行き、ゴミを始末してから、インド人たちの中からボビーを見つけ出し、「お前なに考えてんだよ」と詰め寄った。

「相手はああ見えて一課の課長だぞ。お前の正体がバレたら一大事だ」

「そんなこと言ったってトイレに立ったときに廊下でバッタリ顔を合わせちゃったんだから、しょうがないだろ」

「だとしても、わざわざコーヒーなんか持ってくるな」

「廊下で挨拶したときに、俺のことをまったく覚えてなさそうだったからさ。それに、あんなところに閉じ込めてないで、この部屋を見せるほうが実験の意図も明確に伝わるし、彼女も安心できるんじゃないのか」

「お前のことはどう説明する」

「そのくらいの案はお前が出せ」

「じゃあ妙案が出ればだな。ところで、さっき、真行寺がコンコースで原宿署の刑事た

ちと打ち合わせしてただろ」

「そうみたいだな」

「会話の内容はモニターしてなかったのか」

「いや、してない」

「なぜ」

「それはお前に対してサービスしすぎだ。だったら控え室の会話もモニターして向こうに聞かせないとフェアじゃないだろ」

「馬鹿野郎、フェアもなにも、俺とお前はいま呉越同舟《ごえつどうしゅう》だろうが」

「そうかもしれない。つまり、お前の考えが完全に正しいと思ってるわけじゃないってことだよ」

「ちょっと待て、お前は、真行寺の考えにも一理あると思ってるのか」

「理はないかもしれないが」

「かもしれないが、なんだ」

「面白いかも、とは思うね」

「どこが面白いんだ」

「そりゃあ愚かなところだろ。まさしく今日は〝愚か者の集い〟だよ」

もういちど馬鹿野郎と吐き捨てて、コーヒーはないかと訊いた。コーヒーをもらってくるという建前でここに来たので、持って帰らなければならない。なんとかしろ、と迫った。さっきポットで買ってきたから、そこからセルフサービスで勝手に注いで持っていけ、とすました顔でボビーは言った。

紙コップを手に控え室に戻ったら、水野の姿がなかった。また手洗いにでも立ったのかなとのんびり構えていたが、なかなか帰ってこないので、すこし心配になってきた。ボビーに頼んで水野の位置情報をもらおうかとも思ったが、やはりすこし気が引けて、よした。

やきもきしていると、ボビーからショートメールが来た。

〈鳥海は池袋にいる。香味亭に碇泊中《ていはく》〉

香味亭はいまは閉めている鳥海の店だ。そこでなにをしているのだろう。今日は来ないつもりなのか。来ても来なくても〝実験〟は成立するのでかまわないが、気にはなる。

カチャリと背後で音がして、ふりむくと開いたドアからスマホを耳に当てながら水野が入ってきた。

「そうですか。……ええ。ありがとうございます。たしかにそうです。階級は巡査長です。まちがいありません」

いったいなんの話をしているんだ、と吉良はいぶかしく思った。目の前で腰を下ろした水野は、耳に当てていたスマホをテーブルに置くと、ディスプレイを人さし指で触れ、スピーカーモードに切り替えて、その上に身をかがめた。

「ただ、腕のあることは確かです」

──それでは、真行寺巡査長は私用で来ているけれど、事実上は任務を帯びた臨場ということですか。

スピーカーからの声は原宿署の誰かだと知れた。

「そういうことです」

──では、間もなく連絡がつくと思いますので、もう少々お待ちください。

「お忙しいところわざわざありがとうございます」

──いえ、どうぞよろしくお願いします。

水野はテーブルの上のスマホにお辞儀をした後、人さし指で通話を切った。しなければならない質問はいろいろあったが、とりあえず、

「どこに行ってたんですか」と吉良は訊いた。

「これを調達してきた」水野は、ビニール袋から紙箱に入ったお菓子を出した。「甘いものが食べたくなって」

「外に出て買ってきたんですか」驚いて吉良は尋ねた。

水野は首を振った。「そのつもりでそっちのほうに行ったんだけど、途中で出演者の

溜まり場になっている楽屋を見つけてね、扉が開いてて、自由に出入りできる雰囲気だったから中に入ってみたら、テーブルの上にどっさりこれがあって、ずんぐりむっくりした男の子が、欲しければ持って行けって言ってくれて」

水野が紙の箱を開けると、祭の夜にインド人の子供がくれたあのスナック菓子が出てきた。

「これ北海道で食いました。めちゃくちゃ甘いですよ」

水野はどれどれとひとつつまんで齧《かじ》り、とたんに顔をしかめてペットボトルから水を飲んだ。

「たしかジャレビーとか言ってました。気をつけたほうがいいですね」

「さすがに甘すぎるね。楽屋にたんまり余ってるはずだよ」

そう言って水野は苦笑した。

「それで、さっきの電話はどこからですか」

吉良は本題に入った。

「原宿署の部長。ただ、先に私のほうから電話したんです。いまのはその折り返し」

「内容は？」

「コンコースで真行寺が原宿署の捜査員になにを言ったのかを確認するためです」

吉良がボビーに頼んで拒否されたことを、水野は独自に署に掛け合ってやっていた。

そりゃそのぐらいはしても驚くべきではなかった。水野は一課の課長である。

それにしても、真行寺はなにを彼らに指示したのだろうか。

「白石サランの聞き取り調査をした保健所所員と話をしたいから、手配してくれと言ったそうです」

通常ならばありえない〝指示〟だ。しかし、それよりも気になることを吉良は訊かなければならなかった。

「巡査長は保健所員と話してなにを引っ張り出そうとしてるんですかね」

水野は首をかしげて、もういちどペットボトルから水を飲んだ。

「サインか……」と吉良が言った。

水野はボトルに口をつけたまま、ちらと吉良を見た。

「白沙蘭は保健所員の聞き取りに対して自分はなにも知らないという態度を貫きました。浅倉マリとは濃厚接触していないと言い張って、PCR検査も拒否しています。だから保健所にはなにも答えていないに等しいんです。ただ、なにかないかとせっつかれ、池袋の路上で亡くなる数日前にサインを求められたと浅倉マリが言っていた、とだけ吐いています。そして沙蘭がそう話したことは巡査長の耳にも入っている」

水野はうなずいた。

「お話ししたように、このサインを求めた男が鳥海慎治であり、浅倉マリを意図的に感染させた疑いも濃厚です。このような解明を大規模でやろうというのが今日の実験なのです」吉良はあらためて整理した。

そうだね、と水野はうなずいた。

「けれど、そのことを真行寺は知らないはずだ」確認するように水野が言った。

ええ、と吉良はうなずいて、続けた。

「整理すると、さっき原宿署の署員たちに会う前に真行寺がなにをしてたかというと、出演を終えたミュージシャンのCDの即売会でサインをもらってました。その時に、浅倉マリも池袋でファンにサインをねだられたことを思い出した。——これはあり得ますよね」

「サイン、つ、つながりってやつだね」と水野は言った。

「——さらに、池袋のファンというのはひょっとして鳥海のことではないかと疑いだした——」

「そこはまたスキップしてるね」

「ええ。——ただ、推理ってのはどこかでスキップするんですよ」

「そうなんだけど、とにかく、鳥海があやしいと真行寺が嗅ぎつけたかどうかは不明だし、その理屈をどのように引っ張り出したのかもいまはわからない」

「ええ、そこがスキップしてる部分です」吉良は認めた。

「けれど、真行寺は、池袋のファンが実は自粛警察をやらかした鳥海ではないかと疑いだして、そこを確認しようと保健所の所員と話したがっているのではないか、そう吉良君は疑ってるわけだ」

「そうです」

「そして私もそうじゃないかなと思い始めている」

「そうなんですか」吉良は驚いた。

「そうなのよ。だから、ややこしいんだ、まったくもう」

最後は嘆くように水野は言った。


ライブカメラが捉えた真行寺は、スタンド席にじっと座って熱心にステージを見つめていた。いちどまたフィールドに下りると、ＤＡＩＧＯという店で吉良が求めたのと同じ炒飯を買って、スタンドに戻って頬張った。

「ここの炒飯、うまいですよ」

席に座って匙《さじ》を動かしている真行寺をディスプレイの中に指さして、吉良は言った。

「意外と好みが似てるのかもよ、おふたりは」と水野は薄笑いとともに寸評を加えた。

それから、ステージに登場するバンドがいくつか替わり、入場者数は一万人を超えた。そして、カウンターの数字はさらに勢いを増して上昇していった。日差しがほんのすこし翳《かげ》り始めた頃、ついに動きがあった。

ポケットからスマホを取り出して耳にあてた真行寺は、スタンドで立ち上がり、そこを後にした。激しい音を避け、会話のしやすいところに移動しているのだと思われた。

吉良は、真行寺が立ち去った後のスタンドのライブ映像を地図モードへと切り替えた。青い点はコンコースにあった。またライブ映像に切り替える。真行寺はベンチに座ってスマホで話していた。その表情は、さきほど原宿署の捜査員らに向き合っていた時よりもずっと柔和なものに変わっていた。通話の相手はおそらく保健所所員だ、と吉良は推し量った。タブレットで同じ映像を見ていた水野が、

「これってもう少し絵を大きくできないのかしら」と言った。

「ピンチアウトでできます」

水野は人さし指と親指を動かして、ディスプレイの映像を拡大した。吉良も手元のノートPCの上でこれに倣《なら》った。

「なるべく下手《したて》に出て、丁寧に接するようにしてる顔だなこれは」と水野が評した。

真行寺はにこやかにうなずきつつ、質問を重ねていた。表情から察するに、鑑取りは順調のようだ。やがて、スマホを耳に当てたまま、ぺこりとお辞儀をして、切った。その間際に、彼の唇がありがとうございます、と動くのが見えた。

「これはなにか勘づいたな」と水野は言った。

真行寺はスマホをしまって満足そうに立ち上がると歩き出し、カメラのフレームの外へと消えた。すぐさま地図モードに返して追跡すると、青い点はふたたびスタンド席に戻っていた。


次に真行寺が動いたのは、夕暮れ時になってからだった。やおら、立ち上がると、いちどコンコースに回って、フィールドに降りた。そのまま、ステージに近づき、演奏を間近で体験しようとする熱心な聴衆の一員となった。年甲斐もなく踊るのかな、と吉良がいぶかしんでいると、

「この次に出るバンドって、たしか真行寺の居候《いそうろう》がやってるやつじゃないかな」と水野が言った。

「へえ……本当ですか」

「だって吉良君からもらった資料にそう書いてあったよ。荒川河川敷に遺棄されたインド人旅行者の事件での鑑取りをきっかけに、森園みのるを自宅に住まわせることになったって。彼が白石サランのボーイフレンドよね」

「へえ、なんてバンドですか。…………愛欲人民カレー……。頭がおかしいとしか思えんな」

「聴きに行ってみる?」

「え、冗談でしょ。嫌ですよそんな名前のバンドの音聴くのは。それに真行寺と顔を合わせたらどうするんですか」

「スタンドで見れば大丈夫よ。それに炒飯だけじゃなくて案外と趣味が合ってるのかもよ吉良君と真行寺は。私は行く」


裏のコンコースからスタンド席に出てフィールドを見渡すと、観客がずいぶん増えていた。ステージの上に掲げられた電光掲示板が示す入場者数は一万五千を超えて、さらに忙《せわ》しくその数を書き換えている。その勢いから察するに、二万に達するのは時間の問題だと思われた。

「すこし離れようか」と水野が言ったので、吉良は彼女から三列前の斜めに席を取った。ステージに向かって少し右側から聴くことになる。腰を下ろした時、また、ちんとスマホが鳴った。

〈鳥海が香味亭を出た〉

来る。そう思いながら、スマホをポケットにしまった。

愛欲人民カレーとコールされたあと、舞台に出てきたメンバーは、自分の持ち場で楽器の調整かなにかをはじめた。そのうち、背の低い、おそらくベースだろうと思われる大きな弦楽器を肩から胸のあたりに提げた小柄な女性が、マイクの前についと寄ってきて、「愚か者です」と言った。

会場は、「おお！」と反応した。

それから、ベース奏者は楽器の頭を観客のほうに突き出すような格好で、四分音符が連なる単純だが印象的なモチーフを弾き始めた。なんども繰り返し、いつまで続くのだろうと焦《じ》れてきたその刹那《せつな》に、反復も音階も無視するかのように、濁流《だくりゅう》のようなノイズがステージから押し寄せてきた。それは会場の隅々にまで達して、スタジアム全体をひたひたと満たした。水位はゆっくりと下がり、下に沈んでいたベースのモチーフがまた顔を覗かせた。と思うといきなり、打楽器奏者が小太鼓の小刻みな打撃音を繰り出し、重低音の太鼓で変拍子を刻みながら、さらにシンバルの金属音をちりばめてリズムを走らせ始めた。これにギターが弾く属音《ぞくおん》を加えた分散和音が重なった。その和音《コード》がベースが弾く調と合っておらず、それでいて無調ではなく、ノイズと打撃音の向こうにダリウス・ミオーのような多調の音楽が見え隠れしているような気にもなった。

ともかくいま聴いているのは、これまでロックという言葉で吉良が思い描いていたものとはまったくちがう音楽だった。曲は変調をくりかえしながら、安定することはなく、そこに不安定なノートやスケールが表《おもて》になったり裏《うら》になったりして、さらに複数の太鼓を同時にあやつる打楽器奏者《ドラマー》が、世界を、時の流れを、前へ前へと押し進め、そしてやがてこれまでぶつかり合っていた調性もすべて溶けて、ほぼ完全なカオス状態になり、時間が止まってあたかも終末が訪れたような、満たされているがなにもないような混沌《こんとん》が世界を支配したとき、冒頭のベースのモチーフがあたかも交響曲の再現部のように現れて、打楽器がこのリズムを揺さぶるような裏拍《うらはく》を打ち、ギターはと言えば、鼻をつまんで口を開けたり広げたりして出す声のような、高域と中域が交互に強調された音を奏でつつ、調性の外へ内へと出入りをくりかえしながら、冒頭とは打って変わって清廉《せいれん》な電子の和音が加わって、その歩みは徐々に緩慢になって、そして停止した。

盛大な拍手が起きた。悪くない。吉良もそう思いつつスマホを取り出した。見ると、轟音《ごうおん》で着信音が聞こえなかったが、ボビーからショートメールが一件来ていた。

〈鳥海は山手線に乗って新宿方面に向かった〉

驚いて時間を確認したら、二十分ほど前のメールだった。

立ち上がった時、またちんと鳴った。

〈鳥海は千駄ヶ谷駅に到着〉

振り返ると水野も立っていた。

「鳥海が来る」水野にそう言った。「間もなく会場に入る」

「どうだった」

肩を並べてバックステージの通路を歩きながら、水野が言った。

「意外とよかった。めちゃくちゃなようでいて、ぎりぎりで音楽になっていた。感動とまではいかないけど感心はした」吉良は本心に近いところを言葉にした。

そう、と水野がうなずいただけだったので「先輩はどうでしたか」と吉良は訊き返した。

「そうだな。よかった部類に入るね。少なくとも私が音楽に対して腰が引けちゃうようなところはなかった」

吉良も同意見だった。楽屋口の前を通ったとき、演奏を終えた面々が、開放感に満ちた笑顔で、ビールの缶をぶつけ合っているのを見て、ちょっとした敬意も抱いて、軽く会釈してその前を通り過ぎた。

「あのちっちゃい子よね、真行寺の居候は。さっき、あのインドの甘すぎるお菓子を持って行けって勧めてくれた……」

「え、彼が曲を作ってるんですか」

なんとなく鈍重な感じのする少年だった。あんな複雑で深遠な音響を作るようには見えない。さっきのステージでも、演奏しているというよりは、鍵盤をすこし弾く以外は、ずっとつまみをいじっていた。

「そうなんじゃないの。愛欲人民カレーってのは森園みのるのことだって、出演者紹介のコーナーに書いてあったから」

突然、モニタールームのドアが開いて、ボビーが顔を出した。驚いている吉良の前に人さし指を突き出してそれを手前に曲げ、ちょっと来いと合図した。

先に戻っててください、と水野に声をかけ、吉良は薄く開いたドアから身体を入れた。

「鳥海が会場に入ったのか」後ろ手でドアを閉めるなり、吉良はそう訊いた。

「ああ、それも言わなきゃな」思い出したようにボビーは言った。

「ほかになにかあるのか」

「真行寺がバックヤードに入ったよ」

驚いた吉良は、そう告げてなお平然としているボビーの顔を眺めた。

「ノーティスの遮断機を無理矢理突破したのか」

「いや、愛欲人民カレーのメンバーにステージから客席へスマホを投げてもらい、そいつで入った」

「それでいまどこにいる」

「楽屋口だ。とりあえずいまメンバーと乾杯している」

吉良はボビーが指さすモニター画面を見た。通路にたむろしているメンバーたちに交《ま》じり、真行寺が缶を手に小太りの青年と話している。お前はメンバーでもなんでもないだろう、なにをやってんだ。そんな言葉が吉良の口からこぼれた。そして、ボビーに振り向いて、

「駄目じゃないか、こんなゆるいセキュリティじゃ」と文句を言った。

「うるさいな。これからいくらでも強化しようと思えばできるだろ」

「おい、やつが動いた。いま楽屋に入っていったぞ。カメラを切り替えてくれ」

楽屋の中のカメラが、ふらふらと入ってくる真行寺を正面からとらえた。なにかに誘われるようにこちらに真っ直ぐやってくる。

「誰か知り合いでも見つけたかな」と吉良は言った。

しかし、真行寺は部屋の中央で突如立ち止まり、じっと前方を見つめた。

「真行寺の後ろにカメラは置いてないのか」

吉良がそう言うやいなや、真行寺の背中越しの映像に切り替わった。彼は大きなテレビモニターの前に立っていた。吉良たちがモニターの中に真行寺を見ているように、真行寺もモニターの中に誰かを見ている様子だ。

吉良は視線を振り上げ、壁のスクリーンを見た。そこには観客席が映っていた。しかし、しばらくするとランダムに切り替わる映像は、またステージを正面から捉えた。さきほどの観客席に真行寺は誰か気になる人間を発見したにちがいない。その人物はおそらくひとりしかなかった。

「鳥海だな」と吉良が言った。「鳥海はいまどこにいる」

「東7区のスタンドだ」すぐさまボビーが答えた。

まちがいない。先程のスタンドの映像の中に真行寺は鳥海を発見したのだ。吉良はふたたびモニター画面の中の真行寺を見つめた。真行寺はスマホをポケットから取り出し、電源を入れた。バックステージに侵入する際、借りたスマホのほうをノーティスに認証させて関所を抜けようとして、自分のスマホは感知されないように電源を落としていたのだろう。しかし――、と吉良は思った。

「自分のスマホを起動させればフリーバードが騒ぎ出すんじゃないのか。いてはいけないところにいるわけだから」と吉良はボビーに問い質した。

「まあそうだが」のんびりした調子でボビーは言った。「電話ぐらいかけさせてやろうぜ」

おい、と吉良はボビーの目を見据えた。

「なぜこんな子供騙《だま》しの手口でやすやすと侵入されるんだ。ノーティスは入場時に顔認証をしてるはずだろ。さっきまでの面相《めんそう》と一致しない人間の侵入をどうして許すんだ」

すると、意味ありげな笑いがボビーの顔に広がった。いやあ、と言って頭を掻《か》き、近くのディスプレイを見た。真行寺は必死の形相でスマホに向かい怒鳴っている。

「頑張ってるなあ」とボビーが言った。

そのからかうような気楽な口調で、ようやく吉良は気づかされた。

「わざとだな。――わざと招き入れたんだろう、ここに」

ボビーはやれやれというように首を振って、

「いま真行寺が話してるのは原宿署の刑事たちだ。鳥海を捕まえようと躍起《やっき》になっている。俺たちは、鳥海がここでウイルスをまこうが、それはどうでもかまわない。どうせシステムが感染拡大を潰すだろうから、かえって宣伝になっていいくらいだ。ただ、鳥海がやっていることは自然な行為ではないので、大人数が集まる集会でどの程度感染が発生するかということを知るにはイレギュラーな要素とは言えるから、取り除いたほうがいいと思うけどな」

ひょっとしたら、と吉良は思った。ボビーは、真行寺の目に入るように、わざと控え室のモニター画面に鳥海の映像を出したのかもしれない。

「真行寺がいまの通話を切ったあとはどうするんだ。フリーバードにそこから出て行けと命令させるのか？」

「いや、せっかくだからここに呼んでやるつもりだ」

「なんだって」吉良は呆れ返った。

「いいか、いま真行寺はスタンドに鳥海がいるのを発見した。しかし、鳥海がいたのはスタンドのどの方面なのかはわかっていないはずだ。だから原宿署に伝えたのも、この会場に鳥海がいるということくらいだ。原宿署から動員された刑事は十二人。しかも、やつらは西側スタンドにいるから鳥海を見つけるのはかなりの難題だ。だから、ちょっと手伝ってやるんだよ」

「なにを言ってるんだお前は」と吉良は憤った。「鳥海の居場所《いばしょ》を教えてやるってことは、フリーバードの追跡機能をバラすことになるじゃないか」

「かまわないさ。やつはもうそのおおよそは見抜いているよ」

そうなのか、と吉良は唸った。だったら問題は、すべてを知った時、真行寺がどう動くかだ。こちらは今回、正当な手続きをすっとばしている。おそらくそこを突いてくるだろう。

「お前がやりたいことはいったいなんだ」時間があまりないと察知した吉良は単刀直入に訊いた。

「とりあえず、真行寺には鳥海の居場所を教えてやる」

もうこれはたいした問題ではない、と吉良も腹を括った。

「それで」と吉良は先を促した。

「問題は次だ。お前に北海道で見せたように、真行寺にもこのシステムを見せる」

これにはまったくもって驚いた。

「なぜだ」

「俺とエッティラージに個人的な事情があって、そうしたいんだ」

「なんだその個人的な事情ってのは」

「それは話せば長くなる。ただ、お前にやったようには親切にはやらないよ。真行寺にはハンディをつける。その上で自分でこのシステムとその意図を理解できなければそこでおしまいにしよう」

「真行寺がシステムの仕組みと目的を理解したとしたら、どうする。おそらくやつは逆上するぞ」

「だから、お楽しみはそこからだよ」

ふざけんなと怒鳴ろうとした時、

「さて、真行寺はスマホを切ってこちらに向かったぞ」とボビーが言った。「間もなくここにやってくる」

いますぐの対面は避けたかったので、吉良はいったん退却することにした。

「この部屋の映像は送ってやる。コントロールキーとシフトキーとZを同時に押せ」

ドアを閉めるとき、中からボビーの声がした。と同時に、廊下の向こうから勇ましい足音が迫ってきた。突き当たりを右ですというフリーバードの声も角の向こうに聞こえた。吉良はドアを出てすぐ左に進み、逃げるように足音から遠ざかった。

急ぎ足で控え室に戻り、ドアを開けると、水野はソファーの肘掛けを背に、靴を脱いだ足を伸ばして、スマホを眺めていた。

「わりと盛り上がっているね、愛欲人民なんちゃらは」

おそらくTwitterを見ているのだろう。この状況に似つかわしくない水野の悠長《ゆうちょう》なつぶやきに構っている暇はなかった。ノートPCを引き寄せ、ボビーに教わった手順で、モニタールームにライブ映像を切り替えた。

画面の中で、真行寺は車椅子のエッティラージと握手を交わしていた。吉良は、テーブルの上のコーラのボトルを摑むと栓を切ってごくごく飲んだ。

「〝#浅倉マリと愚か者の集い〟とか〝#愚か者の集い〟っていうのもできているみたい」

水野はスマホを見ながら暢気なことを言っている。吉良は部屋の空気を一変させることにした。

「真行寺がバックヤードに入りました」

タブレットから顔を上げ、水野が視線をぶつけてきた。

「どうやって入ったの」

「まあ、ちょっとしたズルを」

水野は笑った。まるで歓迎しているかのように。

「で、どこにいるの」

「モニタールームです。さきほど僕が呼ばれて立ち寄ってたところです。コントロール、シフト、Zでそこの映像に切り替わります」

ちんと音がして、ショートメールが来た。

〈モニタールームの映像は、二本の指をディスプレイの上で動かせば、その方向にカメラは動く。寄ったり引いたりしたいときは、さっきと同様、ピンチアウト・ピンチインでOKだ〉

吉良はそのままを水野にも伝えた。

「この車椅子に乗ってる人は？」タブレットの画面を切り替えると、水野は言った。

「ブルーロータス運輸研究所の所長です。このシステムの総監督になります」

ディスプレイの奥に、手を上げて自分の位置を教えている長髪のボビーが見えた。

「あれ、この人はここにコーヒーを届けてくれた人だ。さっき廊下で吉良君を呼んでたよね」

吉良はなにもコメントしなかった。

画面の中では、近づいてきた真行寺に、ボビーが愛想よく対応していた。しかし、真行寺のほうは仏頂面《ぶっちょうづら》だ。さかんに動くその口つきにも不満が表れている。一見して苦情を言っていると知れた。しかしその態度は、ボビーが手元のモニター画面を指さした時、一変した。真行寺が慌てだした。すぐにスマホを取り出し、激しい口調でボビーになにかを訴えはじめた。

「どうかしたのかしら」

「会場に鳥海を見つけたんでしょう」と吉良が言った。

　おそらく、ボビーが鳥海の居場所を映像で教えてやったのだ。〝サービス〟として。

「じゃあ、電話の相手は原宿署の署員だな」

「そうですね。彼らに鳥海の身柄を押さえさせようとしているにちがいありません」

「身柄を押さえるのは、鳥海がウィルスをばらまこうとしている、と真行寺が疑っているからだよね」

「ええ、巡査長はそう確信してる。ただ、確たる証拠はないまま勘で動いてるんだと思いますが」

　突然、エッティラージが頭上を指さした。そちらへ吉良は画面を振り向けた。壁にかかった巨大なスクリーンに、国立競技場を真上から俯瞰した地図が映し出されている。その上にもぞもぞと虫のように動くおびただしい緑色の点のひとつひとつが観客を意味していることを、真行寺はすぐ理解するにちがいない。モニタールームがすべての入場者の動きを監視していることも知るだろう。──吉良はそう観念した。

　画面のある部分が拡大された。吉良がディスプレイの上で指を使ったのではない。おそらくボビーが真行寺のために操作したのだ。一気に拡大された画面は、のろのろと這《は》うように移動しているひとつの点に迫った。鳥海だ。いま真行寺は鳥海の位置を掌握《しょうあく》した。と同時に、広大な地図の中から特定の人物の位置情報を瞬時に抽出する能力を目の当たりにした。吉良は画面を地図から真行寺に戻した。

真行寺はボビーとなにかやりとりしたあと、ボビーの手元のモニター画面に視線を移し、それからボビーとのやりとりがまた激しくなった。

真行寺はスマホをまた耳に当てた。

「鳥海が観客の中に飛び込んで……」と吉良が言ってその先を言い淀み、

「……まきちらしたってこと?」と水野があとを継《つ》いだ。ウイルスという言葉は使いたくないようであった。

真行寺はスマホを耳にあてて怒鳴《どな》りちらしている。その様相から見るに、大変な惨事がフィールドで起きているのではないかと肝が冷えた。ここを飛び出して現場へと駆けつけるべきだろうかと思った時、
ちん。吉良のスマホが鳴った。

〈鳥海はフードエリアのDAIGOという店に立ち寄った〉

DAIGOに。なぜだ。ならばどうして真行寺はそんなに焦らなきゃならないんだ。

〈DAIGOの店主は倒れた。感染している模様〉

なんだって。吉良は思わず立った。そして水野に振り向いて、

「感染者が出ました」と鋭く言った。

タブレットを抱え、すぐに水野も立った。ふたりで部屋を出て廊下を走った。水野の

ヒールが冷たいリズムを長い廊下に響かせた。

コンコースを東側に回り、轟音に身を曝してスタンドからフィールドを見下ろした時、さらに膨れ上がった観客に吉良の目は見開かれた。そして、その視線はDAIGOの位置を探してさまよった。さっき立ち寄ったばかりだったので、それはすぐしかるべき位置に定まった。

店の前に出した簡易テーブル近くの地面に、藍色の作務衣《さむえ》を着た店主が倒れている。そのそばで鳥海らしき細身の男がおろおろした様子でスマホを耳に当てている。相手は真行寺だろう。やがて、向こうからスーツ姿の男がバラバラと走ってきた。原宿署の署員だ。

鳥海がスマホを耳から外した。すると今度はいれちがいに、刑事たちの先頭を走っていた男がスマホを取り出し耳に当て、なにか叫びだした。ステージに組み上げられたスピーカーから放射される轟音で怒鳴りでもしなければ会話ができないのだろう。先頭をゆく刑事は歩速を緩めながらも、いったん切ってから、また耳に当てた。真行寺の指示で、どこかに連絡を取っているものと見て取れた。

やがて、刑事たちは鳥海を店主から引き離し、野次馬も下がらせて距離を作った。もっとも、地面に倒れている店主は、フィールドにいる観客の注目をさほど集めてはいなかった。もうそろそろ本日の主役であるさよならばんどが登場するからだろうか、スタンドからフィールドへの人の流れはいちだんと激しくなっていた。吉良はステージの上にかかっている電光掲示板を見た。ちょうどその時、入場者の数字が三万を超えた。吉良は慄然《りつぜん》とした。多すぎやしないか。これはもう鳥海がいなくたって感染は起きるだろう。

濁流のようにフィールドに押し寄せる人の流れの中に、白衣があった。担架を抱えた救命士たちはフィールドに降り立つと、ステージへ向かう流れから離れ、DAIGOのほうに向かった。

店主は直ちに担架に乗せられ、フィールドの外へと速やかに運び出された。次いで、鳥海も原宿署の刑事に誘導されて、出口へと動き出した。ほっとする暇《いとま》もなく、こんどは真行寺の動きが気になった。

「モニタールームの様子はどうなっていますか」吉良は水野に尋ねた。

水野は持ってきたタブレットを吉良のほうに向けた。

真行寺は大きなスクリーンに掲示された俯瞰図を眺めている。いまそれは関東全体を視野に入れる縮尺率となっていた。

同じような体験を吉良も北海道でした。研究所から胆振《いぶり》地方、そして道全域、さらに日本列島に縮尺率を縮め、フリーバードをインストールしている者らがいる場所の全図《ぜんず》を見せてもらった。いま同様の画面を目撃した真行寺はなにを感知し、そしてどう動くだろうか？

鳥海の位置情報が地図上に表示されるのを見た真行寺は、ボビーやエッティラージに質問を重ね、そしてその後に、この画面を提示させたのだろう。つまり、フリーバードさえインストールしてもらえば、会場にいるいないにかかわらず、位置情報は取得できるということをこれで真行寺は知ったことになる。

「戻りましょう」

吉良は水野とともにスタンドを出て、コンコースを控え室へと引き返した。

道すがら、真行寺がいまなにを考えているかについて、吉良は思いをめぐらせた。

真行寺はフリーバードをインストールしている。だから、フリーバードが位置情報をたえまなく吸い上げていることは、すでに気づいているだろう。

そして、たったいま鳥海の身柄を拘束する際に、このシステムの世話になった。つまりその味を知ったわけだ。

真行寺は、吉良が北海道で問うたように、「インストールした時点よりも過去に遡《さかのぼ》って、位置情報を追うことはできるか」と尋ねるだろうか？　微妙なところだが、もしそう問えば、あのふたりは気前よく「できる」と答えてやるだろう。

そして、そう質問したとしたら、質問の目的はひとつしかない。すぐに真行寺は、五月十一日の浅倉マリと鳥海慎治の足取りを地図の上に表示させる。そして、池袋駅付近の同じ場所に、同時刻にふたりが数分間滞在したことを突き止めるだろう。

そしてまたたく間に、短いストーリーを完成させる。浅倉のマンションの前で待機していた鳥海が、彼女がマンションから出てきたところを尾行し、午後三時十五分に駅前で浅倉に声をかけてサインを求め、なにかに付着させたウイルスを彼女に感染させた、という筋を。

「モニタールームの様子はどうなっていますか」

横を歩いている水野に吉良は尋ねた。水野は手にしたタブレットを一瞥《いちべつ》し、

「三人でいまはお茶を飲んでいる」

控え室に戻り、水野と向かい合う形で、たがいにソファーに身を投げた。

水野はふうと深いため息をついた。

「これで真行寺はほぼすべてを知ったわけね」

「あと少し残っていますが、キモの部分は摑んだことになります」

吉良は、そう言って残ったコーラを飲み干すと、もう一本栓を切った。

このコンサートを可能にしたのは、徹底的な監視と追跡のシステムだ。それは匿名《とくめい》の自由を奪うと同時に、このコロナ禍で人々が集まり移動することを可能にした。なぜなら、クラスターが発生しても感染ルートをすべて可視化し、剝き出しにするからだ。映画館に行こうが、キャバクラに行こうが、はたまたソープランドに行こうが、そしてそ

の行動について黙秘を決め込んでも、容赦なく暴き立てる。その一例を、さきほどこの会場におけるＤＡＩＧＯの店主と鳥海の例で確認した真行寺は、これをさらに鳥海と浅倉に適応し、浅倉マリに対する鳥海の〝未必の故意〟を暴く。

さて問題は、真行寺がこれをどう評価するかだ。ひょっとしたら、匿名の自由と移動や集会の自由とのトレードオフであり、これはもう致し方ない、と吉良と意見を同じくするのではという期待もした。

「それはどうかな」タブレットの上でピンチアウトして、画面を拡大しながら、水野が苦笑いを浮かべた。「真行寺がこのシステムとその実験の全貌を摑んだとしたら、開発者はその利点についても話すはずよね」

「そりゃそうでしょうね」

「真行寺のこの顔を見るに、それはいいアイディアだ、と納得してるようには見えないな」

そう言って水野はタブレットをこちらに向けた。刑事は凄《すさ》まじい形相で、ニヤニヤ笑っているボビーを睨みつけている。

突然、真行寺はスマホを握った。

どこに電話するのだろうと思っていたら、控え室に着信音が鳴り響いた。鳴っているのは水野のスマホだった。水野は肩をすくめた。出るんですか、と訊こうとしてよした。

出るだろう、当然。

水野は、スマホをテーブルの上に置き、スピーカーモードにして、応答ボタンを押した。

「もしもし」

――わかりましたよ。水野課長がいつになく俺をねぎらい、慰労してくれた理由がね。

吉良と水野は顔を見合わせた。そして、水野は薄く笑った。

――いまどちらにいらっしゃいますか。

「都内です」とりあえず水野はそう答えた。

するとテーブルに置いたスマホから、けたたましい笑いが立ち上《のぼ》った。

――国立競技場におられるんでしょう。

吉良はため息をついた。

「ええ」

――私が白石サランを説得しようとしている途中で、課長は方針を切り替えた。いや切り替えたのは課長なのか、それともＤＡＳＰＡの吉良警視正なのかは正直なところよくわかりません。

俺だよ、と吉良は心の中で言った。

――ともかく、このコンサートを中止にする必要はどこかでなくなったんです。このコンサートで新しい管理システムを実験する方向に舵を切ったのは、おそらく私がPCR検査で入院した金曜日から、白石サランの説得に失敗したことを課長に報告するために登庁した月曜日までの間でしょう。おそらくその間に、打ち合わせもしたんでしょうね、吉良警視正と。

水野はスマホに向かってうなずいていた。

——水野課長があんなにやさしいわけはないんですよ。

水野は口に手を当て、声を立てずに笑った。

——吉良警視正は近くにおられますか。

やれやれ。それにしても鼻が利くやつだな、と感心した。そして、こうなったらもう全面対決しかないと覚悟を決めた。テーブルの上の水野のスマホを手元に引き寄せ、その上にかがみ込んだ。

「もしもし」

吉良はなるべく明るい声を出そうとした。

——いったいこれはなんですか。

「なんですか、とは?」

——捜査一課を変なことに巻き込まないでください。

なんだそりゃ、と吉良は思った。いきなり課全体の話を持ち出すのも妙だなと思い、

「変なこととは、ご挨拶ですね」と言ってやった。

――おい。

相手の声がざらついた低いものに変わった。

――この実験、ちゃんと筋通してるんだろうな。

ちくしょう痛いところをついてきやがったな、と吉良は顔をしかめた。と同時に、腹も立った。大局を顧《かえり》みず、自分は個人主義に逃げ込んで知らぬ存ぜぬで通しているくせに、気分次第で建前を使う。お前は筋が通っていればいいのか。実務というものを知らんのか。そんなに筋を通すのが好きなら、評論家にでもなりやがれ。こうなったら、やってやろうじゃないか。

「わかりました。こちらに来ていただけますか、お待ちしています」

そう言って、指を伸ばして通話を切った。

「すみません」と水野が頭を下げた。「教育がなってなくて」

まったくだと思いつつ、いえいえと言いながら、吉良は腰を上げ水野の隣に移動した。こうして、ふたりで真行寺を迎え撃つフォーメーションを固めた。

ちん。スマホが鳴った。

〈お楽しみはこれからだ〉

7　経済を回せ！

ノックはなかった。いきなりドアが開き、真行寺が入ってきた。年齢《とし》は食っているが、髪の毛もさほど寂しくなっておらず、ジーンズとTシャツとパーカーにスニーカーという出で立《いでた》ちで、ずいぶん若く見えた。

「どうぞ」

吉良が目の前のソファーを手で示すと、そこに半身を投げ出すようにして座った。

「おひさしぶりです」

とりあえずそう言って、どれでもお好きなものを、とテーブルの上に並ぶ飲み物を勧めた。真行寺は黙って緑茶を取った。

「で、筋を通しているのかどうかってことですが」と吉良は続けた。「正直ビミョーです。もっとも、完全に極秘でおこなっているわけではありませんが……」

曖昧《あいまい》な表現ではあるが、正式な手続きを経ていないことを吉良は半ば認めた。たちまち相手の顔に得意の色が浮かんだ。真行寺は水野のほうを向いた。

「水野課長は部長に報告してるんですか」

　していないはずだ、と吉良は思った。

「うちの情報官から部長にひとこと口添えしてもらっています」

　ただ、情報官から部長に話が伝わっているのかは確認できていない。

「内調の？」と真行寺が確認してきたので、ええとうなずいた。

　内閣情報調査室の情報官から部長に声がかかっているのなら、これは筋を通したに等しい。情報官が刑事部長に告げる〝ひとこと〟は鶴の一声《ひとこえ》みたいなものだ。ただ吉良は、そいつがまだ部長の耳に届いていない確率は、かなりあると踏んでいた。

　相手はペットボトルを咥《くわ》えて考えている。筋が通っているのだとしたらなぜそれを自分に伝えなかったのか、と真行寺が水野を責めるのではないか、と吉良は心配した。しかし、真行寺はプラスチックのボトルを置くと、警視正と呼んで、標的を吉良に据えた。

「これは昔、公園で訊いた質問の繰り返しになるんですが」

　公園？　あの新宿の公園か。確かにあそこで真行寺に声をかけられ、ふたりで話したことは覚えている。けれど、会話の内容となるとてんで思い出せない。忘却したことが顔に表れたのだろう、

「じゃあもういちどここでお尋ねしましょう」と相手は改まった。

　吉良もうなずいて座り直した。いったい俺たちはなにを話したんだ。

「法的にはまちがってるけれど、良きことってのはあるのかってことです。――つまり手続きを踏まないほうがむしろ正しいことってのはあるのかって質問でした」

「なるほど」

と軽く受け、コーラのボトルに口をつけた。ひと呼吸おかずにはいられない、核心を突いた質問だった。

「難しいところですが……」

とりあえずそう言って、吉良はボトルをテーブルに戻した。そして、

「俺たち警察官にはないんです」と言った。

言わざるを得なかった。

「ええ、あの時もあなたはそう仰《おっしゃ》った。俺たちはあくまでも法を武器に社会を守っているんですから、なんてね」

ずいぶんとまともな答えを返したもんだな、と吉良は自分に感心した。

「まさしくその通りです」

うなずきつつ、あの新宿の公園の状況を思い出そうとした。あの時の自分たちは、和やかでくだけた空気の中で顔を合わせていたはずなのに、どうしてこいつはこんな大真面目な質問を浴びせてきたのだろう。突然、吉良の脳裏《のうり》に、真行寺を目撃した別の場面がよみがえった。成田空港近くのホテルのロビー。同じエリア内に真行寺がボビーとい

て、ふたりの背中は同じ方角へと遠ざかった。真行寺はボビーと会っていた。自分のことを棚に上げて言わせてもらえば、あんなのと連《つる》んでいる刑事がまともなはずはない。

吉良は口を開いた。

「だけど、あの時どうして真行寺さんはそんなことを訊いたんですか。ひょっとして、法を踏み越えた捜査をしてたのでしょうか」

　真行寺は顔をこわばらせながらも、

「そうです」と言った。

ため息が聞こえた。横目で隣を見ると、肩を落として水野が首を振っている。無理もない。目の前で、自分の部下が警察庁の官僚に違法捜査をしたことを告白したのである。

「じゃあ、なんならあるんですか、と私は訊いた」

　真行寺はいきなりそう言った。いきなりのように吉良には感じた。真行寺は自分の質問の続きに戻っていた。法を逸脱した〝善きこと〟は警察官にとってはない、ではなんならあるのか。妙な質問である。

「そうしたらあなたはこう言った」

なんだって、そんなへんてこな質問に俺は答えを返したのか？

「人間としてはあるかもしれない、と」

人間として……。吉良は思わずその言葉をくり返した。

「そう言ったんですか、僕が」

からかっていると思ったのか、真行寺はむっとして吉良を見返した。

「言ったかもしれない。言いそうなことです」吉良は言った。思わずそう言っていた。

「じゃあ、ビミョーに手続きをすっ飛ばしているらしい今回の件は、あなたの中では人間としてOKってことになっているんですか」

「そうです。人間としてと言ってもいいし、もしくは日本人として、日本に仕える身として、と言ったほうが僕としてはしっくりきますが。ともあれ、我々の仕事というのは、筋を通してばかりはいられないんですよ」

これも大変な問題発言である。しかし、口に出してしまうと案外すっきりした。これでおあいこだ。相手は思いがけない反撃を食らってぽかんとしている。

「その警視正が言うところの〝我々〟の中には、水野課長も含まれているんですか」

「もちろん。だからこうして並んで座っているわけです」

吉良はあえてあっさり返した。その時、真行寺の表情にどことなくやるせない影が射したのを吉良は見逃さなかった。日本人としてか、とうつむき加減につぶやいたあとで顔を上げ、そう言えばまたあの公園の話になりますが、と老練の刑事はふたたび食い下がってきた。

「私が警察官になった動機を尋ねたら、日本を守りたかったからとあなたは言った」

「そうですか。まあ、僕が言いそうなことではありますね」

「では、あなたがやってることは、その初心に忠実であると考えていいのですか」

「そうです」

ここぞとばかりに吉良は力強くうなずいて、前かがみになり、真行寺さん、と呼びかけた。

「このままだと、日本は没落します」

決め台詞のつもりで吐き出した言葉だった。しかし、反応は鈍《にぶ》かった。そして、どろんとした顔の口元が緩み、侮蔑的な笑いが漏れた。

とたんに、頭に血が上った。人が真剣に国家の危機を訴えているのに、笑うやつがあるか。真行寺さん。声が尖《とが》った。

「日本はバージョンアップしなければならないんです」

正真正銘の決め台詞を投げたつもりだったが、返ってきたのはやはり嘲笑めいた笑いだった。

「おかしいですか」

「ええ、大袈裟《おおげさ》な言葉で煙《けむ》に巻かれてはかないませんね」

「巡査長」と隣の席から水野が声をかけた。「言葉に気をつけなさい」

すると目の前の男は、年甲斐もなく、ちょっと拗《す》ねたような、いじけたような表情になり、「失礼しました」とひとまず詫《わ》びた。

吉良は、寂しい気分に捕らえられたような五十すぎの男の表情を見て驚いた。ひょっとしてこの男は水野のことが好きなのかしら、と疑った。すると、「とにかく」と相手はまた語気を荒くして改まった。

「今回、なし崩し的に参加者を強烈な監視の下に置いたわけですね」

「そうなります」

「それはよくない。きちんと説明した上でインストールを頼むべきでしょうが。実際、厚労省だってそうしてるじゃないですか」

くそ、建前で押してくるつもりかよ、と吉良はうんざりした。

「しかし、なかなか協力してもらえず、感染防止に役立てるためには、普及率がまだまだ足りません」

「でしたら、さらに説得の頻度を上げるか、もっと熱意を込めて頼み込むしかないでしょう」

とりあえず正論ではある。時間があればそうしたいところだ。

「インストールするしないは国民の自由なんだから」さらに真行寺は正論で猛進してきた。

ところが吉良は、金科玉条《きんかぎょくじょう》のごとく自由を語られると、本気なのかを試したくなる性質《たち》の悪い男であった。とにかく自由という言葉を振り回せば、相手はよけて通してくれると思ってるんじゃないか。吉良はこの言葉に執着する人間をあまり信用していなかった。

「はあ、自由……ですか。自由ねえ……」

　思わず本音が出た。真行寺が着たパーカーのファスナーを下ろした間から、ギターを抱えた長い髪の男のイラストが覗《のぞ》いている。その横にKEEP ON ROCKIN' IN THE FREE WORLDと書かれていた。

〝自由な世界でロックし続けろ〟だって？　いい歳こいてなに寝言みたいなこと言ってんだ。腹が立ったので、あえて笑ってみせた。

「浅倉マリさんも言ってましたよね」と吉良は言った。「――歌う自由ってものは手放せないんだって。彼女の正確な言葉は再現できませんが、そんなことを訴えてましたよ。彼女が主張する自由は、白石サランに受け継がれ、そして実現した。KEEP ON ROCKIN' IN THE FREE WORLDってわけで、まことに結構じゃありませんか」

　そうだ、自粛を嫌って自由を謳歌しようとするこのイベントを陰で支えているのが、自由を損なうシステムってわけだ。この矛盾をじっくり味わうといい。

「いいですか、このご時世で、『ロックし続けろ《KEEP ON ROCKIN'》』なんて言ってもそれは寝言なんですよ。もしくは、社会というものを顧みずに勝手なことをほざいている戯言《たわごと》です。そんな戯言をまきちらし、みんなの恐怖を無視して、こんなコンサートを強行し、それがロックだと居直るんだとすれば、世の中にロックな人たちの居場所はなくなりますよ。自由を求めて社会の外にでて、そこに自分たちのコミューンでも作って暮らしますか？　我々が構築しようとしているシステムは、ある意味で、自由の守り神なんですよ」

　そう言って、最後は懐柔策に出たが、相手は薄笑いを浮かべ、

「それはさすがにお笑い草だ」と首を振った。

　吉良は、ここまで言ってわからないならよっぽどのアホだ、と呆《あき》れつつも、

「いや、監視するシステムがロックすることを可能にしているんですよ」

　と説き聞かせるように言った。しかし返ってきたのは、

「馬鹿、ここをちゃんと読め」という悪たれ口だけだ。

　真行寺は片手でパーカーの胸元を広げ、もう片方でTシャツの文字を指さしている。

——IN THE FREE WORLD。

　そうか、あくまでも自由にこだわりますか。上役を馬鹿よばわりしてまで、訴えたいのが、自由なんて霞《かすみ》のようなシロモノだったので、吉良は虚《むな》しかった。

「要するに欺瞞《ぎまん》だと言いたいわけですよね。自由な世界でロックしなきゃロックじゃない、そんなところでしょうか」

「その通りです。そんなものは自由じゃないですね。筋を通さずにそんな勝手なことや

ってるのならば、出るとこ出て白黒つけるつもりです」

吉良はやれやれと首を振り、参ったなとつぶやいた。

たちまち相手の顔に得意の色が広がる。

出るところに出られると困る。俺が困るのはまだしも、水野に迷惑がかかるのはなんとしてでも避けたい。畜生、報道官から刑事部長への「よろしく頼む」の一言《いちごん》がちゃんと伝わってるかどうかを確認しなかった俺のミスだ。

「だったら……」

横から声がした。ここまで黙っていた水野が口を挟《はさ》んだ。

「本当の自由を追い求めるしかないってことになるね。もっともそんなものがあるのならの話だけれど。お上《かみ》なんかに個人情報を握られたくない。俺は俺でなににも縛られずに生きていく。それで幸せになれるのなら、そうすればいいと思う」と水野は言った。

「ああ、それにはなんの異論もありませんよ」

「だけど、そうしているうちに不幸になっていたりしてね」

「どういう意味ですか」

吉良は、真行寺の顔に狼狽《ろうばい》を見た。そして、こいつはやはり水野のことが好きなのだ、と鑑定した。巡査長、と呼びかける声の調子を、吉良は親しみを込めたものに切り替えた。

「日本は大変な状況にあります。いまはまだ表面化していませんが、やがて失業者の数字が急カーヴで上がりはじめます。いま休職を余儀なくされている人たちの多くが職が見つからずに失業者としてカウントされはじめるからです」

「それで」

それで？　この大問題をなんだと思ってやがる。

「それでとはなんですか」

「だとしたら給付を手厚くして救済するのが政府の役目でしょう」

「巡査長」こんどは水野が呼びかけた。「巡査長はマイナンバーを取得しなかったわよね」

水野が急に明後日《あさって》のほうに話題を振った狙いは、すぐわかった。

「なるべく作るようにと私が言っても頑として言うことを聞かなかったわね」

真行寺は、そうでしたっけ、などと恍《とぼ》けている。それにしても、警察官でマイナンバーを作ることを拒否するなんてのもめずらしい。

「世の中には真行寺さんのような人が少なからずいる。数年前から政府は義務ではなくお願いという形でマイナンバーカードの導入を進めました。けれど、しょせんはお願いでしょう、いまなお完璧にはほど遠い状態にあります。ただ単にめんどくさいという人もいるとは思いますが、真行寺さんのように、政府に個人情報を渡すのは嫌だという人も案外多くてね。で、そこで質問だけど、それで日本国民は幸せになりましたか？」

相手が面食らっているのがわかった。この議論の目的地がわからないのだろう。

「なにを言ってるんですか。マイナンバーカードを作ったら幸せになれたってわけじゃないでしょう」

「どうだろう。少なくとも不幸は軽減できたんじゃないかな」

水野が薄く笑ったあとを引き取って、こんどは吉良が口を開いた。

「では、給付の話に戻りましょう。今回、給付金の入金が遅いという声があちこちから出ました。とにかく遅い。家賃の支払いは待ってくれないし、仕入れの材料費の支払い期日も迫っているのに、待てど暮らせど入金がない。店を開けるなと言われて素直に協力しているのに、この遅さはいったいなんなんだという不平不満が露《あら》わになりました」

真行寺は黙って聞いている。事実なので否定しようがないのだ。

「遅いだけではありません。限りある財源から、困っている人には手厚く、深刻なダメージを受けていない人には支給額ゼロというように濃淡をつけた給付ができればよかったんですが、様々な意見が噴出して、混乱し、一律十万円という格好になってしまった。このようなことが災いして、もっと手厚い給付を受けてしかるべきだったと思われる事業者には、十万円では焼け石に水で、商売を諦めざるを得なくなった人が続出していま す」

たとえば鳥海慎治がそうだ。あいつはまだカウントされていないが、鳥海のような人がこれから失業者となって日本中に溢《あふ》れるんだ。それをお前は「それで」と流したんだ。馬鹿野郎。

「もし、全国民にマイナンバーカードの取得を義務づけて、さらにそれが納税記録と銀行の口座番号にリンクされていればどうなっていたでしょう。まずは、給付金の支給の速度は桁《けた》ちがいに改善されていたはずです。また、この人には五十万、この人には五万というような給付のしかたも可能だった」

だけど、と真行寺は遮った。

「国民が嫌というならしょうがないじゃないか」

やはりな、と吉良は思った。しょせんはそんなところだろう。

「そこなんですが、本当に嫌なんでしょうかね。本当に日本人は自分が大事にしたいものをわかっているのでしょうか。こんな事態になるのなら、そして政府が面倒見てくれるのならば、マイナンバー制度をもっと高度化してくれたほうがよかった、という人はいないんですか。もしいま国民全員にアンケートをとったらどうなるでしょう。現在はもう収束に向かっていますが、この後に第二波第三波が来ないとは誰にも言えません、そんなときには迅速にしかるべき給付を受けられるということも踏まえて、いまこそマイナンバーカードを申請しましょうと言ったら、国民はやはり渋りますかね」

「そりゃあ……」と真行寺はしぶしぶ言った。「いまなら、喜んで申請するかもな」

「そうでしょう」と吉良は笑みを湛《たた》えてうなずいてみせた。「その程度でトレードに出すのなら、自由なんてものは本当はたいして欲しくはないんですよ。人々は、自由が欲しいと言いつつも本音では、ちゃんと管理してもらい、快適に生かしてもらうことを望んでいるんです」

ちゃんと管理してもらい、快適に生かしてもらう……、いや言い得て妙だが、ここまで言ってしまっていいのだろうか。一抹《いちまつ》の雲のような不安が吉良の胸中に湧いた。

「それじゃまるで家畜じゃないか」うめくように真行寺が言う。

「家畜ですか」

まあ、そういう非難のしかたはあるだろうな。そして、そうだそうだと付和雷同する連中も多そうな台詞だ。

「そういう心ない言い方をしたければそうすればいいでしょう」と吉良は言った。「でも、面と向かってお前は家畜だと言っていいわけはない。そんなこと言ってはならない。だから、さりげなく自由の体面を守りつつひそかに実行するってのが現実的なんじゃないですか」

「それがなし崩しの合意なんだよ」

そのとおりだ。馬鹿のように見えてやはり鋭い。こうなったら搦《から》め手《て》で攻略してやれ、と思った。

「じゃあ、言いましょう。自由がなによりも大切だという合意だって実はないんですよ」

「あるじゃないか」と真行寺は言った。「集会とか言論の自由ってのは保障されてるじゃないか、憲法で」

おお憲法かよ。

「いや、恐れ入りました。たしかにそうです。ただ、本当のところを言えば、あの憲法は日本人が書いたわけじゃない。アメリカ人が書いたんですよ。これについてはいろいろ屁理屈をこねてそうではないという意見もありますがね、実は学生時代、僕はこのことで教授と喧嘩《けんか》しまして、そのときに水野課長が僕の意見を支持してくれて仲よくなったんですよ」

そう言うと水野が、

「え、そんなことあったっけ」と驚いたようにこちらを見た。

「ほら、宮澤《みやざわ》先生に僕が食ってかかって激怒された時、先輩が応援してくれたじゃないですか」

「ああ、八月革命か」

日本国憲法を書いたのはアメリカ人である。外国人のコンサルティングの下で憲法が制定された例はべつに日本に限ったことではない。世界の多くの国がヨーロッパ列強《れっきょう》によって植民地経営の遺産を引き継いで独立国家となった。紛争が終わり平和な時代へと移行する道程《みちのり》では、外国人によって法が整備される。この事実を無視して、日本国民が革命を起こし、国民という主権が憲法を制定したのだという論が「八月革命」である。それを聞いた吉良が、それを教えている大学教授に、「現実無視のおとぎ話は百害あって一利なし」と噛みついた。

「たしかに、日本国民が自由を欲しているのかどうかは疑問だな」水野が横で口を開いた。

水野が吉良に同意を示すと、真行寺は口元に不満を表した。

「ただ、自由って言葉は、強烈にその場を取り仕切ってしまう、伝家の宝刀みたいになっているから、私の個人的な感想なんて取るに足りないものかもしれないけれど、本音を言わせてもらえば、国民にとっては自由よりももっと切実に欲しいものがあるんじゃないかって気はするわけ」

「例えばそれはなんだっていうんですか」と真行寺は言った。

「例えばか……うーん、吉良君のように、快適に管理してもらい、生かしてもらう、なんて露骨な言い方はしたくないんだけど……」

露骨な言い方をすれば同意見だということだ。吉良は、いやあすみませんと頭を掻いて余裕を見せた。

「だから快適でゆとりのある安定した暮らしを本当はいちばん欲しがってるんじゃないの。ほとんどの国民が合意した実感もないのに、自由を守るというお題目だけがひとり歩きしているのをいいことに、本当に手に入れたいと思っているものを断念することを推し進める。これって、なし崩しの合意を取り付け、大多数が望んではいないような方向に舵を切ってることにほかならないわよね」

決まったな、と吉良は思った。水野の意見は、吉良の乱暴な言葉遣いを丁寧に上塗りしたものにほかならない。巡査長、と吉良はまた呼んだ。

「そして、僕らは自由なんかないんだとあからさまなことを言うつもりもないんです。それどころか、真行寺さんが日本国憲法を引き合いに出して言った集会の自由は、いままさに実現してるじゃないですか。まさしく今日、このコンサートで。——いいですか。今回の新型ウィルスは地球上のすべての場所を汚染しています。オリンピックは延期になったけれど、世界各国がこのウィルス撲滅のための政策で競い合っている。で、この競技大会の勝者は誰か？　ボロボロなのがヨーロッパとアメリカ、これに対してなぜか感染拡大のダメージが少ない東アジア圏勢が上位を独占しています。その中でもダントツで高得点をマークしているのは台湾です。優秀な技術者をIT大臣に据えて、機敏に的確に対応し、ぶっちぎりで金メダル。日本はなんとか五位入賞ってとこですかね」

「一生懸命やって五位ならそれでいいじゃないですか、オリンピックに譬《たと》えるならば」

「一生懸命やってないんですよ。さぼってるから頭に来てるんです、僕は。今回、露わになったのは日本がＩＴ後進国だということです。各保健所からファックスで感染者数が送られて各自治体がそれを取りまとめてまた厚生労働省に送っている。夜の街で感染が発生していることがほぼ確かなのに、保健所の所員が聞き取り調査をしても、そこで遊んだことを隠したがる人間にダンマリを決め込まれてルートを可視化できない、自粛しろと言っているのに、印鑑をもらうためだけに満員電車に乗って出社している社員がいる。こんなの、根性だと叫びながら炎天下で水も飲まずにうさぎ跳《と》びしているようなものですよ。勝てっこないじゃないですか」

そうなのだ、そんなにもグダグダだからゴーンなんかに逃亡されるのだ。

「真行寺さんはどう思っているんですか」

「なにが」と相手は緑茶のペットボトルを口に当て、不思議そうなまなざしを向けた。

「去年の年末にまんまとしてやられたカルロス・ゴーンのことですよ」こうなったら成り行きだと思い、吉良は吐き出してしまうことにした。「被告人を保釈したまではいいんですが、監視カメラがインターネットに接続されてもいなかったなんてのは愚の骨頂でしょう。まんまと逃げられて恥さらしもいいところ。真行寺さんは悔しくないんですか。経営再建なんて言ったって従業員の首を斬りまくっただけじゃないか。そんなくだらないことで高給取りやがって、しかもそれを低く記載するセコさも許せない。なんだ、あの野郎は、えらそうにワインなんか飲みやがって」

ぽかんと聞いていた相手の顔に、やがて薄笑いが広がった。

「さあ、別に俺は腹なんか立ちませんね」

平然と構えて茶を飲んでいる。吉良は向かっ腹が立った。

「それでも日本人ですか」

あれを悔しいと思わないやつは性根が腐ってる。そして、レバノンに飛んでいって、あいつの手からワイングラスを取り上げて中身をぶっかけてやりたいなんて思う俺は馬鹿だ。ああ、馬鹿で結構だ。

「あんなの自動車会社のお家《いえ》騒動でしょう」巡査長は不思議そうに首をかしげた。こちらを苛立たせるため、わざと悠長に構えているのかどうかは、わからない。

「あんたたちキャリア官僚は自動車会社ばかり気にしすぎですよ」

吉良はコーラのペットボトルを摑んでぐいと飲んだ。

「外国人に社長になられて悔しいのなら、それ以上の実績を日本人があげればいいだけの話だったんじゃないんですかね。だいたい自分たちができない首斬《くびき》りを外国人にやってもらうってのは卑怯《ひきょう》でしょう。しかも斬るのは敵の首じゃない、昨日まで仲間だった連中の首ですよ、斬るしかないなら自分の手を汚して斬りやがれって私なんかは思いますがね」

　まったくその通りだ！　まったくその通りだよ！　吉良は叫び出したかった。

「斬り終わったらはいご苦労さんどうぞお帰りくださいってのは、いくらなんでも虫がよすぎやしませんか。社長に据えたんだから。おまけに、よくは知りませんが、経営陣にたいした人材がいなかったんで、うまい具合に会社を乗っ取られましたって話でしょう、これは。それが悔しいからって検察に売り飛ばすような真似《まね》は卑怯だ。あんな逮捕も闇討ち同然。そういう卑劣さとは日本男児は無縁のはずですが、そこんとこはどうお考えなんですか」

　ちくしょう！　うまいこと言いやがる！

「コソコソ荷物に隠れて国外に出るのも卑怯でしょうが。あいつは不正に出国したんですよ。紛《まぎ》れもなく違法行為だ。……人の国をなんだと思ってやがる」

　悔しさのあまり、冷静さを欠いた反論が吉良の口から漏れた。

「そうかな、『モンテ・クリスト伯』みたいで面白いと思いましたがね。それにあれは亡命じゃないんですか」

　吉良は飲んでいたコーラのボトルをテーブルに叩きつけるように置いて、「わかりましたよ」と吐き捨てるように言った。

「俺は逃げられたのが腹が立つと言っているんですが、一緒に腹を立ててくれないのならかまいません。こうなったら、巡査長の感想なんてどうでもいい。問題は国の威信ですよ。逃げられたことで日本の威信は傷ついた。ちょっとした技術を使えば逃げられないような細工なんてわけなかったはずなのに」

　すると真行寺は首をかしげて「本当かね」と言った。

「そんなに技術ってのは万能なのかな」

　挑発を意図した詰問ではなかった。素朴な、まるで自らに問いかけたようなこの調子に、吉良の気分も同調した。よしんば万能だとして、万能でいいのだろうか。技術が万能になり、技術が世界を覆う、技術を開発した企業が社会を乗っ取る、あるいは、技術が国家を超えて支配する、そんなことに対する警戒も必要ではないか、と。

　ちん。ちん。ショートメールの着信音が、ふたつ響いた。その音は、急に静かになった部屋に、長い尾を引いた。

　吉良がスマホを取り出す。向かいで真行寺も同じ動作をしている。

〈できますよ。ちなみに台湾が使った技術なんてたいしたことないです。僕とエッティラージが組めばもっと高度なものが構築できます〉

　ボビーからだった。ここの会話もモニターしているようだ。吉良はスマホをポケットに戻し、もういちど真行寺を見て、

「だから一生懸命やってないんですってば」と言った。

技術が万能かどうかは知らない。万能であるべきかということに対しては、そうではないと思っている。過去のしがらみに囚《とら》われることも悪いことばかりとは言い切れない。しかし、技術を使わなければ乗り切れない難局には使うしかない。

「実際、真行寺さんは今日見たはずです」と吉良は言った。

相手はかすかにうなずいた。

「ある死因を技術が可視化したのを。誰が浅倉マリをウイルスに感染させたのかを」

またかすかにうなずいた。これと同じ技術がクラスターをあぶり出し、感染拡大を封じ込めるんだよ。そのくらいはいちいち説明しなくてもわかるよな！

ちん。またスマホが鳴った。こんど鳴ったのはひとつだけ。真行寺はポケットをゴソゴソやってスマホを取り出し一瞥《いちべつ》すると、急に立った。そして、宣言するように言った。

「今日はこれで失礼します」

吉良は啞然とした。

「どこへ」と上司の水野が尋ねた。

「さよならばんどを見に」

吉良は腰が砕けそうになった。一方、真行寺の表情は爽《さわ》やいでいた。

「思い出してよかった、ここにいるのは、業務命令によるものではなかったのです。今日は私はお休みをいただいて、さよならばんどの一夜限りの再結成を見に来たのでした」

そう言い残し、背中を向けて扉へと歩いて行った真行寺は、ドアノブを摑もうとした手をふと止めて振り返り、予期せぬひとことを発した。

「警視正、御説《おせつ》はごもっともですが、安全保障上の問題はどうなんでしょうか」

聞き捨てならない言葉に、吉良の身は締まった。

「フリーバードはいつ誰がどこで誰と会ったか、いつ誰が誰にどのぐらいの時間を通話したのか、オプトでなにを購入したのか、さまざまなデータを吸い上げますよね。その情報はどこに行きますかね」

そうきたか。

「おそらく中国に行く」

そのとおりだ。

「ソフト・キングダムは政府が自粛を要請しているにもかかわらず、中国の華威《ファーウェイ》通信と取り引きを続けている唯一の大手通信会社ですからね。中国に追随《ついずい》することによって利を得ようとしていると見てまちがいないのでは」

まちがいない。もしくは、中国にもいい顔を見せておかねば、と覚悟しているだろう。

「さて、我々は中国についていっていいのでしょうかね。世界にウイルスをばらまき、そしていまはマスクを配って善人ヅラし、ＷＨＯや発展途上国を手なずけ、明日は高価なワクチンを売りつけてボロ儲けしてやろうと企んでる中国に」

「どうも発想が週刊誌レベルですね」と吉良はあえてそう言って苦く笑った。

「ということはなんですか、中国はそんなに非人道的な国家ではないと。香港やウイグルやチベットに対して中国が取っている方策も、あれも致し方ないんですかね」

　致し方ないと言ったら人間として終わりだ。百万人以上を教育と称して無理やり収容所に連行し、女性に不妊手術を強要していることは、さまざまな調査で明らかになっている。しかし、ここで屈するわけにはいかない。

「では、真行寺さんはアメリカが自由で民主的な国だと思っているんですか」

「そんなことは言ってませんよ。私はアメリカの話なんか持ち出しちゃいない」

「そんなことを言うこと自体、安全保障についてまるでわかっていない証拠なんです」

「いや、たしかにノンキャリで日頃は地べた這いずり回って捜査してる刑事なんでね、教養がないというご批判は甘んじて受けるしかないんですが、じゃあ、あえてアメリカの話をさせてもらいましょう。実態はともかく、自由で民主的でありたいとは思っているんじゃないんですか」

　なるほど、うまいこと言うじゃないか。中国とアメリカの差はそこかもしれない。

「なぜそう言えるんですか」と吉良は尋ねた。

「ロックを聴いているとそう思うんですよ」

思わず笑ってしまった。だとしたら、吉良の耳にはけたたましい流行り歌《はやりうた》にしか聞こえないロックなんてのも捨てたもんじゃないってことだ。

相手もふんと笑って、もういちど踵《きびす》を返し、ドアを開けた。


派手な音を立てて真行寺がドアを閉めてから約一時間後、〝浅倉マリと愚か者の集い〟は終演した。四万六千三百五十七人の入場者が、そこかしこに穴の開いた容器から液体が外に染み出すように、開け放たれたゲートから街に流れ出た。

「お疲れ様でした」

千駄ヶ谷方面のゲートを出たあたりで、吉良は水野を見送った。

「またご報告します」頭を下げて吉良はそうつけ加えた。

「部下をコントロールできなくてすいません」と水野は殊勝《しゅしょう》にも謝った。

「いや、相手のほうにも一理あるので」

水野の気持ちが軽くなればと思い、吉良はそう言った。

「彼はこれですべてを知ったわけよね」

「いや、全体の絵を把握するには、もうワンピース必要です。この際だから教えちゃったほうがよかったかもしれませんね」

「それはどうして」

「そのほうが我々のやってることに説得力が増すからです」

なるほど、と水野は言って少し考えてから、

「まあそれも微妙なところではあるけれど」と笑った。

国立競技場の外では、取り囲んだ原宿署の署員がなるべく間隔を空けるように拡声器で呼びかけている。

周囲から漏れ聞こえてくる会話からは、混雑する総武《そうぶ》線や地下鉄大江戸線や銀座《ぎんざ》線を避けて、渋谷や新宿まで歩く者も少なくないようだ。笹塚《ささづか》と代田橋《だいたばし》の間に住んでいる水野も、井ノ頭《いかしら》通り沿いに歩いて帰ると言った。

競技場の周辺にはテレビクルーの姿がちらほらあった。帰宅の途につく者をつかまえてインタビューしている。水野もマイクを向けられそうになったが、手を振って断り、原宿方面へと消えていった。

それぞれのゲートを入場者が通過して外に出て行くたびに、そこに設置されたノーティスは、退場者とまだ競技場内に残っている数を完璧にカウントし、その氏名も把握していた。トイレに隠れている者は誰か。また、出演者が帰りの車に乗りこむ間際を狙ってサインをねだろうと駐車場付近にたむろしている人間が誰と誰となのかも掌握できた。ただし、さよならばんどのファンはおとなしく、そのような動きは見えなかった。

モニタールームに戻った吉良は、システムがあからさまに人々の動きを可視化する様《さま》

を、ふたたび目の当たりにした。

「真行寺はいまメンバーと一緒に会場を出たよ」とボビーが言った。「観客で残ってるのはあと五十二名。その中には原宿署の署員が十二名と、保健所の所員七名を含んでいるから、ほぼ全員が退場したようなものだ。トイレの個室にこもっている者もいない。あと十分《じゅっぷん》して退場しなければ、氏名と場所をアナウンスして急《せ》かすようにするけど、まあ大丈夫そうだな」

ボビーの解説をぼんやり聞きながら、周りのインド人が撤収のために忙しく動き回っている中、吉良はひとりテーブルに座って、壁に掛けられたスクリーンがはずされるのを見つめていた。

すると、音もなく近づいてきた電動車椅子の上からエッティラージがミスター・キラと呼んだ。

「朴社長とのミーティングですが、社長は明日、研究所にお見えになるそうです。そのときにいかがでしょうか」

明日、北海道で？　そりゃまた急な話だな、と吉良は驚いた。とはいえ、相手が相手なだけに先方に合わせるしかない。では伺います、と吉良は言った。

「ただ、朝一番の飛行機で飛んだとしても、午後になるとは思うのですが」

「では、これから我々と一緒に参りましょう」

一緒に行くのはいいが、どうやって？　この時間だと、新幹線も飛行機もないはずだ。

「我々は今夜これから船で帰ります。例の船ですよ」

ああ。吉良は腑に落ちた。聞けば今回、実験もかねて、研究所員たちはその船に乗って上京したらしい。たしかに、これだけの人数や機材であっても、船なら難なく運べるはずだ。

「このあと横浜を出港して明日の早朝には室蘭《むろらん》に入港です」

バスに乗り込む前に、ボビーがビニール袋を手渡してくれた。中を見ると、紙に包まれたバーガーが入っている。包装紙の柄から昼間に水野が食べた佐世保バーガーだと知れた。

「夕飯がわりだ。バスを降りたら山下埠頭《やましたふとう》だからなにも手に入らないと思ってさっき調達しといた。カレーなら食堂で出るからそこで食えばいいけど、朝飯もやっぱりカレーになると思うから、お前にはきついんじゃないかと思ってな。コーヒーは船のベンダーで買え」

たしかに日本風の亜流ならともかく、インドの本格派が続くのはつらい。ありがたく受け取ることにした。

「それから、面白いことがある」

ボビーはタブレットを取り出して、にやにやしている。

「いま、先に出たバスに真行寺が乗った」

「横浜行きの？」

もちろん、とボビーは言った。

「最後のピースを埋めに行くつもりなんだろう。ところで、真行寺との舌戦は聞いてたが、お前かなり手こずってたな」

吉良はうなずいた。たしかになかなか手ごわかった。

「けれど、北海道で逆転するさ」

そう言って、インド人たちと一緒にぞろぞろとバスに乗り込んだ。

首都高速で横浜に向かい、多摩川を越えたあたりで、スマホが鳴った。

──無事終わったか？

やはり心配していたのだろう、三波の声は神妙だった。

「ええ、問題ありません」

──お前に頼まれた件、情報官はちゃんと部長に口添えしてくれていたぞ。

吉良は安堵し、ありがとうございますと礼を述べた。それでも、もうすこし早く言ってくれれば真行寺との論戦で気を揉む必要もなかったのに、とすこし恨んだ。

「お休みに電話して、情報官は機嫌を損ねてませんでしたか」

――向こうからかかってきたんだ。別件でな。いや完全に別件というわけでもないか、これは。

「どういう意味でしょうか」

――まだマスコミには流れていないが、イギリスが中国の華威を国内市場から締め出すことを決定したようだ。

吉良は息をのんだ。今年にはいってすぐの段階では、イギリスは、限定的にではあるが、華威の参入を容認する方針を示していたはずだった。本当ですかそれは、と吉良は確認した。

――ああ、首相自らその方針を打ち出したらしい。

「つまり、アメリカ側につくことを決断したと」

――そういうことだ。昨日から開催されている全人代の影響もあるんだろうな。始まってすぐ一国二制度を骨抜きにするって発表したんだから。

昨日、開催された中国の全国人民代表大会では、一国二制度を維持しようと抗議デモをくり返す香港に対して、国家安全法でねじ伏せる方針が明らかにされた。

これまでヨーロッパは、アメリカを牽制する意味でも、中国側につくのかアメリカ側につくのか、玉虫色の態度を取り続けていた。しかしここにきて、中国の勢力を削ぐ方向に舵を切りはじめたようだ。このような方向転換が具体的に次々と打ち出されるならば、日本の外交にも当然影響を及ぼしてくるだろう。

――それで、朴社長との面会だが。

「明日の午前中に北海道でお会いすることになりました」

――それは急だな。

「しかたがありません、そう簡単に会える人でもないので」

――まあ、それはそうだが。ただ、知っての通り、こういう状況下でもソフキンは華威との取引を進めている。総務省が心配する理由はわかるよな。

「ええ。ただ、我が国の地政学的な問題も含め、また戦後ずっとアメリカべったりという――」

――もういい。お前が言いたいことはわかってるさ。長いつきあいなんだからな。やるなとは言わない、とりあえずボールは投げておけ。けれど、気をつけろよって話だ。

「了解しました」

――たしかに、今日の愚か者のなんとかってイベントも、やたらTwitterで盛り上がってるしな。じゃあな。

そう言って、三波は一方的に切った。

暗い山下埠頭でバスを下ろされ、吉良は碇泊していた北海海運《ほっかいかいうん》の大型高速船室蘭《むろらん》丸に乗りこんだ。ベンダーで缶コーヒーを買い、あてがわれた船室に入った。

鉄パイプで組まれたキャスター付きの質素なシングルベッド。その脇には飾り気のないキャビネット、ベッドの頭部が接する壁にはコンセントが四つ、そしてそこにアームライトがビス留めされて垂れ下がっている。

吉良はこの妙な船室を見渡してから、とりあえず、ベッドに上がって、佐世保バーガーの包装紙を剝き始めた。かじりついていると、船が動き出した。

適度な弾力のあるマットレスの上で、吉良の身体はゆっくりと押し出され、彼の心にもやわらかく重ったるい動揺が宿った。それは国家官僚としての自分の人生とこの国の未来とが、容赦《ようしゃ》なく遠くの目的地に運ばれていくような不安だった。

物憂《ものう》い気分のまま、バーガーを平らげ、缶コーヒーを飲み干して、ベッドの上で胡坐をかくと、組んだ足の上にノートPCを載せた。

まず、今日の〝浅倉マリと愚か者の集い〟をTwitter上で検索し、長く伸びたタイムラインにざっと目を通した。参加した者からは、主催者側のケアが行き届いていないことを非難するつぶやきが目立った。参加していない者は、こんな時期にこんなイベントやるなんて非常識もいいところだ、という内容ばかりを投稿していた。開催側も観客もどちらも異常者扱いされている。でかしたと称賛するものはどこにもない。

一方で、参加者の一部はコンサートの感動を伝えていた。その中に、あら？　と思うものがあった。投稿者が誰なのかはすぐ見当がついた。アカウント名は@KeepOnRockin'InTheFreeWorld。ご丁寧にもアイコンには、真行寺が着ていたTシャツの長い髪のギターを抱えた男の写真が使われている。それで、

〈愛欲人民カレー　最高だった　#集う自由を手放すな　#愚か者の集い〉

〈愛欲人民カレーのドラム、マジウマ！　#集う自由を手放すな　#愚か者の集い〉

〈愛欲人民カレー　佐久間のギター　マジウマ！　#集う自由を手放すな　#愚か者の集い〉

〈とてもジャンキーな猿　あまりによかったのでついCDを買ってしまった　#集う自由を手放すな　#愚か者の集い〉

などと投稿しているのだから、疑いようがない。

インテリジェンスを生業《なりわい》としている吉良の目から見れば、これはただの感想ではなく、工作であった。しかし、あまりにも露骨で下手くそなので、見るに堪《た》えない。思わず笑ってしまった。

愚か者の集いのほうはこのくらいにして、Twitterを閉じ、国際ニュースのサイトを転々とした。中国本土の新規コロナ患者はゼロになっていた。一方アメリカの疾病《しっぺい》予防管理センター（CDC）が発表したところによると、二日前の時点でアメリカ国内の感染者数は二万五百二十二人も増えていた。死者数も千八十九人増加して、九万四千百五

十人となった。

日本のほうも調べてみた。東京都内で感染者はたったのふたり。全国でも26人、死者は12人だ。もう答えは出ているんじゃないか、と吉良は思った。東アジア圏は、このウイルスによる被害を問題ないくらい小さな規模に押しとどめている。もう日本はさっさと経済を回すべきだ。

このウイルスが蝕《むしば》んだのはむしろ人々の心のほうかもしれない。経済を回せといったって、不安を取り除いてやらなければ、店に、観光地に、会場に客は、戻ってこない。不安を取り除くための最後のピースが必要だ。そう思いながら、ノートPCを腹に載せたまま、眠りに落ちた。


目が覚めると、太平洋に向いた船窓がうっすらと白みだしていた。

シャワーを浴びて、いまさらではあるが歯を磨き、腹ごしらえをしに食堂に行くことにした。通路に出ると、左右に並んだ船室のドアが次々と開いて、そこからインド人がぞろぞろと現れ、同じ方向に向かって歩いて行く。彼らに交じって食堂まで流れていき、トレイを取って列に並んで、カレーと薄いパンとヨーグルトをもらい、空いているテーブルについた。

決して嫌いではないが、朝からインド風のカレーはちときびしいな、と感じた。帰りに空港の売店でたらば蟹でも買って帰ろう、都築は蟹は好きだったかな、などと思っているると、問題の刑事がトレイを手にホールを見回しているのが目に入った。カレーの朝飯に加えてこいつの相手をするのは勘弁してもらいたいと思い、目を伏せていたが、無慈悲な足音は近づいてきて、トレイを置く音が聞こえた。

「船酔いはしませんでしたか」目を伏せたまま吉良は尋ねた。

「ほとんど寝てたもので」平然と真行寺は言った。

「じゃあ同じだ」

そう言って吉良はスプーンを口に運んだ。

「それにしても病室みたいな船室ですね」

吉良はうなずいた。

「病室ですよ、あれは」と吉良は言った。

真行寺はやっぱりそうですかとうなずいた。すると藪《やぶ》から棒に、

「黒木はどこにいますか」と訊いてきた。

ヨーグルトのカップに手をかけた吉良は顔を上げ、

「あいつは乗船してませんよ」

自分とやつとが顔見知りであることを、白状したに等しかった。

「また海外ですか」追い討ちをかけるように真行寺が訊いた。

吉良は黙っていた。やつがこれからどこに行くのかは承知していない。訊かないのがルールでもあった。もっともそんなことを心掛《こころが》けない先方は、

「警視正と黒木との関係を知りたいんですが」とまた不遠慮に斬り込んできた。

いいのかよ。ここをしつこく掘り返せば、お前とやつとの関係もまた問い直されて、墓穴を掘ることになりかねないぞ。吉良はまたヨーグルトをすくって舐めた。

「あいつが公安に追われてることをあなたは知っている」

相手の出方を窺おうとうなずいてみせた。

「あんな危なっかしいのを使ってなにをやってるんです」

お前もな、と思いながら、

「日本のバージョンアップです」と答えた。

相手の反応は鈍かった。真行寺はやれやれと首を振り、ドーサという生地を葉巻のように巻き込んだパンをスプーンの腹で潰して、中身のじゃが芋をすくうと、「尋問が下手だな俺も」と言って口に運んだ。「あいつを使うことはいくらＤＡＳＰＡでも公認されてないはずです。あれはＤＡＳＰＡや公安が使う駒じゃない。吉良警視正が個人的に協力させているはずなんですよ」

取調室で刑事が被疑者に、なあ、吐いちまえよとせっつくような調子だった。

「巡査長のように、ですか」

「そうだ」

　咥《くわ》えたスプーンを口から抜いて真行寺が寄こした返事は簡潔だった。こちらも白状するので本当を言えという気概がそこに感じられた。

「ひょっとしてあれも、東大ですか」

　どうして出身校なんてくだらないことを訊くんだと妙に感じたが、

「俺の知りうる限り、あいつの学歴は中卒です」と吉良は証言した。「ただオツムのできは俺よりはるかにいいですがね」

「じゃあ、知り合ってからどのぐらいになるんですか」

「ものごころついてからずっとですよ」

　一驚を喫した相手の声は低くくぐもった。

「……兄弟」

「いや、うちの家系図のどこにもあいつの名前はありません」

　なるほど、と真行寺はつぶやいた。吉良は自分の告白はここらで切り上げるべきだと思った。

「さて、巡査長とあいつとの関係は?」

「相棒です」

なるほど。こんどは吉良が言った。

「相棒はなにが起こっているのか、教えてくれなかったわけですか。あいつがちゃんと説明しといてくれれば、あんなふうに言い争うこともなかったのに」

真行寺はしまりのない笑いを浮かべた。

「そんなことはしょっちゅうでね。相手にもヤバい事情があるわけなので、相棒だからこそ訊かないようにしているんですよ。それとも警視正はいつも綿密に打ち合わせなんかしてるんですか」

こちらも笑いで受け流すしかなかった。空になったヨーグルトの容器を吉良はトレイに戻した。

「いや、こちらも似たようなものです。さて、失礼します」

吉良は立ち上がりながら、まあ痛み分けってところだな、と思った。

室蘭港に船体が横づけされたのは、七時過ぎであった。

スロープ状のタラップをまずエッティラージが車椅子で下り、その後を吉良がついていった。埠頭に下り立つと、向こうにずらりと停車しているロータスの群れが見えた。

「一緒に乗せていきましょう」

電動車椅子を大きなトランクに収納し、先に座席に座らせたときエッティラージは、船端を歩いている真行寺を車窓越しに指さしてそう言った。

「すこし彼と話したい」

吉良は手を上げ、真行寺を呼んだ。

「どうぞ。一緒に行きましょう」

近づいてきた真行寺はちらと不審を顔に表したが、すぐにそれじゃあと身をこごめて、乗りこんだ。シートに腰を降ろして眼前にエッティラージを認めた彼は、また意外の感に打たれたような顔つきになった。

ロータスが走り出す。三人ともすぐには口をきかない。車内はこのうえなく静かである。山あいの、交通量の少ない二車線道路に入ったあたりで、ようやくエッティラージが真行寺に向かって英語で短い質問を投げかけた。

「あなたはあなたのダルマを実行中ですか」

そのままダルマと発音されたこの梵語《ぼんご》を、真行寺は〝務め〟と訳したそうだ。お前はお前の務めを果たしているか？　お前はお前の道を歩んでいるか。彼に向かって発せられたこの問いは同時に自分にも突きつけられている、と吉良は感じた。真行寺の声がした。

「わからない」

吉良もしたであろうこの返答をもらったエッティラージは、無言で真行寺を見返した。

そのまなざしに、お前の答えはもっと切れ味鋭くあるべきだという怒りに近い感情が読み取れた。

「いや、彼は自身のダルマを実行するためにここに来ているんだと思う」と吉良は言った。

思わず、自分のための、それでいて紛れもなく真行寺のためのものでもある、そんな弁護を口にしていた。また、自分よりも、むしろこの刑事のほうが言い訳が立てやすい気もして、

「彼のダルマは職業の外にある。そこが僕とはちがう。いやちがうようでいて実は同じなのかもしれないが」と言った。

弁護された当人は、面食らったように黙っている。

エッティラージは、「なるほど」とうなずいた。

「自由という、抽象的でロマンチックで、ときには愚にもつかないものを、彼が守ろうとする時、職業としてのダルマを超えて、執拗《しつよう》に粘るんですよ」

吉良は笑いまじりに言ったあとで、真行寺のほうを向いて、

「それもまた困ったもんなんですがね」とつけ加えた。

当惑の色を示して黙り込む刑事の向かい側で、エッティラージが「ワカリマシタ」と日本語で言った。

ただし、吉良にとって、自由という、善意に満ちた、しかし独りよがりのロマンチシズムはうまく対処しなければならない難敵である。政治が俺のダルマだ、と吉良は自分に言い聞かせた。政治は権力を追求せざるを得ない。そして、エッティラージとボビーが開発したシステムは、新しい権力であった。そして権力の後ろには常に暴力が控えている。その暴力装置たる警察組織の中に俺はいる。そして同様にいるはずのこのベテラン刑事は、自由の象徴としてのロックフェスに陶酔してやがる。吉良はスマホを取り出した。

「けれど、#自由を手放すな はいまいち盛り上がりませんね」

真行寺の顔がこわばった。吉良が手を動かすと、真行寺のスマホがちん、ちん、ちんと鳴った。

「僕もいまリツイートしときましたよ。『自由な経済活動を手放すな』の意味を込めて」

ロータスは山間部の細い道を抜け、起伏のある平原に出ると、ほどなく研究所の敷地内に入った。それから網の目状に道路が入り組んでいる、波打つような起伏のある草原を進んだ。そうこうするうちに、インドの街並が現れた。ついこのあいだ来たばかりだから、懐かしさはない。むしろ、前に来たときにこの光景から受け取った、テーマパークのように感じた作り物めいた印象は薄れ、紛れもなくここで人が暮らしているというリアルな手応えのようなものを感じた。

カーパーレーシュワラ寺院に似せた研究所本部の前を走り抜けて、ロータスはその先の平原へと突入した。

真行寺が怪訝な顔をしていると、

「見せてしまったほうがいいでしょうと吉良さんが言うので」とエッティラージが言った。

緩《ゆる》やかなアップダウンのある平原を上り下りしつつ、最後にすこしばかり急な斜面を登って、一番高いところでロータスが停止した。

その向こうにさらに続く平原の彼方《かなた》に、三人の視線は据《す》えられた。

群立するプレハブの建造物が朝日を浴びている。

「病院だな」と真行寺は言った。「感染者をここに運ぶのか」

やはり勘はいい、と吉良は感心した。

「つまり、ここをエピセンターにするんですよ」とエッティラージが言った。

「降ろしてくれ」

ロータスの扉が開き、真行寺はかがんで身体を外に出した。エッティラージを残し、吉良も外気に身体を曝して草の上に立った。

丘の上で真行寺と肩を並べ、朝日を浴びる巨大な医療施設を見下ろした。あの日もこうしてあの病院を見下ろしていた。そのときは隣にボビーがいた………。

「第二波に備えてか」と吉良は言った。

北海道はたしかに他県よりも多いものの、それでもいまは収束に向かっている。こんなでかい収容施設を作る意味はひとつしかない。

「第一波はやがて収まるだろう。そして経済活動が始まる。自粛ばかりしてたら死んじゃうからな」とボビーは言った。「ただ、天然痘のように完全に撲滅したわけじゃないから、やがてまた第二波、第三波がやってくる。スペイン風邪のように、SARSのあとで新型コロナが来たように。そして、一波よりも二波、二波より三波のほうが強烈だって可能性はかなり高い。ともかく、そのときにまたロックダウンするのかって話になるだろう」

吉良は黙って首を振った。

「できっこない。それにやるべきじゃない。実際、政権だって緊急事態宣言なんてものは二度と出したくないはずだ」

松の木で都築にされた説教が呼び覚まされ、吉良の口がそれをなぞった。

「ただ、日本は初手の対処をまちがえた。人々の中に不安を植え付けてしまった」

「どういう風にまちがえたって？」含み笑いをしながらボビーが尋ねる。

「危機は最初に大きく見積もってそれを国民に伝えるべきだったんだ。それを大丈夫だと言ってしまうと、そこが参照点になって、数字が上がれば不安も募《つの》る」

そういえば、我が国は原発事故の対処でも同じへまをやらかした、と吉良は口惜《くちお》しかった。

「とにかく、国民が不満にさいなまれている場合、不安を放置するわけにはいかない。でなければ、不安に駆られた国民から、緊急事態宣言を出して欲しいという声が上がる。そうなるといつまでたっても経済は回せなくなる」

「だからだよ」ボビーは言った。「全国の感染者と医療従事者をここに移送して集め、ここを感染集積地《エピセンター》にするんだ」

平原に広がる巨大な病棟群は朝日を浴びて燦《きら》めいていた。

「全国の都道府県で感染が大量に発生し、医療施設が対処できない場合、患者をここに運んで医療崩壊を防ぐ。一方、この研究所は感染の集積地になる。そのリスクをブルーロータス運輸研究所は引き受けると言う。これによって、ここ以外の地域をクリーンにする」

吉良はうなずいた。それしかないだろう。我が国は東京に機能が一極集中している。なので、東京はフルパワーで経済を回し、ウィルスに汚染された部分を海路でどんどんここに送って、浄化し、そして、海路でふたたび東京に戻す。

船に乗せた感染者は寝ているしかないので、場合によれば睡眠導入剤で寝かしつけるのかもしれない。一晩寝たら朝には室蘭港に到着しているってわけだ。船員はほとんどいないし、乗り込むのはせいぜい待機する数人くらいだろう。室蘭港に着けば、そこからはロータスに乗せて、ここまで運ぶ。ナビは、今日のようにフリーバードがやってくれる。とにかく、感染を拡大させないためには、接触を避ける、つまり無人が一番だ。だからこの研究所の、無人での移動技術はおおいに役立つだろう。

連れてくるのは、人工呼吸器が必要な重篤患者でなく軽症者だ。軽症とはいえ、いまの感染症法では隔離しなければならず、この種の感染者がいちばん多いわけだから、医療資源や人的ソースがここに取られて、医療崩壊が起きる可能性がある。だから外に出し、ここに連れてくる。

しかし、その〝浄化〟の役割をインド人、しかも、かつては死や穢《けが》れに触れることを余儀なくされたダリットたちの村に担わせる……。そしてこのプランが、彼らのほうから提案されたことに、吉良は複雑な興奮をかき立てられた。

日本は経済活動を再開するしかない。感染はいま収束に向かいつつあるけれど、これで収まるとは限らない。もういちど人が外に出て移動し、対面し始めれば、感染の確率は上がる。そして、第二波、第三波がくる。きっとくる。そう考えていたほうがよい。そのときにまた緊急事態宣言を発令するという選択肢をもう政府は取れないだろう。取るとしたら、さらなる財政出動が必要となってくる。国民の健康と命を守るためにそうすべきだという声は上がるかもしれないが、緊縮財政を掲げる財務省がそう簡単に許すはずはない。ない袖は振れない、と彼らは言う。これはほとんど確かなことだ。

　だとしたら、感染が拡大する中、人々は経済活動に身を投じなければならない。日々増え続ける感染者の数字は不安を煽るだろう。現代においては、不安を解消するのは、宗教家の訓話ではない。技術だ。

　エッティラージとボビーが出した答えは、情報技術《IT》を惜しみなく使った追跡による感染ルートの可視化とクラスターの把握、そして感染者を海路で室蘭まで移動させ、接岸後は完全自動運転車でこの研究所まで運び、エピセンター化した当地に集めてここにウイルスを封じ込めるという作戦だった。

「それはそうだな」

　真行寺の声で我に返り、吉良は隣を見た。ベテラン刑事は物憂《ものう》い表情で、朝日に輝く病棟の群れを見つめている。

　先程から吉良は、ボビーとのやりとりを思い返しつつ、真行寺と言葉を交わしていたので、あの日と現在《いま》が混濁し、ふたりの言葉が混じり合って、このとき真行寺がなにを評して「それはそうだ」とつぶやいたのか、にわかに判然としなかった。

　ロータスは、そのまま真行寺を乗せて、苫小牧《とまこまい》駅に向かった。本部の前でエッティラージとともに落としてもらった吉良は、そこで真行寺を見送った。頑迷な刑事はなにも言わなかったけれど、その表情からはこれまでのような気負《きお》いは消えていた。

遠ざかるロータスの影が見えなくなってから踵を返すと、日本人が立っていた。副所長の両角《もろずみ》ですと名乗り、さらにこちらの身分を確認してきた。

「朴とのミーティングなんですが」と両角は、吉良が手渡した名刺を見ながら言った。

「いま空港におりまして、これからこちらに向かいます。その前に簡易ではありますが、当社が開発した検査キットで確認させていただきたいのですが」

試験管の中に唾液を落とすように言われて、従った。それから、狭い応接室に案内され、そこで待つように言われた。

ノートパソコンを取り出し、メールをチェックしていたら、私用のアカウントのほうに涼森から一通きていて、延期になった結婚式について書いてあった。規模を縮小して十一月にやるとのことである。吉良の上司の三波にも声をかけるから、お前も来なくてはいけない、という内容だった。構えを小さくしても、三波を呼ぶとは意味深だな、と吉良は思った。これは上司の蒼井からの提案だそうだ。出席するよと返事して、いま北海道にいる、これからソフキンの朴社長と会う、お前は蟹が好きか、結婚の前祝いに土産《みやげ》に買っていってやる、と書いて送った。

ドアがノックされ、顔を出したインド人の女性に、検査の結果は陰性でしたと英語で告げられた。それから、間もなく社長がこちらに到着するので移動してくれと言われ、会議室に案内されて、楕円形のテーブルの端に座らされた。

手持ち無沙汰《ぶさた》に待っていると、両角という副所長が入ってきて、社長は間もなくここに来る、こちらから社長に吉良の名刺は渡してあるので、名刺の交換は不要、握手もなしで、この席から動かぬように、と念を押された。

待つこと五分。こんどはノックなしでドアが開き、ソフト・キングダム代表取締役社長 朴泰明が現れた。

8　バランスの行方　あるいは青い衝動

軽く会釈した後で腰を下ろした朴は、遠いところまでわざわざ、とねぎらいの言葉をかけて、向かい側の端で立ち上がって深く頭を下げた吉良に、どうぞと着席を促した。

「時間もないので、すぐに本題に入らせていただきます」朴泰明は開口一番こう切り出した。「あなたの提案を読ませていただいた。まず確認させていただきたいのだが、これはいまのところ、あくまであなた個人のアイディアなんだね」

「そうです」と吉良は言った。「ただ完全に個人のレベルに止《とど》めているわけではありません。根回しの最中です」

「なるほど。その根回しの雲行きはいかがですか」

「感触は悪くない、と申し上げていいと思います。もう少し調べてみる必要はありますが、それはこれから社長の感想を伺った上でのことになると思います」

朴はうなずき、

「まあそんなところだろうな」と言った。

そして、腕組みをしてしばし考えていたが、ふと顔を上げて、

「なかなか魅力的な提案ではある。ただ、なぜあなたがこの企画書を私のほうに投げてきたのか。そこのところを教えて欲しい。つまり、私は君の動機が気になる」

思いがけない質問に、吉良はどこから語ったらいいのかをしばし考えた。

「あえて乱暴にまとめさせていただければ、我が国に性質《たち》のよくない反中感情が育つのを避けるためです」

「ふむ。それはなぜだね」

「我が国の国益を損なう可能性が大きいので」

朴は首をかしげた。

「簡単に申し上げますと、戦後七十年あまり、日本は対米追従路線を貫いてきました。その理由は、戦後、焦土となった国を立て直すためには、経済活動に専心する必要があり、国防はむしろアメリカに頼るほうが合理的であったからです。つまり、日米安保を日本が利用したのだと言うこともできるわけです」

「吉田ドクトリンだな」と朴は言った。

「はいそうです。では、このような側面があるにせよ、日本はアメリカの属国ではなかったと言えるのかというと、やはりそれは怪しいのです」

ふん、と朴は鼻で笑った。

「吉良さん、あなたはいわゆる反米保守というやつなのかね。それとも反米リベラルって言ったほうがいいのかな。君がいま言ったことに別に異を唱えるつもりはないが、私は別に反米ってわけじゃありませんよ。こう見えてアメリカにも留学しているんでね。もっともアメリカに留学してる連中が、向こうで募らせたコンプレックスを爆発させて、反米に転ずる例は沢山見てきたけれど、すくなくとも私はその類《たぐい》じゃない」

もちろんそれは存じております、と吉良は言った。

「しかし朴社長、今回のコロナ禍で米中の関係は明らかに悪化しています。この勢いで、反米と認定される可能性が出てくるのではないでしょうか」

すこし考えてから朴は、「もうすこし聞かせてくれないか」と言った。

「アメリカは中国に対する警戒と圧力を強めています。グローバリズムを信奉し、金融資本主義を推し進める勢力が現政権を仕切っているのなら、またちがっていたのかもしれませんが、いま運営しているのはアメリカのもうひとつの潮流であるモンロー主義を唱える者たちです。のみならず、今回のウイルスで、アメリカ国内で反中感情が高まっています。高まるように仕向けているからです。わざわざ私が朴社長に説明するまでもないことでしょうが」

朴はひとこと、それで、と言った。

「次に我が国の話をしなければなりません。日本も今回のコロナ禍で大きなダメージをこうむりました。これに伴って日本では、中国の印象が悪くなっています。中国はいまだにウイルスの発生源であることを認めていません。自分たちの非を絶対に認めない国という固定観念が、日本社会の中で定着しつつあります。さらに、新疆《しんきょう》ウイグル自治区や香港への中国の政策に反感を覚える日本人も増えました。特に、日本びいきの可憐な香港の女性活動家のおかげで、彼女に弾圧を加えようとしている中国政府は、日本人の目にはどうしても悪辣《あくらつ》に映る。自分たちに逆らうやつは力でねじ伏せ、その一方で大規模な国際会議を開催して『公平で正義に則《のっと》った、協力的で互恵的な新しい国際関係を推進していく』などと大見得を切る、とてもじゃないが信頼できない大嘘つきだというイメージが固まりつつあります。これが北朝鮮のような小国ならばまだしも、GDP世界第二位、軍事予算二千二百四十億ドルの、広大な国土を持った大国が、狭い日本海を挟んで目と鼻の先にあり、それでいてこの国との交易なしには我が国の経済が成り立たないという現実が、日本人の心を屈折させ、この国で発生したウイルスに襲われた体験が、この屈折をさらに強めるのです。このような屈折を抱え込んだ心が急にぴんと伸びようとする時、矮小《わいしょう》なナショナリズムと排外主義が起こる。でも自分たちだけではなんともできない、頼れるのはやはりアメリカだけだ、アメリカについていくしかない、という結論に日本人は陥《おちい》るのです。いやそうなるように仕向けられていると言ったほうが正確でしょうが」

「仕向けられているって？　いったいどこに？」

「もちろんアメリカです」

朴は笑った。

「そのような誘導工作は日常的に行われています。Twitter を覗《のぞ》けば、これはアメリカの工作員だと一目でわかるスパイが、親日派の仮面をかぶって、自分たちに都合のいい方向にリードするツイートを日々投稿しています」

そりゃそうだろうが、と朴は言った。

「もっとも、中国のほうもその種の活動はせっせとやってるだろう。おっと、インテリジェンスが専門のあなたには釈迦に説法だったな。で、だとしたらどうしたらいい？」

「バランスです」と吉良は言った。

なるほどバランスね。朴は薄く笑ってうなずいた。

「そうです、大事なのはバランスです。中国こそが最大の貿易相手国だから、また同国が経済でアメリカを抜くのは時間の問題だからといって、急にアメリカに見切りをつけて中国に乗り換えるのは危険です。とはいえ、アメリカ一辺倒でオプションなしという路線に問題があることは言うまでもありません」

「バランスだな、たしかに」朴は静かにうなずいた。

「しかし、バランスを取るのは容易ではありません。なぜなら、このウイルス騒動でアメリカが中国に対して強硬な姿勢を固めつつあるからです。その結果どういうことが起こるでしょう。反中でなければ反米であると認定する圧力が強化されると思われます。声を揃えて中国を非難しなければ、それはアメリカを非難しているに等しいという、言ってみれば〝踏み絵政策〟を仕掛けてくる可能性があるのです」

「まあ、ないわけではないな」

「となると、総務省は中国批判に舵《かじ》を切るでしょう。批判のネタはわんさかあるので困りません。ただ、日本は中国というオプションを失うことになります。それを避けるためにも、国内の世論を完全にそちらのほうに傾いてしまわないようにコントロールしなければなりません」

「なるほど、そこでこの提案か」

ええ、と吉良はうなずいた。

「Twitter を買えと」

「ソフト・キングダム様なら不可能ではないのではと」

「そうだな、買えないことはない。Facebook や Google はさすがに無理だが。しかし、買ってそんなにいいことがあるのかね。つまり、世論をコントロールすることができるのか」

「はい」吉良は力強くうなずいた。「日本ならばそれは可能です」

「ではそこを説明してもらおうか」

「まず、日本における Twitter は他国のそれとはちがうということを認識していただきたいのです。特に、海外の事情に詳しい方、海外経験の長い方ほどここをまちがえます。なぜならば、国際的に見ると Twitter は中規模のSNSにすぎないからです」

「ユーザーはいまどのくらいいるんだ」

「三億二千万人程度といわれています」

「全世界での数字だよな。そのぐらいのユーザー数だと、規模の経済を追求するのは難しいぞ。ちなみに Facebook はどのくらいなんだ」

「約二十億人です」

朴はため息をついた。

「たしかに、Twitter のユーザー数は Facebook や Instagram に比べると小さな数字にとどまっています。ただし、日本人のユーザーは異様に多い。Twitter の全世界のユーザーの約10%を日本人が占めています。つまり、日本においては非常にメジャーなSNSなのです。ここが重要です」

「それはなにが原因してそうなってるんだ。百四十字という制限が、俳句とか短歌なんていう日本のカルチャーに合ってるのかな」

「そう解釈することもできるでしょうが、日本のネット世論の形勢がどのような歴史をたどってきたのかということを考えるのがよろしいかと存じます。ただ、お時間がないのならここは端折《はしょ》っても構いません」

「いや、せっかくだから聞かせてもらおう」

「日本では、ネット世論というのは、〝したらば〟とか〝あめぞう〟といった、匿名の電子掲示板によって形成されました。これらのユーザーをスライドさせてさらに発展させたのが2ちゃんねるです。この2ちゃんねるという匿名の電子掲示板が、二〇〇〇年代のネット世論の場になりました。だいたい日に八百万人ぐらいが利用していたと言われています。ネット右翼を生んだのも、日本におけるポスト・トゥルースが育ってしまったのも2ちゃんねるです。ところで、この匿名掲示板はTwitterと親和性が高かった。Twitterは匿名でもOKだし、その一方で、電子掲示板とはちがって、アカウントが作れるので、ネット上に自分のアイデンティティを確立することができた。それでいて、まずい状況が生じたら、アカウントを捨てて消えることもできる。映像じゃなくてテキスト中心なのも、2ちゃんねるからの移行がしやすかったと思われます。Twitterのスタート当初は、匿名掲示板からのユーザーを迎え、二〇〇八年ぐらいからユーザー数を伸ばし、二〇一一年の東日本大震災で爆発的に増えます。この時、既存の通信機器がつながらない中で、Twitterのサーバーがダウンせずに、人々がTwitterによってコミュニケーションを取ったことが注目されたのです」

なるほど、と朴はうなずいた。

「日本においてTwitterがメジャーだというのは理解した。ほかには？」

「もうひとつ注目していただきたいのは、Twitterが短期決戦の世論操作、拡散性に強いということです。投稿が、ニュースになったり、検察庁法改正案を廃案に促したりするように政治の方向を決定づけたり、株価に影響を与えることがあります。たとえば金融に関するとある有料情報サイトは、アメリカ大統領のツイートが一秒速く読めることを売りにしています。これはもちろん大統領のつぶやきが株価に影響するためです」

「わかった。では、これを傘下に収めたらどういうことができるのかを説明してくれるかね」

「アルゴリズムを書き換えることによって、反中に傾く世論を引き戻すことができると思います」

「たとえばどうやって？」

「おすすめユーザーやトレンドなどの掲示。タイムラインに挿入するニュースの調整。好ましくない投稿のペンディング。さらに、ある特定の人にある特定のツイートが目に入りやすくすることも可能です。もっとアグレッシブにやろうと思えば、彼らにディープフェイクの映像が眼に入るようにすることも」

「なるほど、それで君は私になにを求めているのかね」

「中国と協和する土壌をじょうずに形勢することが、主たる目的です。中国との良好な関係は我が国にとって、長い目で見れば必須であると考えるからです。もっと言えば、たとえ隣人が悪人であっても、そいつが有力者ならば近所づきあいはせざるを得ません。たしかに、アメリカに追随する選択肢も簡単に捨てるべきではないでしょう。ただ、アメリカ一択でほかにはオプション一切なしでは、国際関係の複雑な連立方程式は解けないのです。このことは、いまのうちに手を打っておかないと、中国経済がさらに巨大化する中で青年期や中年期を迎える世代にとって大きな問題になってくると思われます」

「なるほど。趣旨は理解した。ただおそらく君は、私にこれを買わせることによって、なんらかの見返りを求めているんだろう」

はい、と吉良はうなずいた。

「できれば、Twitter のデータをベースにした世論の動きの解析情報を、日本語のものだけではなく、英語、中国語、韓国語、ロシア語、アラビア語、ペルシャ語も含めて提供していただきたい」

「なにに使うんだね」

「もちろん安全保障です。そしてひょっとしたら、中国に有和《ゆうわ》的にすぎる情報を流しているアカウントを追跡する必要も出てくると思われます。度が過ぎると思われる場合には、そのアカウントの詳細なデータも頂く、あるいはそのアカウントを抹消する、などのご協力をいただきたい。バランスを取るために」

「なるほど、バランスか」

そう言って朴社長は腕組みしてしばし黙ったあと、ふと顔を上げ、

「検討しよう、前向きに」と言った。

ありがとうございますと頭を下げつつ、吉良は心中でガッツポーズを決めた。ソフト・キングダムは、数年前にアメリカでシェア第三位の通信会社を買った実績がある。あの時の金額と今回のそれはだいたい一致していると吉良は値踏みしていた。さらに昨今は、サウジアラビアから引っ張った金でファンドを作ったりもしているから、金はさほど問題ではないはずだ。

「ただし、すこし時間をいただきたい、買えないことはないが、そんなに安い買い物でもないからな」

「もちろんです。因みにどのくらいの検討時間が必要ですか?」

「一時間」

驚いた。少なくとも一週間後に返事をもらえれば御の字だと思っていたので、さすがワンマン経営はちがうなと感心した。

「別室でコーヒーでも飲んで待っていてください。では一時間後に。準備ができたら両角から連絡させます」

朴はそう言い残し、席を立った。

退室した朴と入れ替わるように、両角が入ってきた。では一時間後にここで、ひょっとしたら少しお時間が押すかもしれませんが、そのときはまた私のほうから連絡いたします、と告げられ、吉良も腰を上げた。


狭く殺風景な応接室に戻るとなんだか気が滅入りそうだったので、市街地のセットを散歩することにした。ふらりと入ったカフェで、コーヒーをもらい、ノートパソコンを開いて、クラウドのアドレス帳に両角の電話番号を登録してから、また国際政治のニュースサイトを瞥見した。

新型コロナウイルスが世界的に流行している間も中国の航空会社は米国便の運航を続けていた、とアメリカの運輸省が難癖をつけて、中国国際航空、中国東方航空、中国南方航空、海南航空および各社の子会社に運航スケジュール、その他詳細情報を五月二十七日までに提出するよう命じた。これはおそらく嫌がらせだな、と吉良は思った。

開催中の全人代で、中国の外相がインタビューに答え、アメリカは事実を無視して、陰謀論や嘘を拡散し、中国を非難することで両国を新しい冷戦へと追いやりつつあると批判していた。

新しい冷戦か……。風邪《コールド》が原因で勃発《ぼっぱつ》したんだからまさしく冷戦《コールドウォー》だ。吉良は苦笑しつつそんなことを考えた。

メールを見たら、エッティラージから一通入っていた。〝愚か者の集い〟に関するデータはきれいに採れている。解析も順調だ。いいプレゼンテーション資料ができるだろう、とあった。それから、いまちょうど朴社長に呼ばれてあなたが提案した件で、Twitterのアルゴリズムの書き換えについて質問された。私にもできるだろうが、このたび外部スタッフとして手伝ってくれたボビーの手を借りたほうがいいだろうと答えておいた。そして最後に、どうやら社長は乗り気のようですと添えてあった。スマホが鳴った。涼森からだった。電話でまで挙式の出席を確認するなんて、スケジュールがずれるといろいろ大変だな、と同情しながら、取った。

――もしもし、いまうちの蒼井チェアマンが三波さんと話したんだが。

やたら深刻そうな声音《こわね》だったので、

「三波さんが出られないと言うのなら、俺が説得してやるよ」と安心させようとした。

――お前いまどこだ。

「北海道だけど」

――もう会ったのか、朴社長と。

「ああ、いま返事待ちの状態でカフェで待機している。どうして知ってるんだ」

――蒼井さん経由だ。蒼井さんが乾杯の音頭はむしろ三波さんがやったほうが言いというので、会って話してくれた。

蒼井と三波はたしかに家も近かったが、ミーティングは極力リモートでと推奨されてるときに、結婚式の段取りなんてつまらんことを、なぜわざわざ会って話してるんだ。

——いや、最近は表だっては会いにくくなっているから、ちょくちょく非公式で対面して打ち合わせてるんだそうだ。そしたら、三波さんが蒼井さんに、こういう話が出てるんだがということで、お前の企みを話し、ついさっき俺が蒼井さんから電話を受けて、お前は知っているのかと訊かれたってわけだ。

なるほど、涼森が電話してきた経緯《いきさつ》はこれでわかった。

「それで」と吉良は言った。

——やめとけ。

涼森の深刻な声の色はこの件に由来していたようだ。

——いまアメリカを怒らせるとまずい。

意外だった。日頃から、アメリカは日本が軍事的に独立することへの牽制が多すぎると言っては憤慨している涼森にしては、遠慮がすぎると思った。それだけに、なおさらこのひとことが吉良の腹に重たく響いた。

——ヨーロッパ全土がアメリカにつく。これまでEU諸国は、中国とアメリカの間でどちらにもつかず離れずのなんだって。

バランスを取ってきた。それなのに、アメリカ側の旗を揚げるというのか。

「いまの中国のやり方は看過できないと判断したからか」

――そうだ。アメリカは本気でやるつもりだ。だからお前のやってることは、アメリカを激怒させる。アメリカがキレたら、お前なんか木っ端みじんに吹き飛ぶぞ。

たしかにそうだ。しかしアメリカが本気だってことを、なぜ涼森が自信をもって言えるのか。

それは軍事情報から得た自信だ、と吉良は推し量った。日本を、武器を売りつけるお客さんではなく、対中国の軍事的同盟国としてアメリカが格上げしようとしている、その情報がいちはやく関係者の間で飛び交っているのだ。

まず、貿易で包囲する。先の大戦前に日本を苦しめた石油を断つというやり方はあまり効果がないだろう。新疆ウイグル自治区からでも採掘できるし、ロシアがいくらでも売ってくれる。ただ、半導体となるとそうはいかない。すでにアメリカは半導体関連の輸出規制を世界中にかけている。

さらに金融で揺さぶりをかけると相当に効くだろう。ニューヨーク経由のドル決済を止めてしまうという荒技もある。

そして軍事的にも本気であることを示す。おそらく、春に予定されいったん中止になった米韓軍事演習は再開されるだろう。建前は北朝鮮による軍事的な脅威に備えるためとなっているが、もちろん本丸は中国だ。

――いいか、よく考えろ。俺が泡を食ってわざわざ休日にお前に電話をしている事実をアメリカの現政権の連中は本気で怒っている。本気なんだ。でなきゃ、自衛隊が保有できる弾薬の上限値を急にあそこまで増やすはずがないんだよ。そんなときに、政府の自粛要請にも従わず、華威といまだに取引を続けているソフキンなんかにそんなもの買わせてみろ。怒りの火に油を注ぐようなもんだぞ！


涼森のほとんど絶叫に近い声に交じって、電子音が鳴り響いた。スマホを耳から外してディスプレイを見ると両角の二文字が浮かんでいる。これは取らざるを得ないと思い、
わかった、とりあえずここは切る、と吉良は言った。感謝しろ、貴重なアドバイスだ、たらば買ってくるの忘れるなよ、すこしばかり気持ちを軽くさせようとしてくれたのだろう、切る間際に涼森は冗談ぽくそう言った。

――吉良様、すこし早いのですが、先程の部屋にお戻りいただけますか。

両角の声には息せき切るようなところがあった。吉良はテーブルの上のコーヒーを飲み干し、すぐカフェを出た。

まずいなと思った。おそらく、朴社長は前向きなのだろう。長広舌《ちょうこうぜつ》をふるってぜひ買いなさいと言ったその舌の根も乾かぬうちに、よしましょうとは言えない。それに、あのアイディアを気に入ったら、よせと言っても買うだろう。となると霞が関では、なん

でそんなことになったんだという犯人探しが始まる。とりあえずどうやって取り繕おうかと考えつつ、会議室に戻った。

ノックして中に入ると、驚いたことに朴社長は先に来てもう座っていた。さらに、男性スタッフがふたり朴社長を挟むようにして席に着いていた。そのうちのひとりは西洋人で、朴社長のほうに身体を向けてなにか耳打ちしていたが、吉良が入ってくるとすぐ口を閉じてしまった。

吉良は、三人が並ぶ視線の先に腰を下ろした。吉良を見据え、まず朴社長が口を開いた。

「あらためて、魅力的な提案にお礼申し上げます。中国との提携を重視する我々にとって、検討に値する案件であると判断しました」

朴社長は、ここが勝負だと思ったら危険な賭けも辞さないと評判である。まずいな、と吉良は後悔した。

次に、朴社長の隣に座る男が口を開いた。

「そこで、直近の我々の投資計画についてこの案件を盛り込めないかどうかを検討させていただきました。問題は、この買収が直接大きな収益を生むわけではないということです。つまり、我々がこの事業を買い取ったからといって、現在のところ、これを大きく発展させるプランを私たちは持っておりません。つまりは、ネット世論のコントロール、あるいは醸成のためのみの買収ということになります。それが投資に見合うだけの価値があるのかが問題となりました」

達者な日本語だったが、男の発音には訛《なま》りがあった。中国人もしくは中国にルーツを持つ者なのだろう、と推定した。

ともあれ、効能が投資に見合わないと判断し、やはり止すと結論してくれれば御の字だ。残念ですがなどと言ってそのまま引き下がろう、と吉良は期待した。

「たしかにそこは読みにくいところだ。それだけの広告宣伝費をつぎ込めばかなりのことができるからな。ただ、正確な効果は測定不可能だから、やっぱりここは勘に頼るしかない」と朴社長が言った。

たしかに。追従するように吉良もつぶやいた。

「グリーンライトが見える」

不意にそう言って、朴社長は中指と薬指と人さし指でテーブルを叩きはじめた。指のタップダンスは思いのほか長く続いた。すると突然、ダンスはぴたりと止んで、朴社長はまた出し抜けにこう言った。

「ただ、この件は見送る、いまは」

吉良は安堵した。そして、猛烈にその理由を聞きたくなった。

「同時にレッドライトも見えるからだよ。もうひとつの勘が行くなと言っているんだ」

朴の横に座る西洋人がこの言葉にうなずいた。

「いまこんな買い物をしたら、必ずアメリカはその意図を見透かしてくる。ご存じの通り、うちもアメリカでビジネスを展開しているから、あまり野放図《のほうず》なことはできない」

奇しくも、涼森と同じような危機感を朴社長は抱いていた。わかりました、と吉良は言った。

「ただし」と朴社長は言った。「秋の大統領選の結果を見てみようじゃないか。その上で、もういちど考えさせてください」

なるほど、と吉良は言った。現職大統領に「中国のチアガール」と揶揄される民主党候補が当選すれば、潮目も変わるかもしれない、と読んでいるのである。

「因みに君はどちらが勝つと思う？」朴が突然訊いた。

そうですね、ととりあえず吉良は言って考えた。下馬評では、現職大統領の新型ウィルスへの対応のまずさを厳しく攻撃し、民主党が政権を奪還するだろうという見方が優勢だが……。

「激戦にはなるでしょう」と吉良は言った。「すさまじい激戦になる気がします」

ほお、と朴は意外な面持ちで言った。中国との取引を重視している朴社長が、中国に対してあくまでも強硬姿勢を貫こうとする現職大統領がアメリカ政府のトップの座から陥落するのを望んでいるのは、想像に難くなかった。

吉良は、新型ウイルスにからむ国際情勢を理解しようと整理した①から⑦までの可能性をもう一度思い出した。問題は⑥だ。

⑥ この新型ウイルスは現職大統領の対抗勢力にとっての強力な武器として使われている。感染拡大への対応のまずさを現政権の失政として批判し、民主党勢力とこれを後押しする国際金融資本の一派が、大統領選に向けてこの禍《わざわい》を利用している。彼らは実は国内の被害の拡大をむしろ望んでいる。

この状態が続くと、このウイルスがなければおそらく現職が圧勝だったはずの選挙は予断を許さなくなり、秋頃には、アメリカは実質的に内戦状態に至るだろう。そして、マスコミはほとんど報道しないが、この背後ではモンロー主義者の現職大統領と、グローバリズムを加速させて力による世界管理を目論《もくろ》む民主党内のネオコンとの激しいつばぜり合いが繰り広げられているのだ。すこし考えて吉良は口を開いた。

「ひょっとしたら、投票日には決着がつかないかもしれませんね」

朴は驚きのまなざしを吉良に向けた。ただ横にいた西洋人がかすかにうなずくのを吉良は認めた。

「とにかくアメリカ大統領選挙は不正の告発が多いので。投票を管理するソフトの疑惑も囁かれています。これは現時点では完全に僕の妄想ですが、揉めに揉めて、決着は来年まで持ち越しとなる可能性もあるのではないでしょうか」

朴は首をかしげ、となりの西洋人を見た。アメリカ人と思しきその男は、朴に額《ひたい》を寄せて、小声で解説を施し始めた。それを説き明かすにはかなりの時間を要した。日本語だとやりにくいのだろう、途中で英語に切り替えて、さらに語った。さぞかし説明は面倒だろうな、と吉良は西洋人に同情した。現職大統領が急逝し副大統領が臨時大統領としてその座に繰り上がる、などという単純な話ではないからだ。例えば二〇〇〇年にアル・ゴアが……、最高裁判事が……、十二月十四日の選挙人投票、来年一月六日の開票、場合によっては下院による決定、合衆国憲法修正第十二条が……などという言葉が聞こえた。

来年の一月二十日現地時間の正午に現大統領の任期が終わるまで、なにが起こるかはわからない。伝統的保守主義者とグローバリストは生き残りをかけて必死で戦うだろう。もしかしたら、各地で暴動が起き、場合によっては、州兵が、大統領がテロだと認定した場合は、連邦軍まで出動することもあり得るのではないか。

いやはや、今年は大変な年になりそうだな、解説を聞き終えて朴はうつむいたまま独りごちるように言った。

「しかし、そうなったらそうなったでまた考えよう。その時にはまたお話しさせてもらえるかな」

視線を吉良に戻した朴は、ようやく硬い表情をすこし崩してそう言った。

もちろんですと応じたものの、吉良の胸中は複雑だった。イラク戦争を仕掛けてものの見事に失敗し、前政権で民主党に潜り込んだやつらは生き残りをかけて仕掛けてくる。そして、やつらがふたたび勢力を得れば、吉良の提案も息を吹き返すかもしれない。なぜならあいつらは、儲かりさえすれば、自国が中国に荒らされようがどうでもいいと思っているからだ。

r>g

吉良の脳裏にピケティの不等式が浮かび上がった。資本が労働を支配する。国際金融資本によるグローバリゼーション戦略が推し進められ、世界のいたるところで格差はさらに開く……。

吉良は日頃からやつらを毛嫌いしてきた。そして朴社長からは、やつらがアメリカでのさばらないと、お前の計画にゴーサインは出せないよ、と指摘されたに等しかった。

最後に、朴社長はこう言った。

「ひょっとしたら、戦争が始まるかもしれないな。アメリカの内戦に、さらにアメリカと中国の、あるいはやつらが世界のどこかで仕掛ける戦争に、日本は巻き込まれるかもしれない。お互い、まずそれを回避することに全力を尽くそうじゃないか。ただ面白い意見を聞かせていただいたことには感謝する。お会いできてよかった。またお目にかかりましょう」

吉良は北海道から戻った後、涼森と膝をつき合わせて話す機会をなかなか持てなかった。自衛隊サイバー防衛隊出身の武官はやたらと忙《せわ》しなく動いていて、市ヶ谷の防衛省と霞が関のDASPAの間を慌ただしく往来し、アメリカの軍関係者と綿密な打ち合わせをしているようだった。吉良は吉良で、ブルーロータス運輸研究所がまとめたレポートをDASPAの公衆衛生防衛班に、三波経由で提出したりして忙しかった。その際に、このレポートの取得は警視庁刑事部捜査第一課の協力あってのものだとひとこと添えてくれ、と三波に頼み込んだ。

この時点では、〝浅倉マリと愚か者の集い〟の参加者から感染者はまだ発見されていなかった。感染が起こりそうな密な状態にいたのは概して若い連中だったからかもしれないし、ただ単に、コンサートが終了してから一週間経っていないので、症状が現れていないだけかもしれなかった。

しかし、システムの行動履歴のみごとな掌握を目の当たりにした高梨ら公衆衛生防衛班らの面々はみな度肝を抜かれ、息をのんだ。

「大変うまかった。ありがとう。堪能させてもらったよ」

金曜日になってようやく法曹会館地下の中華料理屋で落ち合った時、涼森はまずたらばの礼を言った。新千歳空港の土産物屋で買い求め、賭けに負けた都築と迷惑を掛けた水野のぶんもまとめて、宅配便で送っておいた。

「フィアンセからも礼をと言付《ことづ》かっている。じゃあ、これはお返しだ」

涼森は一枚の折りたたんだ紙片を吉良に突き出した。

「なんだこれは」

「お前からもらった宿題だ。もし日米同盟を解体して武装独立した場合のコストを知りたがっていただろう。そこに書いてある」

紙片を開いた吉良は、その数字に目を奪われた。

「なぜこんなにかかるんだ?」

「貿易縮小にともなうGDPの縮減、株価や国債価格の下落なんかを含めるとそうなる。因みにそこには自衛隊員の人件費は含まれてないからな」

呆然としていると、慰めるように涼森が言った。

「ショックなのはお前だけじゃない。俺もだよ」

法曹会館を出て、日比谷公園をぶらぶら散歩している時に、ふと涼森が言った。

「しかし、朴社長はどうしてそんなに的確に結論を出せたんだろう」

帰りの飛行機の中から吉良もずっとそのことを考えていた。

「さあな、もうひとつの勘が働いたと言っていたが……」

「うむ。そのくらいでなきゃ、あんなリスキーな攻めの経営を続けて生き残れないんだろうな」感に堪えないといった調子で、涼森はうなずいた。

ふたりは霞門にほど近い雲形池の近くに来た。今日も鶴は盛大に口から白い飛沫を吐き出していた。水野とここに来た曇天のあの日より晴れた今日のほうが、吹き上がる水の線はさらに白く、高い気がした。

そうだ。ふと思い出したように涼森が時計を見た。

「俺はまた市ヶ谷で会議があるからこれから向かわなきゃならないんだが、時間があるなら、お前はもうちょいこの辺でブラブラしてればいい」

涼森はそう言い残して、霞門を出て地下鉄の出入口に向かって行った。

置き去りにされた吉良は、この間と同じベンチに座って、鶴が宙に白い線を引くのを見ていた。

おそらく北京だ、と吉良は思った。俺がプレゼンしたあのミーティングの後、朴社長は、すぐ北京に電話を入れて、共産党本部の高官と相談した。その時、それはよせと向こうが言って止めたにちがいない。アメリカの怒りをいちばん肌で感じているのはほかならぬ中国だ。そんなことをすれば、戦争に限りなく近づく、と朴社長に警告した。

そこを読み切れなかった吉良は、不明を恥じるとともに、ただこのままですむはずもないと思いながら、銅製の鶴が描く白い線を見ていた。

空が低く唸りだした。振り仰ぎ、吉良は視線を天界へ投げた。

蒼天に白い線が六本引かれている。ああそうだった、すっかり忘れていた。今日は医療関係従事者に感謝を込めてブルーインパルスが展示飛行をおこなう日だった。涼森がブラブラしろと提案したのはこれを見せるためだったのだ。

青い空に青い機影が眩《まぶ》しかった。ひさしぶりに空を見た気がした。それは俺だけじゃないだろう、と吉良は思った。ずっとこのかた、人々はうつむきがちに手元ばかりを見て暮らしていた。浮世ばかりをさまよっていた視線を遥か彼方に投げてほっとしている人は少なくないはずだ。視線を遠くへ誘《いざな》ってくれた六機の機影に対してありがたいと感じた。

と同時に、ブルーインパルス、つまりT４は航空自衛隊が戦闘機の練習機として用いるれっきとした軍用機であることも忘れたわけではなかった。

空を響かせている飛行が展示飛行に留《とど》まるよう全力を尽くす。吉良はそう誓った。

本作品はフィクションです。
登場する人物、団体は、実在のものとは、いかなる関わりもありません。

あとがき

ＤＡＳＰＡ　吉良大介シリーズ第二弾『コールドウォー』をお届けいたします。僕の記憶が確かならば、新型コロナウィルスを素材としてまたテーマとして取り上げると決めたのが五月、刻々と状況が変化する中で、情報を収集し、それまではほぼ無知であったウイルスについて調べ、構想を練り始めたのが六月のはじめ。そして、七月前半から執筆を開始しました。

また本作品は、このすぐ前に中公文庫から一足先に刊行された真行寺弘道シリーズの『インフォデミック』と密接に絡み合ってもいます。二〇二〇年の六月から僕は、この二冊を並行するようにして執筆しました。自分でもいささか無謀だと思わないでもなかったのですが、このテーマを迂回《うかい》するわけにはいかない、どちらかというと、逃げては通れない追い詰められたような気持ちで書き始めました。

『巡査長　真行寺弘道』と『ＤＡＳＰＡ　吉良大介』のともにシリーズ第一作はそれぞれの問題意識を抱えつつ、別々の事件を追いながら、このふたりが、出会い、つかの間の会話を交わして、別れております。

しかし今回は、コロナ禍《か》という同じ問題に直面したふたりが、お互いに相手を強く意識しつつ、その考え方と方法について激しくぶつかり合いながら、意見を闘わせます。

真行寺と吉良のふたりの視点からともにお読みいただけると、さらにテーマが深まり、お楽しみいただけるものと自負しております。

こう書くと、新型コロナウイルスという厄災をネタにして作品をものしたという非難の声がいまにも聞こえてきそうです。そして、それを完全には否定しようがないのも事実です。しかし、書くことを通じて、このコロナ禍で起こっている現実と向き合いながら、この時代が抱える問題の多くについて、思索を深め、その結果を作品という形で提出できたのではないかと信じています。

また本作で登場するインド人のエッティラージとアリバラサンの物語は『ブルーロータス　巡査長　真行寺弘道』（中公文庫）で繰り広げられていますので、併せてお楽しみください。

作中のフリーバードのアプリケーションについては、その可能性についてコンピュータプログラマーの庄司渉さんにご意見を伺いました。

クラシックしか聴かない吉良大介が森園が作るような特殊なロックの楽曲に接した時にどのような言葉でそれを表現するのかについては、作曲家ピアニストの安田芙充央さんにアドバイスを頂きました。

今回もまた、畏友　重枝義樹氏には、喫茶店での長い雑談につきあってもらい、またさまざまな知見をもらいました。
心からの感謝を申し上げます。

二〇二〇年 十月

榎本憲男

【参考文献】

『大衆の反逆』（オルテガ　寺田和夫訳　中公クラシックス）
『疫病と世界史　上・下』（ウィリアム・H・マクニール　佐々木昭夫訳　中公文庫）
『人類と病　国際政治から見る感染症と健康格差』（詫摩佳代著　中公新書）
『感染症　広がり方と防ぎ方』（井上栄著　中公新書）
『感染　パンデミック――新型コロナウイルスから考える』（現代思想五月号　青土社）
『中国の行動原理』（益尾知佐子著　中公新書）
『おどろきの中国』（橋爪大三郎×大澤真幸×宮台真司　講談社現代新書）
『隣りのチャイナ　橋爪大三郎の中国論』（橋爪大三郎著　夏目書房）
『決定版　属国　日本論』（副島隆彦著　PHP研究所）
『新・生産性立国論』（デービッド・アトキンソン著　東洋経済新報社）
『ドキュメント　誘導工作』（飯塚恵子著　中公ラクレ）
『日米同盟のリアリズム』（小川和久著　文春新書）
『歴史の終わり』（フランシス・フクヤマ　渡部昇一訳　三笠書房）
『ほんとうの憲法』（篠田英朗著　ちくま新書）
『職業としての政治』（マックス・ヴェーバー著　岩波文庫）

『からだの免疫キャラクター図鑑』（岡田晴恵監修　イラスト　いとうみつる　日本図書センター）
『ずかん　ウイルス』（武村政春、宮沢孝幸監修　技術評論社）
『日本の没落』（中野剛志著　幻冬舎新書）

その他、インターネット上でのさまざまな識者のご意見や知見も参考にさせていただきました。

作中に登場するヒンドゥー教の神パドマーヤールは筆者の創作です。

―――本書のプロフィール―――

本書は、小学館文庫における書き下ろし作品です。

小学館文庫

コールドウォー
DASPA《ダスパ》 吉良大介《きらだいすけ》

著者 榎本憲男《えのもとのりお》

二〇二一年一月九日 初版第一刷発行

発行人 飯田昌宏
発行所 株式会社 小学館
〒一〇一-八〇〇一
東京都千代田区一ツ橋二-三-一
電話 編集〇三-三二三〇-五四三八
販売〇三-五二八一-三五五五
印刷所 ——— 図書印刷株式会社

ISBN978-4-09-406865-8